小女金不換

2

君子羊 著

風文創 768

目錄

第十一章

朵氏依然下落不明。

不斷有出去尋人的村人回來，都說沒有一點消息。丁異也被人從藥谷帶回來了，丁家老太太緊盯著丁異問道：「你娘呢？」

丁異茫然地搖頭。

「裝什麼大瓣蒜！你不知道誰知道，有人看到你好幾天前回去了，那會兒你娘在不在？」丁家老太太氣急敗壞地追問。

丁異點點頭。

「你倒是說話啊！」丁老太太急得舉起枴杖要打。

里正曾前山立刻上來攔著，拉住丁異問道：「那天你回去，你娘在幹啥？」

「織，布。」丁異低聲道。

曾前山又問道：「那天你娘有沒有跟平日不一樣的地方？」

丁異搖搖頭。「沒，有。」

「你在家做了什麼？出來後去了哪裡？」曾前山又問道。

「睡，著，了，去，找雲，開玩，回，去。」丁異慢慢地講完，大夥兒憋住的一口氣才算順暢了。

「這孩子也什麼都不知道啊！」丁大成的媳婦兒黃氏死死地皺著眉。「那弟妹能去哪兒？她身上又沒多少錢！」

「這還用說，一定是勾搭上哪個臭不要臉的，跟人家跑了！把她捉回來，看老娘不把她浸豬籠！」丁老太太狠狠地罵。「我兒娶了這麼個媳婦，算是倒了八輩子的楣了！」

丁異被嚇得肩膀一抖，低下頭掩蓋滿眼的慌亂，娘現在到哪兒了？千萬不要回來，千萬不能被找回來……

曾前山看著丁異的小模樣也實在可憐，便拍了拍他的背。「去找雲開玩吧，別害怕，會找到的，你娘興許是進城趕集了。」

天黑透時，安其滿三人帶回了消息——朵氏揹著包袱，進城了。

「進城去幹麼了？」丁老太太激動地站起來。

安其金搖頭。「就聽城門口賣茶的人說，看到一個穿藍布衣裳戴圍帽的婦人進城時被風吹掉了帽子，長得非常好，眼角還有顆紅色淚痣。」

朵氏的右眼邊上，便有一顆明顯的淚痣！

「這賤人，真跑到城裡去了！」丁老太太來回轉悠。「這一定是跑回曾家去了，明天老婆子要去曾家討個公道！老婆子倒要問問曾夫人，到底配給我家老二一個什麼貨色！」

「沒去曾家，曾家的主子都去縣城拜佛還沒回來，我們仨去求見了曾家的大管家曾安，他仔細查過了，弟妹沒回曾家。」曾林說道。

丁老太太敲著枴杖。「那就還得麻煩大夥兒明兒一早就進城，幫著咱們找找，晚了就怕她跑了。」

所有人都看著里正，他們都是老實巴交的莊稼漢子，進樹林到各村去找他們能行，但進城挨家挨戶地找，他們真沒那個膽子。

曾前山也覺得不妥。「明日一早大成跟我去趟衙門，請衙門的人幫著找吧。」

安其滿回到家中，把這事告訴了妻女，梅氏一聽就慌了。「她怎麼這麼傻呢，跑到城裡去不是找死嗎？」

安其滿卻覺得朵氏沒那麼傻。「城門口風再大，也不該把她遮擋面容的帽子吹掉了才對。我琢磨著她這是故意露面給人看的。」

「她這麼做是為啥？」梅氏問道，雲開也認真聽著。

安其滿卻搖頭。「我也搞不懂她腦子裡在想啥。」

「想不懂就不要想了，快洗洗，吃飯歇了吧。」梅氏見丈夫疲憊，很是心疼。

吃飯時，安其滿提道：「我去東升哥的店裡看了看，咱們拿過去的東西還挺好賣的，這幾天的工夫賣出三十多件。」

梅氏也歡喜了。「錢真的這麼好賺？」

安其滿苦笑。「哪是，就算這些東西全賣出去，也抵不過咱們這一趟的車錢，得看那些佛珠能賣得什麼價錢。」

兩百文一串買來的佛珠，若是找對了門路，興許能賣個好價錢，不過這樣的門路安其滿當然沒有，還是得走東升哥的。

總這樣下去也不是個事兒，安其滿又提道：「待除完這一遍草，我想進城轉轉，看還能幹點啥。」

梅氏點頭，雲開本想跟爹爹商量一下她的想法，可目前她自己還沒琢磨明白，說了爹爹也不會懂的。

第二日一早，里正帶著丁大成去衙門說明了朵氏的情況。衙門的人對這等沒油水的事情怎麼可能上心，便隨意把他們打發了。

丁大成不死心，在鎮裡四處轉悠找人，里正便由他去，自己坐牛車回了村中。其實在私心裡，里正也不希望朵氏被找回來，倒不是說他覺得朵氏可憐，而是她在村裡早晚是個麻煩。丁家央著人在鎮裡找了三天都沒一點頭緒，只得收了手。

這一日，丁二成靠在車上，隨著車隊慢悠悠地往回走，斜眼見到路邊有兩輛牛車經過。車上拉著七、八個農家夫婦，其中一個頭戴布巾、臃腫肥胖的婦人，圓滾滾的臉上竟還長了一層密密麻麻的小疙瘩，看著就瘮人。

丁二成吐了一口唾沫罵道：「長成這樣還出來噁心人，晦氣！」見到那胖婦人嚇得緊緊抱著自己的包袱縮在車尾，生怕被人趕下去，丁二成便得意地笑了。

騎馬而來的曾九思也瞧見了這個顯眼的婦人，厭惡地轉開頭，暗道她這張臉跟那害得師母落水的臭丫頭如出一轍。

想到那個丫頭，曾九思又想到他抱著小師妹上岸時，她那楚楚可憐的模樣；自己回來時她扮成小丫鬟偷偷跑來看自己時，那泫然欲泣的小臉，心中一陣不捨，可惜，師傅無意把師妹許給他。

回到南山鎮，丁二成跟管事告假回家，去看看丁異那小兔崽子回來沒有。哪承想他回到家中時，卻撞了鎖。

那臭婆娘從不出門的。丁二成連忙跑到大哥那兒，聽大哥大嫂七嘴八舌地說了一遍後，丁二成火冒三丈！「一定是安老二，是安老二帶走了我媳婦兒！」

一家子人都愣了。「你胡說啥？」

「他們知道我兒子跟我不親，現在又弄走了我媳婦兒，我兒子不就成了他家兒子了！我兒子賺的錢也就是他們家的，神醫給的好東西也是他們家的！」丁二成狠狠吐了一口唾沫。「真他娘的打的好算盤，老子饒不了他！」

「無憑無據的，你可不能亂說！」丁老太太皺起眉，雖然覺得二兒子說得也有道理。

「這還要什麼證據，一定是他幹的！」丁二成掙開大哥的箝制，抄起一根雞子粗細的棍子就往安其滿家跑去，丁家人將信將疑地跟著。

安其滿一家正在地裡除草，安其滿拿著鋤頭除掉壟溝裡的草，梅氏和雲開用割草刀剔除離苗近的，順便間苗。

「安老二，你還我媳婦兒！」丁二成拎著棍子跑過來，照著安其滿的腦袋就掄過去，安其滿躲開，握緊鋤頭回身就是一掃，將丁二成掃倒在地！

此時他也不曉得丁二成聽說了啥，心裡有些發緊，梅氏和雲開趕緊跑到爹爹身邊。「沒被打著吧？」

安其滿搖頭，雲開生氣地指著地上打滾的丁二成。「你把我家的豆苗都壓折了，起來！」

周圍幹活的村人都站起來，想不明白丁二成回來了，怎麼會到安其滿家要媳婦兒？

「老子就不起來！」丁二成又發洩地滾了一圈，壓斷一片豆苗！

安其滿彎腰把他拎起來，指著安其滿的鼻子痛罵。「你說，是不是你放走了我媳婦兒！」

丁二成跳起來，扔了出去。「你發什麼神經！」

「神經病，你媳婦跑了跟我有什麼關係！」安其滿皺眉。

丁老太太問道：「其滿，你說這事跟你沒有關係，你敢發毒誓嗎？」

「要是我安其滿放走了丁二嫂，讓我腸穿肚爛，不得好死！」安其滿立刻開口了。

這誓夠毒的，大夥兒立刻就信了。

黃氏忽然指著梅氏問道：「要是跟他們沒有關係，其滿媳婦兒能嚇成那樣？」

所有人看過去，梅氏咬咬唇。「我怕你們打起來，開兒他爹吃虧……」

眾人無言。雲開也繃著小臉問丁二成。「你為什麼說是我爹放走了人？」

「就是你們！你們看我兒子傍上貴人要飛黃騰達賺大錢了，就想拉攏他，讓他聽你們的話，所以才弄走了我媳婦兒！」丁二成理直氣壯地指著安其滿的鼻子。「安老二你說，你說啊，你是不是這麼想的！」

「有毛病！」安其滿又一拳頭把丁二成揍倒在地。

大夥兒這才長長地鬆了一口氣，這拳頭打得真是太痛快了！

安其滿又一把拎起丁二成的脖領子。「走，跟我去里正家評評理，你弄壞了我家的秧苗，給我賠！」

丁二成雖被狼狽揪著，可嘴上還是胡咧咧。「你不把老子的媳婦兒還回來，改天老子就把你媳婦兒抓走，讓你知道是什麼滋味！」

他這話，瞬間把大夥兒驚到了！梅氏嚇得臉色蒼白，雲開的火氣騰地冒了起來。

這是個什麼東西！安其滿的怒火瞬間被點燃，拳頭如雨點般招呼在丁二成身上，村人也藉機踹上兩腳出氣。

曾林等人見丁大成要衝上去幫手，趕忙伸手拉偏架，待到丁二成被揍得差不多了，才上前拉住安其滿。「算了，別跟他一般見識，犯不上的。」

此時的丁二成已如爛泥一樣癱在地上，被擠在人群外的丁老太太見了兒子的慘樣，嗷嗷地哭。

城中曾家，曾春富處理外院的生意，曾夫人處理內宅的瑣事，曾九思回書房發呆，曾八斗則躺在床上呼呼大睡。

曾夫人聽管事婆子報完事，徐嬤嬤便急匆匆地進來了，在曾夫人身邊耳語了幾句，曾夫人的眼立時就利了起來。「讓曾安馬上來見我！」

「大管家還在老爺那裡……」

「去叫！」

「是！」徐嬤嬤急匆匆去了，她也知道去老爺那裡找人鐵定會讓老爺不痛快，可這事如果她瞞著，回頭夫人知道了，就得扒了她的皮！

曾安很快便來了，此時回事廳內只曾夫人一人，小院內連隻蚊子也沒有。

這是擺好要不顧情面罵人的架勢了，曾安沈下心，規規矩矩地行禮。「夫人。」

曾夫人也不讓他起來，只冷冷地看著。

曾安拱手彎腰定住，目光微垂，面色平靜。

徐嬤嬤趕忙勸道：「管家沒有什麼想跟夫人講的嗎？」

曾安卻問道：「夫人想知道什麼？」

徐嬤嬤只得又道：「老奴聽說，朵蘭前幾天從村裡逃進城裡來了。」

曾安依舊平靜。「盧安村的人前幾天的確到府上來問過，小人也派人查了，沒有發現朵蘭的行蹤。」

「哼！你覺得自己這麼多年偷偷照看那小賤人母子的事情，做得滴水不漏？」曾夫人陰沈著臉。「盧安村的里正膽小怕事，若不是得了你的話，他會對丁異另眼相看？若不是他，那小磕巴早就死了，那小賤人也活不到現在！」

曾安拱手。「不敢瞞夫人，小人的確是請里正對他們母子照看一二，但除此之外，小人並未做過其他事情，夫人不信可以去查。」

「啪！」曾夫人將手裡的茶杯重重砸過來，摔得粉碎。「曾安，你當本夫人動不了你是不是！」

「夫人怎麼又動這麼大的氣？」曾春富從外邊大步走進來，勸道：「不過是個十年前打發出去的丫鬟罷了。」

曾夫人氣得胸膛劇烈起伏。「我為什麼這麼生氣，老爺還不明白？」

曾春富厭煩地皺起眉。「夫人！多少年前的事了，妳這是要揪一輩子？」

「是我揪著還是老爺放不下？」曾夫人罵道：「當年若不是老爺護著，我早就將那小賤人亂棍打死了！」

朵蘭的父親曾慶也是曾家的家奴，更是為救曾春富死的，曾春富念著這份情才饒了犯錯的朵蘭一命。這個緣由曾春富跟妻子解釋了無數遍，可她偏覺得是曾春富放不下！

這麼多年了，只要提起這件事，便是一頓好吵！

去青陽該辦的事情沒辦好，曾春富本就氣不順，曾夫人這麼一鬧，他也壓不住火了。

「把人給我交出來！」曾夫人就不信那小賤人沒人幫著能逃走！

曾春富怒道：「好，老爺我給妳找，挖地三尺也給妳找！找到之後呢，妳還想幹什麼？妳到底想怎麼樣！」

「哎喲，老爺真是會照顧人呢！」曾夫人酸得冒氣。「怎麼這麼多年過去了，還不接回老爺我可是答應過曾慶要照顧好他這唯一血脈的！妳要害老爺我當個言而無信的小人嗎？」

「妳這個潑婦，老爺我真是受夠了！」曾春富伸手拿起桌上的大花瓶就要摔下去。來親自照顧才放心？」

「摔，用力摔！那是一千五百兩從京城買回來的，摔！」曾夫人冷嘲熱諷道。

曾春富舉著瓶子喘半天氣，一抬腳踹倒放花瓶的矮几，抱著花瓶走了，出院時又一腳把小院月亮門邊的姚黃牡丹踢到地上，花盆應聲而碎，土撒了一地，嚇得門外的婆子丫鬟跪了一地。

他們夫妻向來都是關門吵，從不在下人面前給對方難看。沒想到曾春富居然踹倒了她最愛的牡丹，生生地打了她的臉。曾夫人氣得趴在榻上嗚嗚直哭，徐嬤嬤趕忙過去勸著。

曾安站在屋中著實尷尬，也悄悄退出來，跟回前院。

書房裡，曾春富正抱著花瓶生氣。

「夫人在砸東西？」
「沒有，夫人這次真傷心了。」
曾春富怒道：「你說為了這點事，她鬧了多少回？當年能怪老爺我嗎？老爺我還能怎麼樣？」
曾安低頭，主子的事，他身為下人怎敢隨便議論。
「朵蘭呢？」
曾安剛要開口，卻聽曾春富又道：「行了，不管怎麼回事，老爺我都不想知道，出去出去！」
曾家被朵蘭逃走之事攪得家宅不安，盧安村內也因這件事人心惶惶。
丁二成被安其滿揍得在炕上躺了兩天後，仍絲毫不知收斂，腫著一張臉進山去找丁異，卻得知神醫帶著丁異出門了。
丁二成覺得他們這趟出門一定跟朵氏那賤人有關，守在藥谷口罵得極其難聽，惹得留在藥谷內本就心情不爽的藥童一包藥粉將他撂倒，他折騰了個半死才爬回村裡。
這樣天翻地覆地折騰了幾天卻一點好處也沒撈到，丁二成只好回曾家上工。哪知他回去後待不到半炷香，就被曾家連人帶包袱一起扔了出來。
曾春富和曾夫人為這件事還僵持著，曾家上下連大氣都不敢出一口，怎麼可能容他在曾家添堵！

丁二成丟了差事後跑回村裡，又開始四處指天罵地不消停。丁家人不管他，里正罵了幾次也無濟於事，因丁二成越發地無賴了，就是一頭不怕開水燙的死豬。

他罵累了，就隨便找個地方一靠，渾濁帶血絲的眼睛直勾勾地盯著村人，嚇得村裡的婦人孩子都不敢出門。

雲開家地裡的草已除淨，禾苗也長到膝蓋高，但安其滿一次門也沒出過，在家裡寸步不離地守著媳婦和閨女，生怕丁二成哪天真發了神經，將她們抓去。

因怕媳婦在家無事亂想琢磨出病來，在交了去年秋那幅雙面繡屏風後，安其滿又託人進鎮從繡房接了一幅不急著做的屏風回來，讓媳婦在家繡花解悶。不為賺錢，只為打發時間，安其滿則包攬了割草、買東西等需要出門的事情。

不能出門對雲開來說並沒什麼影響，她樂得在家搗鼓自己的小木頭塊、細竹子、蘆稈和……雞毛。

安其滿做活收拾新房的空暇時，不是守著媳婦說會兒閒話，就是守在雲開身邊看她倒騰。他看著閨女把洗淨的雞毛曬乾弄蓬鬆，再用漿糊把雞毛貼在木板上，然後舉著給自己看。「爹看這像什麼？」

安其滿認真看了半天，小聲回道：「一隻……炸毛的雞？」

「就是雞！」雲開笑了，爹爹能看出這是雞，說明她已取得了初步成功。

安其滿見閨女這麼開心，後半句話便嚥進肚子裡——這隻渾身是毛的雞看著好瘆人……

過了兩天，閨女不倒騰雞毛了，又拿著燙衣裳的烙鐵擺弄蘆稈。這不同於貼雞毛，燒熱的烙鐵可是個危險東西，安其滿勸不住，只好膽顫心驚地守著閨女，生怕她把自己的腳給燙了。

雲開失敗了無數次，點著了一捆捆蘆稈後，終於把滾圓的蘆稈給燙平了！她欣喜地把燙平的蘆稈用漿糊貼在木板上，又用刀子裁剪出樹葉的形狀，舉到爹娘面前。「好看不？」

梅氏說了真心話。「比那塊貼雞毛的好看些。」

「開兒到底想做什麼？」安其滿問道。

「我想用這蘆葦貼成畫，然後拿去賣。」雲開喜孜孜地道。

……

梅氏忍不住勸道：「這東西沒人會花錢買的。開兒跟娘學繡花吧，繡出來的樹比妳這樣弄出來的好看多了……」

安其滿用力點頭，附議！

「女兒想再試試。」雲開搖頭，刺繡在這裡不算稀罕，就她這點能耐，再練十年也繡不出出色的繡品，且這錢來得太慢了——一幅值錢的繡品，少說也得幾個月才能繡出來。

以前倒是無所謂，反正是要過日子，只要娘喜歡，她慢悠悠來就是。可現在不一樣了，她知道了傻妞的身世，而南山鎮的曾家與青陽縣的寧家聯繫頗多，保不準哪天她就會被人認出來，面臨著要被抓回去關小黑屋的危險，所以她必須防患未然。

所以她要賺錢，有了錢才有辦法保護爹娘，起碼不讓自己成為他們的拖累。

目前看來，蘆葦畫雖然沒有羽毛畫好看，但更實際些。

孤兒院旁邊就有一家蘆葦畫工廠，她十六歲打的第一份工就是去工廠切蘆葦拼畫，所以她對蘆葦畫的製作流程很清楚，現在缺的僅是親手實踐的熟練度罷了。

於是，接下來的七、八天，在燙損了無數根蘆葦後，雲開終於掌握了用溫度不同的烙鐵燙熨出不同顏色的蘆葦的技巧，成功燙出了顏色深淺不同的蘆葦。

當她把第一幅色彩深淺不一、拼接層次分明的蘆葦貼成的荷花放在爹娘面前時，他們倆真的是驚呆了。

「這花真好看……」

「這線條比娘親繡的還好，就跟真的一樣。」梅氏輕輕摸著光滑的蘆葦道。

雲開又把漂亮的大眼睛笑成了彎彎的月牙兒，她才不會告訴爹娘，剪荷花瓣這個階段她做了一個暑假，閉著眼睛都能剪出來。

荷花，是她最拿得出手的蘆葦畫了。

終於得到認可後，雲開跟娘親要了一塊黑布，平整地貼在木板上，然後在上面貼了幾朵高低錯落的荷花、荷葉。

布的黑更加襯托了蘆葦的白，這幅畫簡直不要太耀眼。

安其滿和梅氏算是徹底折服了。

「爹，您說這個能賣錢不？」雲開問道。

「能！」安其滿立刻點頭。「這東西一般人家不會買，但是大戶人家一定會稀罕買回去！閨女，這畫要弄好了，興許比妳娘的刺繡還賺錢。」

梅氏也認同。「開兒是怎麼想出來的？」

雲開吐吐舌頭。「看娘親用舊衣裳刷漿做鞋底時想出來的。」

梅氏驚了，把她拉過來摟住一陣揉捏，連聲說著她的閨女腦袋真好使，一點也不傻之類的。

安其滿則想得更多，他是一點點看著雲開把這東西弄出來的，這畫豈是沒多大難度。「咱們多找幾幅好看的畫，多拼出幾幅來，拿去賣賣看？」

雲開開心地點頭。「爹更不傻。」

一家人東倒西歪地樂了一頓後，雲開叮囑道：「不過，這東西咱們不能讓別人知道，就是奶奶也不成。」

安其滿連忙點頭。「這可是獨家的手藝，弄好了能賺大錢。」

梅氏則擔憂銷路。「咱們去哪裡找有錢人家買呢？」

三人腦子裡不約而同地想到了曾家，不過緊接著三人又同時搖頭，異口同聲地說：「不能讓曾地主知道。」

「對，就他那精明勁，要是讓他知道了，怕是得壓著咱們的脖子把這手藝要過去。」安其滿琢磨著。「得找個可靠又有能耐的大鋪子掌櫃。」

可這樣的大鋪子掌櫃，哪是他們這樣的人家接得上線的？

安其滿安慰道：「別慌，人咱們慢慢挑，先把東西弄出來再說。」

雲開卻提議道：「爹覺得青陽縣白家的日升記怎麼樣？」

安其滿立刻點頭。「那可是咱們縣裡一等一的商號，可人家能看上咱們的東西嗎？」

雲開笑咪咪地道：「不拿去試試，怎麼知道呢？咱們的蘆葦畫圖的就是個物以稀為貴，要想賣上好價錢，就得找日升記這樣的大商號，而且也只有重信譽的日升記才能幫咱們保守秘密，讓咱們悶聲賺大錢。」

這理一點也不差。只要想著做好了蘆葦畫的前景，安其滿跟梅氏就覺得幹勁十足。

「待咱們賺的錢多了，就搬到青陽縣邊上去住，那裡田肥，離縣城近，日子好過些，妳和妳娘也能時常出去轉轉。」安其滿開始暢想將來的好日子，妻女在化生寺那幾日的快樂，他牢牢地記在心裡。

「只要咱們一家人在一起，在哪裡都好。」梅氏溫柔地笑著，然後又不好意思地加了一句。「如果能在更好的地方，也是好的。」

雲開知道娘親說的「更好的地方」是沒有厲氏，沒有丁二成的去處。可人生哪可能有毫無紛爭的世外桃源，有人的地方就有煩惱，只要積極面對，解決一個個問題和挑戰就好了。

有了美好的期待，一家人幹勁滿滿的，也沒了時間去關心丁二成醉倒在誰家門口、又跟誰吵了架。就是丁二成蹲在雲開家外不遠的山坡上陰森森地盯著她家大門看，梅氏也沒了擔憂受怕的功夫。

她現在全副心思都放在手中的烙鐵上，一門心思地想著怎樣才能將鐵板上的蘆葦燙平了、燙出深淺不同的顏色來。有丁二成在門口盯著，村人來串門子的少，他們做蘆葦畫就不易被人察覺，也算有點好處，梅氏自我安慰著。他們現在披著當篾匠的皮做蘆葦畫，雖有那幾個竹筐竹蓆掩著，梅氏還是心虛得很，怕被婆婆或楊氏看穿。

日子不知不覺地滑過，不只丁二成沒有找到朵氏，曾夫人令曾家奴僕翻遍了南山鎮也找不到朵氏的蹤跡。

曾地主氣得帶著大兒子曾九思離開烏煙瘴氣的家，送他去青陽書院讀書，然後留在青陽縣轉悠，希望跟日升記合作，在南山鎮開家日升雜貨鋪。

日升雜貨鋪可不是一般的雜貨鋪，它納天下百貨於鋪中，這裡只有你想不到的，沒有你買不到的。這樣的雜貨鋪自然能賺大錢，但也只有買賣遍九州的日升記才能有充足的貨源，撐起這樣的招牌。

過了端午，待太陽一天天毒辣起來，雲開穿著單衣都覺得熱時，丁異回來了。

他沒回山谷，而是騎著他的小馬一路狂奔著來找雲開。

待敲開大門，見到一臉驚喜的雲開時，丁異露出大大的笑容。

「你終於回來了！」

「嗯！」這一刻，丁異真的覺得到家了。

雲開把他連人帶馬拉進院裡，關上大門上了門閂，安其滿和梅氏也滿臉笑地看著這黑了一色，卻精神了不少的孩子。「這段日子跟著你師父去哪兒了？」

「給、給人，看，病。」丁異磕磕巴巴地道：「軍、軍營，裡。」

雲開問道：「軍營好遠吧？」

丁異用力點頭，遠到他想雲開了都不能回來，以後再也不去這麼遠的地方了。

他從馬褡褳裡掏出一把匕首遞給安其滿。「叔，給。」

這匕首帶皮刀鞘，安其滿拔出來一看，刀身明晃晃的，令人愛不釋手。

丁異又掏出一個小木盒遞給梅氏。「嬸，給。」

「你這孩子，平安回來就好，還帶什麼東西。」梅氏這樣客氣著，也打開看，裡邊是只粗粗的銅鐲子，做工雖然粗糙但分量十足。梅氏慌忙遞回去。「這東西太貴重了，嬸兒不能收。」

「嬸，拿著。」丁異說完，有些失落。

梅氏知道他想起了離家的朵氏，趕忙低聲道：「你娘這次真的走成了，沒被抓回來，你放心吧。」

丁異慢慢點頭，雲開迫不及待地把小手伸到他面前。「我的呢？」

丁異趕忙從馬褡褳裡掏出一個小包袱遞給雲開。

「這麼多，都是我的？」雲開接過，沈甸甸的，異常驚訝。

丁異歡快地點頭。

梅氏已端了一碗水讓他喝下，又讓他在水盆裡洗了手臉，才小聲商量道：「丁異啊，那鐲子我先替你收著，等你長大要娶媳婦兒蓋房時，咱們再拿出來用，好不好？」

丁異看了看雲開，點頭。

他這一眼，看得安其滿驚心動魄的。

「這個真好看！」雲開舉著一小塊千層石驚嘆道，那是一塊巴掌大小、黑白相間的石頭，層理清晰，條帶凹凸分明，看起來像個小寶山一樣。

丁異立刻湊過去，兩眼雀躍地陪著她一起看自己帶回來的各種寶物。

包袱裡都是稀奇可愛的小東西，千層石、鵝卵石、小泥人兒、形狀不規則的鐵塊，甚至還有奇形怪狀的樹枝、木塊。

「這些都是你找到的？」雲開驚喜，鼻子卻又有些發酸，為了這小傢伙一片想與自己分享喜悅的心意。

「嗯。」丁異指著其中如雲的鐵疙瘩。「打，鐵的，那裡；這，個，河裡；這個，街邊。」

雲開撿出其中一塊最喜歡的石頭。「這個好漂亮！」

丁異見她真的喜歡，便笑彎了眼睛。

「砰！砰！」雲開家的大門忽然被人猛踹搖著發出悶響，半大的黑狗「汪汪」地叫了起來。

雲開一家立時站起來，就聽門口傳來丁二成嘶啞難聽的罵聲。「丁異你個死玩意兒，給老子滾出來！別在裡邊裝孫子，老子看到你進去了，滾出來！」

丁異站起來拉住安其滿，不讓安其滿開門。他從容地包好小包袱，放進雲開的懷裡，又把她和梅氏一起推進屋裡，關上屋門。雲開見他這樣，心裡不由得跟著踏實起來，院外丁二成的罵聲、院裡小黑狗的叫聲，都變得遙遠了。

說不上為什麼，丁異就是不想讓雲開見到丁二成醜陋凶狠的模樣，關好屋門後，他才轉身對安其滿道：「叔，添，麻煩，走，了。」

「這不怪你，你爹最近天天在村裡鬧騰，不只我家，他家家都鬧。」

丁異點點頭，牽上自己的馬去開門。

雲開和梅氏擔憂地在窗邊看著，只見門打開後，丁二成跑進來，丁異俐落上馬地衝了出去。

丁二成立刻追了出去。「兔崽子還敢跑！給老子下來！」

丁二成追著丁異走了之後的幾天，丁異不知使了什麼法子，丁二成搗亂的行為居然神奇地消停了下來，雲開一家終於能夠安心做蘆葦畫了。

十日後，以黑絨布或刷了黑漆的木板為底的蘆葦畫做好了，雖說還有這樣那樣的小瑕疵，但一家子覺得這畫足可以拿去見人了。

接下來便是想辦法接觸白家的日升記，雲開道：「爹我有辦法。咱們進趟山找神醫爺爺吧？神醫爺爺認識很多人，咱們看他能不能幫咱們搭個橋，順道我也找丁異問問有什麼防身的藥沒有。」

有丁二成這麼個禍害在，安其滿仍是不敢離開家人半步，於是一家人商量著第二天一早一起進山去找神醫。

可還不等他們進山，丁異一早又騎著小馬進村了。

雲開問他。「你怎麼突然回來了？我們今天本來打算進山找神醫爺爺，還要去看你的。」

「送，藥。」丁異從懷裡拿出三個小藥瓶放在桌上。「聞，一，點就，暈。」

這絕對是好東西！雲開開心地拿起一瓶，對爹爹道：「太好了，我和娘一人拿著一瓶，爹也拿著一瓶，這樣就妥當了，到哪兒都不怕。」

安其滿不敢相信。「真管用嗎？要不我先試試？」

梅氏立刻道：「還是不要試，萬一出事呢？」

「沒，事。」丁異非常肯定，這藥不是他製的，是跟師父討來的好東西。

待收拾好碗筷，安其滿四平八穩地坐好，對丁異說：「你把二叔弄暈試試，我倒要看看……」

還沒等他說完，丁異拿著瓶子在他鼻下一晃，安其滿不由自主地吸了一口氣，一會兒眼神就不清明了，他強撐著站起來，走沒兩步就倒了……

這就真的倒了？雲開和梅氏看得目瞪口呆，三人合力把安其滿抬到炕上。

雲開拿著小瓶子看了又看，覺得十分不可思議。「這也太快了吧！」

「還有，更，快。」丁異有些小驕傲，雖然這藥是拿來防他親爹的，他一點也不覺得難受。對丁二成，他沒有任何父子情，有的只是厭煩和害怕，現在害怕沒了，只剩下厭煩。

梅氏見丈夫一動不動地躺著，趕忙問道：「能快點讓你叔醒過來不？」

丁異搖頭。「兩，個，時辰。」

得！雲開捂住小嘴笑了。「爹最近沒歇息好，這回權當補覺了。」

梅氏也沒有別的法子，只好出去收拾碗筷。

雲開拉著丁異跑去東廂房，神秘兮兮地拉開蓋住蘆葦畫的蘆葦。「你看！」

看著一幅幅以荷花、荷葉、魚或鴛鴦為題的畫，丁異看了半天，又小心翼翼地摸了摸。

「貼，的？」

「嗯！」雲開得意地笑。「這是我們這幾天做出來打算賣錢的，你可不要跟別人說！」

丁異用力點頭。

「我們一家本來打算進山找你，先想辦法討點自保的藥，這樣我爹就不用守著我和我娘，能出門去賣畫了。」雲開笑咪咪地說出今日的打算。

「哪兒？」丁異問。

「初步定的是青陽白家的日升記，若他們家談不下來，再找下一家。」雲開從未打算瞞著丁異。「白家你知道吧？咱們去燒香的時候在廟邊就有見到他們家的鋪子，大著呢。」

丁異眨眨濃密的睫毛。「不、不用，去。」

「為什麼？」雲開歪著小腦袋問道。

「白，伯父，在。」丁異簡單道。

雲開愣了愣，想起丁異拜師時來藥谷觀禮鶴髮童顏的老者白秋為，驚喜道：「那位老先生是青陽白家人？」

丁異小腦袋用力一點，很是雀躍。「老、老，東家。」

雲開驚得跳起來。「這真是太好了，太好了！」

見她開心，丁異也跟著咧嘴笑。

雲開一直以為白秋為是位世外高人，沒想到他竟是日升記的老東家。就憑他那通身的氣派，雲開對日升記的好感又竄了兩個臺階，再加上有神醫這層關係在，她對日升記更放心了。

帶著東西去趟藥谷找這位老東家給估個價，若是他能看中並給個不錯的價格，那就完美了！雲開激動地在屋內轉圈，這件事開頭極為順利，她有預感，接下來也會很順利。「丁異，太好了，真是太好了！等我爹醒了，我們就去找白先生！」

丁異忽然收了笑，拉住雲開焦急道：「伯、伯父，要、要走，今天。」

雲開也急了。「什麼時候？」

丁異搖頭。

丁異出來這會兒功夫，或許白老已經走了呢！雲開焦急地轉圈圈，現在爹還睡著呢，他們該怎麼辦？看來也只能由她頂上了，雲開索利地選出三幅最好的畫用布包好。「走，咱去藥谷！」

梅氏聽了雲開的話也有些著急，但她不放心這麼讓女兒出去。「娘去！妳在家關好門，守著妳爹，什麼人來了都別開門。」

雲開搖頭。「女兒跟丁異騎馬去快一些，再晚了怕來不及。女兒身上有藥，那……那人真要追也追不上我們，娘放心吧。」

「可是……」梅氏還是不放心。

雲開又勸了半天，丁異也保證會騎馬帶雲開去、再安全送她回來，梅氏只好答應，提心吊膽地看他們出門，騎馬的身影慢慢走遠。

還未到藥谷，兩人在山中就遇到騎白馬帶著兩名僕從的白秋為，他已跟神醫辭行上路了。

雲開暗道一聲好險，急匆匆跳下馬彎腰行禮，然後問道：「先生要回鄉嗎？」

白秋為笑著搖頭。「信馬由韁，走到哪裡算哪裡。」

雲開笑道：「先生可否給雲開一炷香的時間，雲開有件事想向您討個意見。」

白秋為笑著下了馬，且不說丁異是老友看中的弟子，便是這個第一次見面便道出他姓名出處的小丫頭，他也是喜歡的。「何事？老夫對你們那些孩子過家家的事情可不在行。」

「我和丁異已經大了，不玩過家家了。」雲開請老人家坐在乾淨的山石上，取出自己揹著的蘆葦畫，雙手遞上去，笑咪咪道：「這是我們一家琢磨出來的新東西，用蘆葦製成的，您老請給估個價？」

白秋為接過魚戲蓮葉間的蘆葦畫，正色細細端詳後又伸手輕輕摸了摸，問道：「這真是蘆葦製成的？」

「是。」雲開的心懸了起來。

三幅都看完後，白秋為捋鬚笑道：「這畫勝在質樸，農趣盎然；失在線條和用色不均。不過老夫行走多年還從未見過有人用蘆葦製畫，這畫容再精緻些，僅憑物以稀為貴這一點，應能賣到五兩銀子。」

雲開的心怦怦地跳。「一幅五兩嗎？」

白秋為點頭。「不錯。」

「先生，若是我們把這畫拿到您的日升記去，您會收嗎？」雲開不好意思地解釋道：「我們就是地道的山裡人家，無門無路的，若貿然拿出去賣，怕是會惹來禍端。」

白秋為捋鬚，哈哈大笑。「好個精明的丫頭！」

雲開見他如此，便知這交易差不多成了，趕忙道：「您也是做買賣的，不能按最終價給您，銀子再低一些或者乾脆咱們兩家分成，都成的。」

白秋為又忍不住大笑一會兒，摘下腰間的玉牌遞給雲開。「老夫早已多年不理日升記的諸事，妳拿此牌去青陽日升記與老夫的兒孫驗貨定價吧。」

得了老東家的玉牌和五兩銀子的報價，他們去日升記拿到的就絕對不會低於這個數。雲開接了玉牌，趕忙彎腰真心感謝。「多謝先生。」

白秋為看了看畫，又看了看雲開，低聲問道：「這畫是妳想出來的？」

雲開也不隱瞞。「是雲開見娘親繡花想出來的，花樣子是娘親弄的，東西是我們一家人一起做的。」

白秋為含笑點頭，騎馬離去。

待他們走遠了，雲開才舉著鏤雕五福的白玉牌開心地轉圈圈，止不住地笑。「事情辦成了。你回藥谷，我回家告訴爹娘！」

「妳，不行。」丁異不同意她一個人回去。

雲開異常自信。「你第一次進山找吃的時候才四歲，我現在都九歲了，還有藥防身，怕什麼。」

正說著，就見丁二成不知道從哪兒跳出來，人不人鬼不鬼地站在路邊，一臉淫笑地盯著他倆。「真不愧是我的種，毛還沒長齊就給自己找了個這麼俊俏的小媳婦兒！這傻妞長得可不比你娘差，有眼光！」

雲開的火氣騰地竄了上來。「別把你那骯髒念頭安在丁異身上，他跟你不一樣！」

「哎喲，哪兒不一樣，還不是兩條腿一個……」丁二成的話還沒說完，丁異手裡的石頭已經砸在他的臉上，疼得他捂著臉嗷嗷直叫。「你個畜生，敢打老子，老子今天不揍死你就不是你爹！」

丁異把雲開護在身後，抽出一把短槍，指著丁二成，看起來像頭什麼都不怕的小老虎。不過雲開看得出他是在強撐著。

見丁二成拿著木棍衝上來，雲開立即抓了一把碎石子砸在他的臉上，用手拉丁異。「快上馬。」

丁異翻身上馬，一把也將雲開拉了上來，握住馬韁繩一夾馬肚子，小馬立刻揚起蹄子往前跑。

雲開扶著丁異的肩膀回頭，見丁二成一邊罵，一邊張牙舞爪地追著，忍不住想這世界上怎麼會有人願意讓自己活成這副醜陋的模樣。

兩人一口氣跑到雲開家門口，踩著小凳子在院牆裡向外張望的梅氏見女兒終於回來了，趕忙跳下來打開門。

雲開回頭見丁二成沒有追上來，小聲對丁異道：「別跟我娘說剛才的事，免得再嚇著她。」

丁異點頭，待雲開進門後他卻沒有跟進去，而是調轉馬頭又往回跑。

雲開擔心地看著他的背影，知道他這是去攔著丁二成了。

他再厲害也不過是個九歲的孩子，對上拿揍他當家常便飯的混帳爹，能怎麼辦？

丁異原路返回，見他爹丁二成癱在一塊大石頭上哼哧哼哧地喘著氣。這裡離他們動手的那塊大石頭，不過十餘丈，這麼幾步，他就跑不動了。

丁異握緊手裡的槍，對他的懼怕淡了一點。

可從小被打到大的恐懼不是一時半刻就能消除的，見到他用胳膊支著身子坐起來，丁異的第一反應，還是想逃。

逃到他打不著的地方去，逃到樹林裡去。

可這次不行，他跑了，雲開一家要怎麼辦？

丁異緊緊握著槍，一動不動地盯著馬頭下的人。

丁二成瞪著猩紅的眼睛，呼哧呼哧地喘氣。「你娘走了，你就連爹也不要了？一門心思地討好安老二，你以為他會把閨女嫁給你？別作夢了！就算他願意，老子也不同意，老子這就明擺著告訴你，沒門兒！只要老子沒好日子過，你們有一個算一個，一天也別想消停！」

丁異對他的厭惡大過恐懼，手都有些抖。

見他知道怕了，丁二成得意洋洋地站起來。「哼！你以為舉把破槍老子就怕你？你要是真有種，就趁沒人把老子捅死扔山裡餵狼去，要是沒種，就把你那破東西收起來。想嚇唬老子，你還早了十年！」

丁異看著他一步步地走近，嘴唇都咬出了血，閉上眼睛把槍往前一劃，只聽「哎喲」一聲，睜開眼見他爹嚇得往後躲，卻被他自己的腳絆倒，狼狽地癱坐在地上。

「你個孽障，真敢動手啊！」丁二成氣得直罵，不過心裡卻是真的有點害怕了。

丁異努力壓制住各種情緒，慢慢道：「你、你走，以、以後，不要，找，村村裡，人麻、麻煩。」

「我呸，就你這半天說不出十個字的孬種，還敢威脅老子！」丁二成罵道：「老子早就看明白了，你就跟你娘一樣，從頭到屁股，沒一丁點用，廢物！」

丁異真想吼幾句，可他吼不出來，只咬著牙，慢慢說道：「只要，你，不找事。以、以後，每、每月，給你，半吊，錢。」

聽到有錢拿，丁二成的眼睛瞬間就亮了。「你當打發要飯花子呢，每個月二兩！」

「沒有！」現在師父每個月就給他半吊錢，讓他買衣物當零花。

丁二成猩紅的眼睛轉了幾轉。「劉神醫一個月就給你這點錢？」

丁異點頭。

「切！他藥谷裡隨便一棵草都不止這個數，這是拿著你當徒弟還是當下人呢！」丁二成不甘心，貪婪的眼睛在丁異身上搜羅半天。「以後你每個月從藥谷裡弄兩棵人參出來給爹，爹保證不去打擾你小媳婦兒和老丈人！」

丁異皺起眉頭。「就半吊，愛、愛要，不要！」

丁二成也知道這熊孩子很固執，只能見好就收。「好，半吊就半吊，拿過來！」

「現在，沒有，明、明天，給你，不過，你以，後不、不能……」面對他和娘親，丁異結巴得尤其厲害。

「行了，看你這費勁的，不就是不去打擾你的小媳婦兒嗎？爹明白。」丁二成在曾家洗馬時一個月才三百文，當了馬夫也不過半吊。以後每月有了這筆錢，夠他吃飯喝酒的，丁二成得意得很。這兒子他沒怎麼管過，沒想到九歲就能養老子了。

「也不能，打擾，村裡、裡人！」丁異非常認真地補充道：「否則，以、以後，不給！」

第十二章

村內，雲開跟著娘親回到屋中，講了半路遇到白秋為老爺子的事情，梅氏不由得驚呆了。「這麼多？」

雲開用力點頭，眼睛又彎成了月牙兒。

「五兩銀子啊……」梅氏喃喃地道。

五兩銀子，可以在化生寺供一盞長明燈，可以買兩頭大肥豬，買一畝上好的田，買五床厚厚的羊絨被讓一家人暖暖和和地過冬……

想著想著，梅氏的眼睛便紅了，把雲開摟在懷裡，哽咽道：「娘沒日沒夜地繡屏風，三、四個月才能賣出十兩銀子，開兒比娘強多了，咱們以後不學繡花，不落娘這樣一身的病……」

刺繡並不輕鬆。繡的時間長了，眼睛、手、頸椎都會攢下毛病，所以大多數繡娘到了三十多歲便壞了眼睛做不動了。

雲開抱著娘親，終於能說出壓在心底的話。「娘以後不用靠繡花賺錢了，想幹什麼就幹什麼！」

梅氏帶著淚笑了，抱著雲開搖啊搖的。「嗯，娘以後只給妳和妳爹做衣裳，給妳的外裳繡滾雲邊，繡桃花枝，繡石榴小肚兜，繡花鞋……」

兩人說說笑笑的，時間過得特別快，待晌午飯做好時，安其滿也醒了。整整睡了一上午的安其滿睜開眼時還是懵的，被媳婦閨女一頓笑話。他坐起來摸摸腦袋，傻乎乎地道：「這藥別說是人，就是老虎也能悶倒了，神醫的東西就是不一樣！」

「放心了不？」

「放心了，放心了！」安其滿連連點頭，有這藥在，丁二成來了完全不是個事！他小心翼翼地看著炕頭櫃上的三瓶藥，心想這東西可得放好了。

「我擀了雜麵條打了肉絲滷，起來吃飯吧。」梅氏給丈夫遞了一碗水。神醫說了，少吃多餐有利於將養身體。所以家裡寬裕了，他們便由一日兩頓飯改成了真正的三頓，晌午也會正正經經地做飯。

安其滿摸著肚子苦笑。「我咋一點也不餓呢。」

雲開和梅氏哈哈大笑，他剛吃完早飯就藥倒了，睡醒又到了吃飯的時候，能餓嗎！

「還好沒耽誤事兒……」安其滿提上鞋。「妳們娘兒倆吃，我去山裡轉悠一圈，砍點柴火回來。」

「要不是咱閨女，你就耽誤大事了！」梅氏拉了他坐在飯桌前。「不吃飯，喝碗湯也好。」

「丁二成又來鬧事了？」安其滿瞪大眼睛。

「不是這事，是日升記的買賣。」梅氏把雲開和丁巽找到日升記老東家的事說了一遍，又道：「多虧了閨女和丁巽，要不這老東家咱們鐵定就錯過了。」

雲開把那塊玉牌拿出來，雙手遞給爹爹。「爹收著吧。」

安其滿在布巾上擦淨手，才小心地接過玉牌托在手心裡，這玉入手溫潤，上邊的五福和壽桃栩栩如生，一看就是好東西！

「不愧是日升記的東家，隨便送出手的信物就得幾十上百貫。」安其滿把玉牌遞給媳婦兒。「好好收起來，等咱們做出拿得出手的畫後，我就拿著它去日升記！」

梅氏接過玉牌後，安其滿仰脖子把一碗湯灌下去，一抹嘴就站起來。「我出去找打鐵的張老頭弄塊鐵板回來，妳們娘兒倆關著門，別出去。」

鐵板燙蘆稈比石頭好用。既然已經給蘆葦畫找到了買家，現在最緊要的事情就是瞞著厲氏和楊氏，把畫做得更精緻，賣上更好的價錢。

見爹爹幹勁十足地出門了，梅氏和雲開相識而笑著端起碗，開吃！

過了幾日，安其滿進鎮去東升雜貨鋪幫忙，回來後說見到了丁二成在鎮南的牲口市場上掃糞。

「這可是個肥差。」安其滿如是評價。

「莊稼一枝花，全靠肥當家。」牛馬糞肥發酵撒在田裡，莊稼就能長得壯實多產糧，所以村裡閒著沒事揹筐四處拾糞的人不少。

牲口市場是鎮周邊村民買賣牲口的集會地，牲口糞自然多。不過那裡有專門的人管著，不是誰都能去拾糞的，丁二成能去，自然是託了門道。

「不管他去幹啥，只要不在村裡轉悠就好。」梅氏才不管他去了哪裡做什麼，只要他不在村裡嚇人就好。

很快就到了安老頭的百日，厲氏指派了安其滿和安其堂兩兄弟去楊家村買魚和肉。兩人買了出來時見楊滿囤蹺著二郎腿坐在村口，身邊還站著幾個村裡的雜毛混混，衝著他們哥兒倆笑。

安其堂怕怕地拉住二哥的衣角，安其滿見了這陣仗，心裡也有點慌。

楊滿囤對自己帶來的威懾力非常滿意，他晃著二郎腿，大爺一樣地招招手。「其滿，買了啥？」

「幾條魚還有一些肉和菜，明天是我爹的百日，我們哥兒倆過來買席面要用的菜。」安其滿仔細想了想，楊滿囤也不能拿自己怎麼樣，心也定了些。

「哦——」楊滿囤拉長聲調。「你說這日子過得咋這麼快，這麼快就一百天了。拿過來讓我瞅瞅，明兒要吃的魚長啥樣？」

楊滿囤是楊氏的親哥，也在明天吃席的親戚之列。安其滿走過去，把草簍裡的魚給他看。

簍子裡的草魚每條都有三斤多，還真沒啥好挑的。楊滿囤吧唧吧唧嘴，四白眼落在安其滿腰間的錢袋子上。「聽說你最近發財了？」

「稱不上發財，剛能吃飽飯，比起滿囤哥差遠了。」安其滿客套著。

「這年頭能吃飽飯的就是好人家啊，哪像你老哥我，連飯都快吃不上了。」楊滿囤靠在躺椅上，仰天長嘆。「蓋房子、出彩禮娶兒媳婦，一個娶了還有仨，非得把老子榨乾累死不可。」

楊滿囤前兩天剛給大兒子娶了媳婦兒，後邊還有仨呢，這語氣一點都沒有痛苦，滿滿地都是顯擺。

他說完，又掃了一眼安其滿。「跟你說這些幹啥，你這沒孩子的也鬧不懂。」

他身後的幾個雜毛小子跟著嘿嘿直樂，安其滿沈著臉不說話。沒兒子，在這裡就是會讓人看不起。

「也不對，老哥我說錯話了。你現在有一個閨女了！」楊滿囤收回大腿坐起來，不安分的眼珠子在安其滿身上轉悠，這安家老二悶聲不響的，日子卻有聲有色地過起來了。看著勁頭，安其滿這日子會越來越好，不如把他那傻閨女訂下來，以後他們夫妻倆生不出兒子，家產就全是他老楊家的了。楊滿囤越想越美，乾脆咧開嘴直接提親了。「那啥，你那傻閨女訂親了沒，你看我家老三小子怎麼樣？」

楊滿囤的三兒子今年八歲，長得跟他賊像，安其滿自是看不上。「我閨女還小，不到訂親的時候。」

「怎麼？看不上我老楊家了是吧？」楊滿囤站起來，氣勢洶洶地瞪著安其滿。「我還沒挑你家那撿回來的傻閨女呢，你倒挑上我兒子了！老子要不是看在你也算我兄弟的分上，還不想委屈我兒子呢。你跟我做親家有啥不好，到時候看這十里八村的誰還敢欺負你！」

不光沒人敢欺負，估計也沒人搭理了。安其滿解釋道：「滿囤哥，不是你想的那回事。是我們浴佛節時去化生寺燒香，給我閨女求了籤，籤文上說她十四歲之前不能訂親，否則於人於己都不吉利。」

十四歲之前不能訂親，還有這事？怎沒聽他妹子提過呢！楊滿囤的四白眼轉了轉。「真是這麼說的？」

「這事我哪敢亂說，再說這又不是什麼往臉上貼金的好事。」此話不真不假，安其滿和梅氏燒香的時候，的確給雲開求過籤算過姻緣，籤文也確實說她不能太早訂親，只不過這歲數，是安其滿自己填上的。

楊滿囤吧唧吧唧嘴。「那就等過幾年再說。對了，你給沒給自己求個籤，送子觀音說你啥時能生出兒子？」

身後的人又是一陣哄笑。

安其堂緊低著頭，安其滿卻用力點了頭。「求了，說是明年就能有，等孩子滿月的時候請滿囤哥過去喝酒。」

不光籤文上這麼說了，他閨女也這麼說了，安其滿對此深信不疑。

楊滿囤哈哈大笑。「等你生下來是個帶把的再說吧。」

安其滿和安其堂回到家，安老頭的百日在安其滿家辦，家裡過來幫忙準備飯菜的人已經不少了，來的不光有大人，牛二妞等小丫頭也聚過來玩，嘰嘰喳喳地湊在一起說話。

九歲的二妞心直口快。「聽我娘說，東答村的媒婆昨天到里正家去了。」

安五奶奶家的小姑娘安如祥眼睛立刻亮了。「是要給應龍哥說媳婦兒吧，說的是哪家的閨女？」

里正曾前山有兩兒一女，現在只剩小兒子還沒成親，媒婆過去自然是給曾應龍說親的。雲開也見過曾應龍兩回，今年不過十三歲卻已經長成個兒了，跟他爹、大哥一樣穩重機靈，關鍵是模樣生得還挺好，再加上曾家家境富裕，所以想跟他們結親的大有人在。

厲氏也有意跟曾家結親，不過雲開聽娘親的意思，里正媳婦兒沒相中安如意。雲開歪著小腦袋看著安如意，見她專注地聽著，就知道她對曾應龍應該有點啥想法。

二妞咬著炸糕。「聽說是東答村許正家的二閨女，叫啥我沒記住，妳們見過沒有？」

「那個啊，我見過！長得歪瓜裂棗的，臉比豬還黑，怎麼配得上應龍哥！」安如祥完美地遺傳了她娘親的嘴皮子，說話那叫一個損。

不過幾個小姑娘卻很愛聽，咯咯地笑了，接下來便展開對許正家二閨女的一陣猛烈抨擊。

雲開默默聽著，見安雲好吃完了後眼巴巴地盯著油紙上的最後一個炸糕，便又掰給她半個，剩下的半個遞給安如意。

安如意笑了笑，矜持地小口吃著。

見她這樣，雲開忍不住想笑，小姑這是到了有所思慕的年紀，人前越發地注意儀態起來。她這一笑，實在是太好看了，二妞忽然伸手捧著雲開的小臉。「要是我能有妳的一半好看，我娘就不用發愁給我找婆家了。」

唰唰唰，幾把眼刀都戳在雲開臉上，雲開苦笑。「二妞，妳的手上都是油……」

二妞把手收回去嘿嘿地笑。「忘了。」

雲開倒了一盆水把臉洗乾淨，剛用布巾擦了臉，便見爹和三叔又推著一車桌椅板凳回來了，她趕忙跑過去幫忙。

幾個小丫頭也都是有眼力的，全都跑了過去。安其滿趕忙道：「別搬，仔細碰著，端盆倒水去洗碗。」

雲開轉頭，見安其金推著兩大筐碗盤回來了，剛才她們議論的曾應龍竟然幫著推車。安如意和跟她年紀一樣大的安如吉一見到他，臉唰地紅了。

說親年紀的小夥子也敏感得很，曾應龍見到這一大幫小丫頭也有些抹不開，低著頭假裝沒看到，只幫著安其金把裝滿碗碟的籮筐搬下來，又跟著他推空車回去拉東西。剛走出大門，就聽身後幾個小丫頭嘰嘰喳喳地笑著。

曾應龍走得飛快。

安其金見了，想到自己說親那幾年，也有了開玩笑的心情。「昨天給你說的東答村那個怎麼樣，相中了沒有？」

曾應龍悶悶地回答。「不曉得。」

「那閨女你沒見過？」安其金斜著眼地笑。「我可不信。」

「這事得我娘說了算。」兩村隔沒幾里路，人他自然見過，他娘也沒瞧上，可這話他不好說，人家畢竟是個姑娘。

安其金哈哈地笑。「要娶媳婦過日子的是你，你娘還不是得聽你的。跟哥說說，你稀罕啥樣的？」

曾應龍腦袋裡忽然閃過方才雲開帶笑的小臉，脖子都紅了。

安其金一看他這樣，就知道他心裡有人了，不禁替自己那傻妹妹惋惜，又想探聽一下消息。「這是看上哪家的姑娘了吧？你給哥說說，要是差不多，哥讓你嫂子幫你作媒去！」

曾應龍知道安家哥兒倆不對盤，趕忙岔開了話題。

雲開幾個圍著大木盆洗碗，男娃子由安其滿帶著搬磚在院子裡搭灶臺。明天來的人多，屋裡的小灶不夠用，得搭臨時灶臺用大鍋做菜做飯。安大郎搬了沒幾塊磚，開始四處踅摸。

「二叔，我餓了。」

安其滿擦擦汗，笑道：「去洗洗手，找你姊要吃的。」

一聽有吃的，安大郎立刻在水裡沾了沾手，就跑到雲開身邊。「姊，我餓了。」

今天這樣的日子，雲開也不會給他難看。她站起來擦擦手，把屋簷下桌上的木盒打開，拿了幾塊糖給他。

安大郎一把塞進嘴裡，又伸手要，雲開又給了他幾塊，索性拿著盒子到院子裡給幾個男娃分糖，正這時，曾應龍和安其金又推著一車碗筷回來了。

安其滿見到曾應龍，隨口說道：「大姊兒，也給妳應龍哥幾塊。」

雲開聽話地跑過去，托著糖盒子脆生生地道：「應龍哥，吃糖。」

曾應龍立刻在衣服上蹭了蹭手心，捏起一塊糖，結果因為太緊張，糖塊掉在地上，鬧了個大紅臉。雲開先他一步撿起來，又把糖盒子遞過去。「這塊我洗洗再吃，應龍哥吃這種黃色的，這種不太甜也不黏牙，可好吃了。」

曾應龍聽話地拿起一塊黃色的方糖，門前洗魚的婦人們便偷偷地笑了起來。雲開倒沒覺得怎麼樣，卻見曾應龍連脖子都紅了。

這可是現在村中的敏感人物，雲開趕忙帶著糖盒子躲開，把掉在地上的糖塊洗過，給了安大郎。回到洗碗小隊，卻發現幾個小姑娘的臉色十分微妙。

雲開蹲在盆邊低聲道：「屋裡還有糖，等洗完碗咱們進去吃。」

安如祥左右看了看，質問雲開。「應龍哥是不是喜歡妳？」

幾把眼刀子又飛過來，雲開暗道這個鍋她可不能背。「妳可別瞎說，我才幾歲啊！」

安如祥哼了一聲。「要不是喜歡，他幹麼看著妳臉紅？妳說，你們是不是背著我們一起出去鑽蘆葦地撿鴨蛋玩了？」

雲開差點趴在水盆裡。「沒有！我平時除了二妞只跟丁異玩的，不信妳問小蘭花。」

安五奶奶家的大姑娘安如吉問道：「妳該不會喜歡那個小磕巴吧，他哪能跟應龍哥比！」

幾個小丫頭立刻抬頭，虎視眈眈地看著她。

雲開：「……」

二妞見自己的好姊妹被圍攻，趕忙道：「沒那回事，我剛才看到應龍哥臉紅時，瞅了咱們這邊一眼，他看的不是如意就是如吉！」

兩個小姑娘又展開新一輪的眼神廝殺，雲開衝著二妞感激地笑了。

待到盤起兩口大灶，安其滿出門去請隔壁村專做紅白喜事飯的廚子。

連人帶鍋請回來後，大鍋上灶，廚子揮刀，院子裡一會兒就飄起了肉香。

小丫頭、男娃子的目光都被肉鍋吸引了去，連村裡的狗也跑過來好幾條，蹲在門外吐著舌頭等著喝肉湯。

雲開這才長長地鬆了一口氣，倒了一大碗水給娘親送過去，正在洗菜的梅氏一口氣喝完，低聲問道：「累不累？」

雲開搖頭。「就是有點不適應，不過還挺好玩的。」

梅氏明瞭地笑了，她們母女都喜靜，但在待人接物這方面閨女比她做得還要好。

雲開又去給爹爹送水，轉身恰好對上曾應龍慌亂的眼神，心裡一陣發毛，仔細回憶自己十三歲時是什麼心境，是不是也情竇初開了？

這時，楊氏走進來問道：「二弟妹，我聽我大哥說你們兩口子給雲開求了姻緣籤，籤文說她十四歲之前不能訂親？」

大夥兒都豎耳聽著，村裡的閨女大多十五、六嫁人，十三、四正是找婆家的時候，不能訂親這算怎麼回事？

梅氏立刻點頭。「化生寺的師父是這樣說的，十四歲之前不能訂親，十六歲之前不能嫁人。」

安其滿忍不住偷笑，媳婦兒比他心疼孩子，又在十四歲後加了個十六歲。雲開也美滋滋的，一旁的曾應龍卻不由得苦了臉。

楊氏吧唧吧唧嘴，哼哼著走了。

曾林好奇地問道：「你跟楊滿囤說這個幹啥？他想跟你們結親家？」

安其滿含糊道：「就是剛才在集市上見了，隨便問問。」

大夥兒不由得想到楊家那幾個兒子，再看看不傻了之後，出落得越發像花朵的安大姊兒。

安其滿不想讓大夥兒把話頭扯到閨女身上，趕忙招呼眾人在院裡忙活。雲開跟在娘親身邊，小臉笑得無比燦爛。

飯菜準備得差不多了，男人們湊在院裡吃茶說話，女人們進屋聊天。

雲開也帶著一幫小丫頭進到堂屋裡吃糖。幾個小丫頭一邊吃，一邊觀察院裡的幾個半大小子，時不時地湊在一起說幾句悄悄話，咯咯直笑。雲開深深覺得，這場面若是再給她們每人一把瓜子嗑著，就十分圓滿了。

牛二嫂又說起里正家挑兒媳婦的事，屋裡人都傾耳聽著。「也不曉得他家想找個啥樣的兒媳婦，這半年相看了七個，一個也看不上。」

郝氏看了一眼自己支棱著耳朵的小姑子，玩笑道：「緣分不到唄，二嫂子看我家大妹咋樣？不如妳給作個媒？」

「二嫂！」安如吉鬧了個大紅臉，羞得直跺腳，安如意則嘟著小嘴不高興。

一屋子媳婦都笑歪了，牛二嫂樂了半天才道：「一個村裡，都是一塊兒穿開襠褲長大的娃兒，要真是看對了眼能不往一塊兒湊？哪還用咱們跟著瞎摻和。」

這就是拒絕了！安如吉轉起淚珠子跑了。

安如祥見姊姊受了欺負，怒沖沖道：「妳們一塊兒說話就說話，拿我姊逗什麼樂子？看我不回去告訴我娘！」

郝氏一見兩小姑都惱了跑了，一拍額頭道：「完了，待會兒回去又要被罵了。」

安五奶奶的嘴皮子一點也不比厲氏差，梅氏對這弟媳頗為同情。不想曾林媳婦卻忽然說道：「依我說啊，別人不見得行，要是妳去給雲開說媒，一準行！」
正在吃瓜的雲開一臉無辜，牛二嫂一臉認同地點頭，然後又搖頭。「一準不行！剛弟妹不是說了，她家大姊兒還得七年才能成親，到時候應龍都二十了，哪等得了？」
梅氏也趕忙道：「我家開兒還小，我可沒這個意思。照我說嫂子家大妮兒的歲數倒差不多。」
曾林家的女兒大妮兒今年十四歲，因為災荒耽擱了，還沒找到婆家。曾林媳婦笑道：「可別瞎說，同族不通婚，我們家大妮兒還得給應龍叫哥呢。」
郝氏又問道：「二嫂打算給雲開找個什麼樣的婆家？」
梅氏笑了。「她還小呢，長大了什麼脾氣還不知道，得過幾年定性了再說。」
「依我看，她的脾氣比妳爽利多了，到哪兒都受不了氣，再加上這小模樣過幾年長開了，不管是哪家娶回去，不都得放在心尖上疼著？」牛二嫂嘆口氣。「要是我家二妞長得有妳家雲開一半，我就不操心了。」
曾林媳婦也道：「誰說不是呢。」
二妞衝著雲開擠擠眼，雲開就忍不住笑了，轉頭卻見小姑安如意低著頭生悶氣……
那邊，梅氏卻道：「我倒希望她長得尋常些。」
大夥兒想起楊氏到處嚷嚷著梅氏被她後娘算計給人當小妾，被她爹賭輸差點賣進窯子裡的事，不由得心生同情。

沒錢沒勢人家的閨女，還是長得普普通通的安生。

「二嫂後來沒跟娘家走動過？」郝氏問道。

梅氏搖頭。「除了年節時送年禮，平時不走動。」

那就跟斷了親差不多了。

屋裡氣氛正壓抑著，忽然見雲開站起來跑了出去。

眾人伸長脖子看著她跑出院子，迎上騎小馬來的小磕巴，心說他們沒看上曾應龍，莫不是看上這小磕巴了吧？

雲開頂不住大夥兒這火辣辣的目光，將丁異帶到牆邊擋住了，才問道：「你怎麼跑來了？」

「買，草藥，」丁異從馬褡褳裡掏出五個紅撲撲的果子遞給雲開，眼裡閃著快活。

這種果子雲開從來沒見過。「這是什麼？還挺香的。」

「妳和，二嬸，吃。」丁異非常開心。

雲開又與丁異說了幾句話才目送他騎馬離去。回到院裡，安其滿還沒說什麼，她的堂叔安其田就開口責備道：「怎麼還跟他一塊兒玩呢？」

雲開抬起頭。「丁異又沒做錯什麼，為什麼不能一塊兒玩？」

安其田嘆口氣。「就他家那樣的家門，妳再跟他攪在一塊兒，早晚出事！」

怕小丫頭覺得委屈，曾應龍趕忙道：「丁異現在跟著他師父學本事，挺好的。不過雲、雲開還小，叔得看著些，別讓她跟著進山磕了碰了。」

說完這幾句話，曾應龍的耳朵又紅了

安其滿帶笑點點頭。「這兩孩子在一塊兒待慣了，我閨女拿他當弟弟。」

「不是丁異大幾個月嗎？」曾應龍問道。

安其滿笑了，雲開傲嬌地道：「誰個兒高誰大！」

一院子人都笑了。「這兩孩子怎麼就玩在一塊兒去了呢？」

安其滿其實也覺得滿奇怪的。「也不知道啊，我閨女剛來沒兩天，兩孩子就守著牆洞一邊一個坐著。」

雲開抽抽嘴角，當時傻妞餓，當然是哪裡有吃的她就在哪兒。

晚上，大夥兒都走了，一家三口癱在堂屋的椅子上，骨頭要累散架了。

安其滿問：「丁異過來有事？」

雲開這才想起來，跑到自己的屋裡拿出小果子。「丁異讓我和娘吃。」

這果子大小跟山杏差不多，紅得讓人稀罕。安其滿也沒見過。「這叫啥？」

雲開遞給娘親三個。「不知道，丁異說讓娘吃，吃了一定有好處。」

一般紅色的東西都補氣補血，梅氏吃了兩個，剩下的三個都讓雲開吃了。

第二天是百日祭的正日，一家三口天還沒亮就起來忙活，請的廚子也早早來了，開始燉魚燉雞，天亮時，親戚們陸續登門了。

這是繼安老頭去世後，雲開第二次見到安家的眾多親戚，除了村裡的幾戶本家，外村來的她還是對不上號，只好跟在娘親身邊負責端茶送水，娘親讓她叫什麼，她就叫什麼。

在梅氏和安其滿的刻意強調下，大夥兒都記住了他們撿來的這個閨女是安家去世的老太太求菩薩送過來的福星，有了雲開後，他們家的日子一天比一天好。

有了這樣的印象，他們對雲開這個撿來的傻姑娘的輕視便淡了幾分，雖然距離上次見面才三個月，看她長開了不少，嘴甜會來事，原本的印象也就慢慢淡了。

雲開知道爹娘是為了她好，為了不辜負他們的好意，自己的臉都要笑僵了。就在這時，忽然聽到有人在她背後悶聲悶氣地問：「妳就是傻妞安大姊兒？」

這稱呼，還真是特別的……完整！

雲開回頭，見身後站著一個比自己高半個頭的小胖子，方臉四白眼，抬下巴拿眼角看人。就這模樣，不用問也知道是楊氏的外甥。

今天她是主人，不能跟個熊孩子一般見識，雲開便點了頭。「我是安雲開。」

楊三郎哼了一聲，頗為嫌棄地道：「我才不要娶妳當媳婦兒！」

雲開和梅氏都是一愣。

聽見這話的人們卻笑開了，有個四十多歲的婦人問道：「哎喲，三郎還看不上我們大姊兒？大姊兒長得多好看啊，這樣的你都不要，那你想娶個什麼樣的媳婦兒，月宮嫦娥那樣的？」

楊三郎氣呼呼的。「越漂亮的媳婦越生不出兒子，娶了有啥用？」

大夥兒都不笑了，目光不由得落在梅氏身上。梅氏臉色青白，生不出孩子是她最大的痛處，可對方是個孩子，她能說什麼？

雲開眼神冰冷，卻笑吟吟地問：「這話是誰跟你說的？」

「我才不告訴妳！」楊三郎轉頭不看她。

雲開眼珠一轉。「你不說我也知道！咱們數一二三一起說，咱們要是說的一樣，今天中午讓你吃兩隻雞腿！一，二──」

楊三郎的眼睛立刻就亮了。

正看笑話的楊氏趕忙拉住三郎。

「三郎──」

「三！」

「我二姑！」

楊氏啪一巴掌拍在傻姪子腦袋上。「胡說啥，我啥時候說了這話了！再說揍死你！」

楊三郎不服氣地梗著脖子。「就是妳說的，妳還跟我娘說傻大姊這樣的就是給人當小妾的命。」

雲開委屈地看著楊氏。「大伯娘做什麼這麼說我，我就這麼不招妳待見嗎？」

「我……」楊氏一時不知道該說什麼。

「還請大嫂以後口下留德！」梅氏也動了真氣。「我家閨女命好得很！」

楊氏當面被梅氏教訓了，臉賊拉難看。眼看著這妯娌倆就要吵起來，立刻有人勸架。

「好了好了，其金家的以後說話注意點，其滿家的也消消氣，我看人來得差不多了，咱們走吧。」

大夥兒趕忙拎起燒紙，招呼著往外走，雲開握住娘親的手。「娘別生氣。」

梅氏咬唇，安其滿見媳婦兒臉色難看，過來問道：「怎麼了？」

梅氏當然不能跟丈夫說。「沒事，你快去帶路，我們在後邊跟著。」

安老頭死在災荒鬧疫症閉村時，入土也沒通知外村的親戚，死後十幾天才給他們送了信，通知過來燒紙。所以這次才是親戚、本家湊齊了第一次哭墳，場面自然比尋常的百日祭要隆重一些。

到了墳前，一個個地跪地大哭，比的就是誰嗓門大。在這種事情上，楊氏是當仁不讓，她的嗓門最大，哭得也最帶勁，除了她之外，哭得最凶的就是雲開的大姑安如玉了，真真是哭得上氣不接下氣，差點哭暈過去。

待大夥兒哭夠了，燒完紙、擦淨鼻涕眼淚站起來要回村吃飯時，忽然有人指著墳頭說道：「這是咋回事，咋有個洞呢？」

眾人繞到墳的另一側去看，只見墳頭上居然塌出一個長方形的洞，裡邊黑漆漆的，讓人心裡不由得發毛。

安其堂盯著安其滿，想起了前事，惶恐不已。

金老頭入葬的時候，安其滿和雲開親眼見過安老頭和厲氏的墳位上塌了一個坑。為了這事，安其堂還特地陪著娘親跑到楊家村找劉仙姑看過香門。

後來，爹死了，入了土。這件事在安其堂心裡烙下了陰影，現在見到這洞，他不由得不害怕。雲開和安其滿也想起了同一件事。

這件事，當時因發燒被隔離在村中老院裡的安其金兩口子並不知曉，不過他沒見過這坑也覺得晦氣。安其金上前用手把坑撥拉幾下蓋住，解釋道：「這是我們哥仨前天來清理墳頭上的草時，忘了弄平了，沒啥事。」

楊氏也沒心沒肺地嚷嚷道：「這老一輩是有說法的，墳上有洞是咱祖墳風水好，墳上住進大仙了！大夥兒別在這兒曬著了，咱快回吧，菜都要涼了。」

眾人被好吃的勾著，也就跟著走了。

安其滿拉著雲開走在最後邊，小聲問她。「妳看妳太奶奶在不？」

……

雲開四處看了幾圈。「不在。」

安其滿又小聲問：「妳爺爺呢，在不？」

雲開……

「也不在。」

安其滿這才長長地吐了口氣，可偏在這時山裡颳來一陣風，吹得墳前的燒紙屑滿天飛，安其滿回頭見了更覺心裡不安穩，趕忙拉著媳婦閨女走了。

待大夥兒吃了席散了後，厲氏叫進安其滿和安其堂。「墳上是怎麼回事？」

安其滿怕娘跟著擔心，馬上道：「沒事，就是前兩天拔草的時候……」

「說實話！」厲氏厲聲道。

安其滿坦白道：「兒也不知道怎麼回事，前天拔草的時候還好好的，不知道今天墳頭上怎麼就塌了一個坑。」

厲氏仔細問了，心裡越發地害怕。

「你們收拾收拾，陪娘去趟楊家村，這件事不能讓你大哥大嫂他們知道，聽見了沒有？他們知道了也幫不上啥忙，只會跟著操心添亂。」

安其堂的頭更低了，安其滿卻本能地不想去。「兒還要收拾院裡的灶臺，給各家送菜，實在是抽不出工夫，等明兒有空了，兒再陪您走一趟。」

厲氏死死盯著二兒子，見他就那麼一動不動地在自己跟前杵著，就動了真氣。她抓起桌上的茶杯用力砸過去！

「二哥！」安其堂看著二哥額角流下的血，嚇著了。

「好啊，你真是我的好兒子啊！」厲氏陰沈著臉，穿鞋下炕就往外走。

安其堂左右為難。「二哥……」
安其滿搖搖頭。「別問我，我也不知道。」
安其堂只得隨著娘走了，梅氏和雲開趕忙進來替安其滿止血上藥，安其滿頹然地坐在炕上，一聲不吭。
「爹，墳頭上塌個坑跟墳地裡塌個坑，是一個意思嗎？」雲開輕聲問道。
安其滿緩緩搖頭，他不知道，反正就是心裡發毛，覺得不是什麼好事。
爹不陪著奶奶去楊家村找劉仙姑的緣故，雲開也明白。因為那墳裡埋的是他的親爹。上次墳地塌陷，厲氏看過香門得知她要和安老頭爭命後，起了私心，不讓兩個兒子請劉神醫給安老頭抓藥治病。
厲氏不想讓安其金兩口子知道，是因為心虛；想讓安其滿跟她去看香門，是想把他拉到她那邊，堵住他的嘴。
雲開去見過劉仙姑，知道厲氏不積極幫安老頭治病的緣故。這件事雖然誰都沒提過，但它就像一根刺一樣扎在厲氏的心裡，浴佛節去化生寺求佛珠，跟她心虛害怕也有極大的關係。
這件事好不容易過去了，村人也漸漸淡忘，她也能說服自己爬起來繼續過好日子，沒想到墳頭卻又塌了，厲氏當然亂了！
琢磨清楚了這些，雲開問道：「等過兩天，女兒去劉仙姑那裡打聽打聽吧？」

安其滿有些掙扎，最後還是搖了頭。「這件事咱們不管。」

安其滿一家剛收拾乾淨院裡的東西，安其堂就來了，手裡還拎著塊一斤多重的豬肉。

雲開眨巴眨巴大眼睛，向來都是他們給老宅送東西，今天這是太陽打西邊出來了

「二哥……」安其堂站在門口，踟躕著。「娘讓咱倆去給爹上墳燒香。」

安其滿點頭。「怎麼說？」

「我也不知，娘出來後就讓我買肉，給爹上墳。」安其堂低著頭，每次去劉仙姑家，他滿腦子都是那句「子不語怪力亂神」，十分難受。

上墳送肉總不會是什麼壞事，安其滿洗淨手，跟著三弟去到墳前，跪下給父親磕了幾個頭後，又按照娘說的，把豬肉塞在原本被安其滿填平的洞裡，點上香。

雲開用手掌托著小下巴，墳頭上放生豬肉，這真是個神奇的對策。不過鬼神的破解之法，大多也就是圖個心安而已，人心安穩了，鬼神自然難侵，怎麼做倒還是其次了。

今天比昨天還累，掌燈說了會兒閒話後，安其滿就起身去上門閂，準備睡覺。他到了院裡，小狗大黑在他周圍上躥下跳的，這兩天家裡有肉吃，狗也顯得格外歡騰，一下就竄出家門口。

安其滿探身吹了聲口哨叫牠回來時，竟看到遠處的彎月下，有一個黑影蹣跚地走著。雖然月光不明，那人也沒有提燈籠，但安其滿還是一眼就認出那個人，是他的娘。

那個方向……

安其滿緊跟上去，卻見安其堂也在後邊跟著，便問道：「娘去幹什麼？」

「我不知道，娘吃完飯說出來轉轉，我不放心跟著出來的。」安其堂小聲道。

安其滿點頭，兄弟倆悄悄跟了上去。

前邊的厲氏左手數著佛珠，右手捏著符，一步步慢慢走到老安家祖墳，走到安老頭墳前時，厲氏盤腿在墳前坐了半天才沙啞地開口。「老頭子，你活著的時候，我沒做過半點對不起你的事。你這一齣齣的，到底想怎樣？

「那時候你吃了死老鼠肉被關著，是老大跟老大媳婦不爭氣沒伺候好你，你纏著我幹什麼？要是怨，你也怨不著我……」厲氏絮絮叨叨地說著。「這裡出坑，劉仙姑說咱倆得死一個，不是我不想救你，是我救了你，我怎麼辦啊？我也……不想死啊——

「你下去了，有爹有娘有兄有弟，那麼多人呢，你急著叫我幹啥，叫過去打我還是罵我？」厲氏低低地哭了。「我……還沒活夠，再讓我活幾年，你再等等，成不？我生是你們老安家的人，死是你們老安家的鬼，早晚不得下去陪你？」

厲氏繼續絮叨著。「看在我伺候你幾十年，給你生了三兒兩女的分上，你就饒我這一回，成不？劉仙姑說，如果你再不安生，就要作法把你的魂魄驅散，讓你不得超生……咱們夫妻一場，我不想走到那一步。這是我給你求回來的往生符、解怨符，我還在化生寺裡給你點了長明燈，這不光花光了我的棺材本，連給如意攢的嫁妝、其堂考秀才的錢也都砸進來了。我這都是為了你啊，你別怨我，安心投胎吧，來世託生在富貴人家，一輩子吃穿不盡的金銀……」

轉頭看看北斗星，見時辰差不多了，厲氏用火摺子哆哆嗦嗦地點著花重金請來的符。「老頭子，投胎去吧，別纏著我，別逼我，我不想……」

「嘟——呼呼呼——」旁邊的大樹上，夜貓子忽然大聲叫起來，似是有鬼在尖聲怪笑，厲氏嚇得手一哆嗦，火摺子也掉在地上，她轉身就往回跑，一邊跑，一邊握緊佛珠念叨著。「佛祖保佑，佛祖保佑……」

待她走遠了，安家兩兄弟才從墳頭後繞過來。

安其堂禁不住地發抖。「二哥……」

見二哥跪倒在爹墳前，安其堂也跟著跪下連磕了三個頭，又跟著二哥往回走。

安其堂心中亂得很，一會兒覺得娘做得不對，一會兒又覺得爹的死跟娘其實沒有關係，一會兒又怕爹死不瞑目回來找娘，一會兒又想著娘把他讀書的錢都花光了，他考不了秀才了，以後該怎麼辦？

安其滿的心裡也不比三弟平靜多少。「這件事爛在肚子裡，不要跟任何人講。你安心讀書，別說秀才，就是考到狀元，二哥都供著你。二妹的嫁妝，我也會開始準備著。」

「二哥……」安其堂的聲音哽咽。「你別怨娘，她也是一時糊塗。你也別怨大哥，他從小要強掐尖慣了，你和二嫂的日子忽然起來了，他一時受不了，轉不過彎來……」

安其滿默默走了一段，才說：「我和大哥之間沒什麼，你別瞎琢磨，你讀好書，就什麼都成了。」

「嗯。」安其堂安下心，跟著二哥深一腳淺一腳地進了村。

「回吧，要是娘問，就說你過來這院裡坐了會兒。」

安其滿回家，盯著窗戶裡透出的光看了好一會兒，才進了屋。見到油燈下做針線的媳婦兒，他不由得發怔。

「回來了？這麼半天去哪兒了？」梅氏含笑地抬頭，見了他的樣子，趕忙站起來。「臉色怎麼這麼差，出什麼事了？」

「梅娘……」

「嗯，我在呢，到底怎麼了？」

安其滿看著她張了張嘴，最終只問了一句。「開兒已經睡了？」

「睡了，這兩天把她也累壞了。滿哥？」油燈下，梅氏眼底滿是憂慮。

安其滿終於忍不住，問道：「我只是打個比方，若是遇到事兒了，咱倆只能活一個，妳要怎麼辦？」

梅氏不明白丈夫怎麼了，但還是想也不想地答道：「你活著。」

「為啥？」

「沒了你，我一個人要怎麼活？我這麼沒用，撐不住也熬不下去。」梅氏想到那樣的境地，眼裡就有了淚花。

安其滿見她如此，心神便是一顫，上前把她緊緊摟在懷裡。「要真到了那一天，妳不用管我，好好活著，沒了我還有開兒，還有咱們的孩子呢。」

「滿哥，你這到底是怎麼了？」丈夫的身子都是抖的，太不對勁了。

安其滿把頭埋在媳婦兒頭頂，被今晚的所見所聞壓得快要崩潰了。「梅娘，我難受，我喘不過氣來……」

晚上睡得無比安穩，第二天早上被院子裡的雞叫醒，舒服地伸個懶腰穿衣起來的雲開，見到她爹一副頹廢樣，不免有些詫異。「爹這是怎麼了？」

「累著了，有點不舒坦。」安其滿昨夜根本就沒睡著，心裡難受。

怎麼累著了？雲開不由得想多了，大眼睛不好意思地飄到一邊，昨晚是百日的最後一晚，爹終於忍不住，功虧一簣了？

陪著丈夫說了半夜話，又被婆婆做的事震得五內不安的梅氏也臉色不佳地跟出來，正好對上閨女探究的小樣兒。

「怎麼了？」

雲開見娘也是這個樣子，就嘿嘿地笑了。「沒事，好著呢。」

梅氏失魂落魄地去廚房做早飯，雲開則跟著爹爹收拾院子。

雖然東西都清走了，但廚房門口疊過灶臺的那一塊地上還是殘存著不少油腥，院裡濃郁的飯味也沒有散掉，這讓習慣了新家乾淨整潔的父女倆有點受不了。安其滿拎起木桶到門外去提水，打算把這塊地沖洗沖洗。

好半天，雲開才見爹爹濕著半截褲腿回來了。

「爹？」

安其滿不好意思地撓撓頭。「桶掉河裡了。」

雲開：「……」

待第二桶時，爹爹又跑進來抓了根竹竿去。「又掉河裡了。」

雲開：「……」

待終於把院子收拾了一遍，雲開也察覺到自己應該是猜錯了，便問失魂落魄的爹爹：「您這是怎麼了？要是太累的話，吃完飯就回屋睡會兒吧。要是哪兒不舒服，我去把丁異叫來給您看看。」

丁異已經開始跟著神醫師父學望聞問切，算個小郎中了。

安其滿盯著雲開看了一會兒，忽然問道：「昨晚，開兒夢到什麼沒有？」

聽他這麼問，雲開靈動的大眼睛一轉，便知道爹爹是怎麼回事了。

雲開笑咪咪地道：「夢到了太奶奶和爺爺，還有幾個我不認識的人在一起吃飯，有說有笑的，爺爺很高興。」

「真的？」安其滿的眼睛裡立刻有了亮光。「妳爺爺說了啥？」

「我也記不太清了，好像是說田裡收成好，樹上要結大桃子了之類的閒話。」雲開儘量想著怎麼才能安慰爹爹，讓他不要在意墳頭的那個洞。「吃完飯後，爺爺還說了一句房頂的瓦破了一塊，屋裡漏水了，得快點換上，其他的女兒就不記得了。」

「房上的瓦破了一塊？」安其滿想了一會兒，豁然開朗。「原來是這麼回事，原來是這麼回事！」

他念叨著，抄起鐵鍬跑了出去。

梅氏站在廚房門口聽見了雲開的夢，也是一臉震驚。

難道自己說錯了什麼話，雲開不由得有點忐忑。

「開兒，妳太奶奶他們真的說樹上要結大桃了？」梅氏的聲音顫抖，手緊緊壓住自己的小腹。

「是呢，」雲開只好順著話圓下去，她指著院裡今春雨後移栽來的桃樹。「娘看這棵樹長得這麼壯，明年也一定能結大桃！」

梅氏眼角都濕潤了。「要結桃了，要結桃了……」

雲開見了，扔了掃把跑過去。「娘這是怎麼了？」

梅氏摟住雲開的小身板，哽咽著。「娘沒事，娘是高興……」

雲開看看娘親的肚子，忽然睜大眼睛。「這夢的意思，是娘要給我生小弟弟了嗎？」

梅氏便帶了笑。「我聽村人說過，夢見家裡的樹上結桃子，就是要有孩子了。」

「太好了！」雲開頓時覺得自己簡直太有才了。「娘今天要多吃一個雞蛋，連小弟弟的分兒也吃上。」

「傻孩子，娘現在吃了有什麼用！」梅氏臉上雲霧散去，只剩歡喜。

雲開笑彎了眼睛。「當然有用了，娘吃得多了身子就壯實，娘身子壯實，小弟弟就長得壯實。」

兩人正笑著，安其滿拎著鐵鍬帶著狗，一溜煙地跑了回來。

安其滿跑到妻女面前，咧嘴傻笑著。「梅娘，開兒夢到咱家老人說樹上要結大桃了！」

梅氏羞紅了臉，輕輕點頭。吃早飯時，三人也是壓下昨晚的事，歡聲笑語不斷。飯後，安其滿把藏在裡邊的蘆葦畫取出來。

雖然忙了將近一個月，但他們能拿得出手的蘆葦畫，也不過七、八幅而已，其他的都被梅氏當柴燒了。這幾幅畫有一尺半長、半尺多寬，被安其滿用舊布包好，藏在地窖的洞裡。

按照安其滿想的，洞裡抹了白灰隔潮，畫該好好的才對，可把畫拿上來打開時，還是受潮了。本來鮮亮的蘆葦顏色黯淡了少許，漿糊沾得不牢靠的地方居然翹了邊。

這可是能賣五兩銀子一幅的畫啊！一家子心疼得不行。

「這麼放著都不成，那該怎麼收才好？人家買了咱們的東西回去沒幾天就壞了，這還不得找過來讓咱們退錢？」梅氏擔憂著。

雲開也發愁，現代的蘆葦畫做好後會用玻璃框裝裱起來，玻璃可以防潮，但這個時候讓她去哪裡找玻璃！

安其滿的腦子非常靈活。「既然這麼放著不行，咱們就給它加點東西！」

「加什麼？」母女倆同時問道。

「加層透明漆！」

刷層漆可以防水防潮加固定，是個不錯的主意。雲開和梅氏的眼睛都亮了，異常崇拜地望著安其滿。

安其滿的大男人自尊心瞬間得到了滿足，跑到鎮裡買漆。

安其滿剛走，安如意來了，厲氏要找安其滿商量事，梅氏一問才知，安其堂想去青陽書院讀書。

梅氏吃驚了一下。「青陽書院？」

「嗯……娘想叫二哥過去商量一下。」安如意不敢正眼看二嫂的臉色，大嫂聽了這事，正在家裡吵呢。

雲開靠在門上就笑了，安家的家境怎麼樣，安其堂又不是不清楚，連在鎮裡讀個私塾都要勒緊褲腰帶，現在還想去青陽縣一等一的學府？找她爹商量，無非就是希望他出這份錢罷了。

梅氏自然也想到了這一點。「等妳二哥回來，我就讓他過去。」

安如意點點頭，先回去了。雲開眉尖微攏，忍不住說道：「三叔一向挺懂事的，這回是怎麼了？」

比起安其金，安其堂真的要好上許多，起碼他不會添亂占便宜。也因他年紀小還未成家，家裡的事情也用不著他出頭，所以相處起來還是不錯的。

「妳奶奶讓妳小姑過來叫，就是說這件事她是點了頭的。這回妳爹又要為難了。」梅氏怔怔地看著爐火，覺得安其堂這次走或許跟昨晚的事情有關，那事她聽了都受不了……

梅氏心裡不舒服，婆婆拿攢了這麼多年的錢買符紙求個安心，現在卻要他們兩口子出錢供小叔去讀書！

安其滿拎著一木桶漆興高采烈地回來，一聽說三弟要去青陽書院的事，臉上的笑容便沒了。「我過去看看。」

梅氏送他出院門時低聲囑咐道：「咱們跟大哥家已經鬧得不好了，別再因為這件事跟三弟鬧僵了。」

安其滿點頭，大步去了老宅。

雲開的大眼睛滴溜溜地轉著，總覺得爹娘好像有什麼事瞞著她。

第十三章

親眼目睹了昨晚那一齣，安其滿也不知道該用什麼心情來面對自己的親娘。「娘找我？」

厲氏冷哼一聲。「幹麼去了？」

「去東答買了桶漆。」安其滿如實說道。

聽到二弟去買漆，一旁坐著的安其金就抬起頭，他家的房子都漆好了，又買漆做什麼？

厲氏卻不在意這些，只是指了指地上的凳子。「坐吧。」

安其滿在大哥身邊坐下，安其堂低頭站在炕邊。屋裡就他們哥仨和厲氏，甚是安靜。

「你三弟想去青陽書院讀書，我想聽聽你們這兩個當哥的怎麼說。」厲氏開門見山地問。

無法面對老娘，幾乎想逃的安其堂看著二哥張了張嘴，又低下頭。

安其金先開口了。「青陽書院一年的束脩得多少？」

安其堂低聲道：「五貫，加上吃住一年少說也得八貫錢。」

「再加上四季衣裳、來回路費、書和紙筆的錢呢？」安其金問道。

安其堂便低了頭。

安其金嘆氣。「三弟，你大哥沒能耐，一年累死累活地也掙不出十貫錢。若是供你去讀書，咱們這一大家子人怎麼辦？」

安其堂趕忙道：「我知道家裡的難處，其實我……」

厲氏打斷三兒，又問安其滿。「你怎麼想的？」

安其滿抬頭道：「兒這裡的跟大哥差不多。」

安其金不屑地哼了一聲。

「前些日子倒賣東西賺的錢，都砸在新房上了，手裡也實在沒有多少餘錢。」安其滿解釋道：「再說……」

安其滿還沒說完，厲氏的臉便黑沈下來，厲聲斥責道：「好啊！你爹死了，你們一個個的就不把娘當回事了！咱們是分家了，可你們都還姓安，其堂也還是你們的親兄弟，他拚死拚活地讀書是為了誰？是為了他自己嗎？他是為了光宗耀祖！你們都長大了，心野了……」

安其滿耐心聽娘訓完，才開口道：「兒現在手裡是沒錢，不過兒是在東升哥那裡入了股，一年也有些進項，再加上兒最近琢磨著編點東西拿去賣。現在離青陽書院招學生還有一個多月，若兒子能賺了錢，就送三弟去讀書。」

安其堂的眼裡剎那間就蓄滿了淚花。

安其金卻覺得他這是託詞。「一文是賺，十貫也是賺，你賺多少錢算是賺了錢？行就行，不行就不行，做什麼拿這個當幌子！」

厲氏直接道：「一年十幾貫確實是多了些。不過你家地少事也少，讓你媳婦兒在家繡花，一年怎麼也能繡出兩幅屏風來，你三弟的束脩也就夠了。」

原來娘親打的竟是這個主意，安其滿心中發涼。「三弟的束脩，哪能都壓在開兒她娘頭上，這件事我自有打算。」

「你……」厲氏又壓不住脾氣了。

「若是靠著二嫂刺繡供兒讀書，這書不讀也罷。」安其堂偷偷擦了淚，抬起頭。

「你、你們……」厲氏拍著胸口咳嗽起來。「你們一個個的這是要氣死我啊，我這是為了誰啊，我一把老骨頭了，幹麼還跟你們生這個氣……」

安其堂趕忙上前幫娘拍打後背順氣，手掌下突出的背脊硌疼了他的手心，讓他一陣於心不忍和慚愧。

無論她怎麼罵，安其滿也不再鬆口，待他走出房時，安其堂追出去解釋。「二哥，我只是想出去走走，沒想去青陽書院讀書，是娘她……」

安其滿點頭。「我明白。這樣也好，你不是早就想去那裡讀書嗎？那就好好準備。」

安其堂眼睛帶了期盼和感激。「二哥……」

「安心讀書，別多想。」

安其滿大步出了老院，正碰到穿得人模狗樣的丁二成拎著一壺酒回來。

「哎喲，其滿回來看你娘了，稀客，稀客。」丁二成賭贏了錢心情正好。「過來跟我喝兩盅？」

「我每天都過來，是你回來得少了。」安其滿才沒心情跟他吃酒，大步歸家。

回到家，梅氏和雲開聽了後，都低頭不吭聲。

安其滿解釋道：「滿打滿算，妳大伯一年能剩下五、六貫錢算多了，可等暑退後大郎也該入學了，這又是一筆開銷。妳大伯種著妳三叔的三畝田，一文錢不出是不可能的，但大頭還是在咱們這兒。」

雲開這才想起來，安大郎也到了讀書的年紀。

安其滿跟妻女商量著。「若是咱們家沒這蘆葦畫，我也不敢答應下來。若是咱們的買賣成了，供他讀書也不算吃力。妳們覺得呢？」

安其滿遇到事情肯跟她們商量，梅氏自然是開心的。

「但是咱們這生意還沒做起來，萬一把他送進去了，第二年咱們沒錢供了，到時候怎麼辦？」

「娘說的也是我擔心的。」雲開也附和道：「雖然去書院的事是奶奶提的，但三叔明知道家裡的情況，還默許奶奶逼爹答應下來，說實話，開兒覺得心裡不大痛快。」

安其滿沈默不語。這麼多年，家裡無論做什麼都先緊著三弟，他早已習慣了。現在閨女這麼一提，他就有些說不上話了。

雲開知道他們哥兒倆從小就感情好，怕適得其反，也沒有反對。「不過，開兒明白若不送三叔去讀書，爹心裡也會過意不去吧，所以這件事開兒跟娘一樣，都聽爹的。」

安其滿聽了心中便有些愧疚，又聽他的小閨女說道：「不過要怎麼幫、幫到什麼程度，您心裡也得有個數。」

「這個爹明白。」安其滿嘆口氣。「說白了，都是窮鬧的，爹以後多幹活多找門路賺錢，一定不委屈了妳們……咱們先拿大漆刷一幅試試？」

一說到這事，三人都來了精神，擼胳膊挽袖子幹了起來。

刷漆聽起來簡單，但其實不然。蘆葦畫表面高低不平，漆刷得不均勻，不光摸起來不舒坦，透明度也不一樣，影響畫的整體色澤。安其滿連刷了好幾天，才找到點竅門。

又過了半月後，他們終於湊出二十幅能見人的蘆葦畫，可以著手準備去找日升記的東家談生意了。為了掩人耳目，安其滿和梅氏又編了兩天，弄出一堆蘆葦蓆、草帽等小玩意兒，打算一塊兒拿去賣了。

安其滿進鎮問了船和車馬的價格，幾經考慮後還是決定租牛車，跟隨曾家的商隊一塊兒走。

三人商量了許久，最終決定讓雲開和安其滿一起去，讓安如意和安如吉一塊兒過來陪著梅氏，安其滿又給村人送了些吃食，讓村裡巡夜的每晚在他家門口走兩趟，這才算穩妥了。

不過，原本想著的二人行，最終卻成了四人行。

丁異聽說雲開要出門，一定要跟著；安其堂見二哥要去青陽，也想跟著去試試。

青陽書院不是一般的私塾，你想進去讀書，人家也得考校一番你的學問，看你夠不夠格。若是過不了這一關，去青陽書院的事也就黃了。

梅氏把他們送出村，直到看不見人影了，才擦著眼淚準備回家。

安五奶奶讓安如吉到安其滿家陪著梅氏，為的也是本事。梅氏的女紅在村裡是一等一的，若是她家閨女能學成，哪還愁嫁？

最後不光大閨女安如吉，二閨女安如祥也被安五奶奶塞到雲開家。梅氏見到兩人一塊兒過來了，忍不住替自己的親小姑擔心，若說一個安如吉，她倆還算旗鼓相當，加上個嘴皮子不饒人的安如祥，怕是要不行了。

果然，安如意見到這姊妹倆時眼神也不對了，三人在家門口就展開了眼神廝殺。

「快進來坐，早就等著妳們了。」梅氏趕忙將兩個小姑娘拉進來，琢磨著怎樣才能讓她們相安無事又能學到點東西，心思被整個占了去，只能趁她們低頭繡花時才能想想自己外出的丈夫和女兒。

此時雲開和丁異正靠在一起，有一句沒一句地說閒話。

「人，跟老鼠，不一樣，吃的，藥，也、也不一，樣。」丁異與雲開分享好玩的事情。

「巴豆，人吃，拉，肚子，老鼠吃，長肉。」

雲開靈動的大眼睛裡滿是不可思議。「真的？」

信。

丁異翹起嘴角，小臉上發著光。「嗯！」他自己親手養肥了好幾隻老鼠，絕對真實可信。

「好神奇啊——」雲開記得現代很多人類藥物的醫學實驗也都是用小白鼠做的，那麼丁異還算是先驅呢！「你這幾天跟著神醫給人看病沒有？」

「有。」丁異喜歡研究藥，但原本對給人看病有些牴觸。神醫想了許多辦法都無效後，最後乾脆正經八百地告訴他，如果他不學會怎麼治病，哪一天安雲開生了病，他不知道怎麼用藥下針該怎麼辦？

丁異仔細想過後，覺得非常有道理，於是才開始認真跟著師父研究望聞問切，漸漸地不再牴觸了。

「怎麼樣？」雲開靠在車棚上隨著車搖晃，丁異的進步實在很大。

「嗯，用藥，變好。」跟著師父給人看病，對症下藥，病人得救後那種真誠的笑臉和真心的感謝，也讓丁異感到了一種身為醫者的滿足。而且他給人看病，沒有人會因為他是丁二成的兒子而打罵他，沒有人因為他是磕巴而瞧不起他，這讓他漸漸找到一種安寧。

牛車跟著曾家的運糧車在路上走得並不快，雲開因為安其堂要去青陽書院的事，對他有了些意見，很少與他說話；安其堂也因有心事，雖然一直低著頭看書，但也總是一副弱不禁風的樣子。倒是與安其滿輪流駕牛車的丁異，成了最活躍的一個。

六月天，娃娃臉，說變就變。方才還晴空萬里，不知道從哪裡飄過來幾片厚重的雲彩，一聲驚雷，天就落下又大又急的雨點子。

安其滿立刻戴上斗笠，接過閨女遞出來的雨披披上，父女倆相視而笑。

「爹。」

「閨女！」

「生意要來了！」

「爹知道，妳鑽進去，叫丁異出來，別淋了雨，看爹的！」

雲開鑽進車棚，把車窗打開一點，看外邊漫天的雨簾，期待著肥羊來。

這一隊中沒有車棚的牛馬車占了多數，不過大夥兒也是準備充分的，紛紛拿出雨傘或蓑衣擋雨，曾家車上的糧食則都用油布蓋得好好的，不畏風雨，慢慢前行。

這場雨下了不到半個時辰便停了，雲飄走，太陽又鑽出來，天邊便掛起一道彩虹。丁異和雲開看著山間的彩虹睜大眼睛，這實在太美了。

然而雲開看到了更好的風景，來回巡視車隊的肥羊曾安騎馬過來，問安其滿。「這位小兄弟身上這件擋雨的衣裳倒是不錯。」

丁異身上穿的是用油布做的現代款雨披，比蓑衣輕巧，比雨傘擋雨，穿上雨披在牛車上一坐，特別帶勁，穿著厚重蓑衣的曾安見了自然心動。

安其滿壓住內心的激動，把他脫下來的雨披遞過去。「這叫雨披，我們家雜貨店裡出的新玩意兒，大管家穿上試試？」

見曾安把雨披穿上，抬胳膊踢腿地試著效果，馬車內的雲開便捂嘴偷偷地笑了。

「這雨披是個好東西。」曾安很中意。

安其滿馬上道：「這件贈與大管家吧。」

比起二管家曾福，還算正派的曾安乃是曾家的良心擔當。他立刻把雨披脫下遞回去。

「這不合適，小兄弟的雜貨鋪是哪家？待我派人回去買幾件送過來。」

現在出南山鎮也不過一個多時辰，派快馬回去完全來得及。

安其滿笑道：「是三河街上臨著折柳橋的東升雜貨鋪。我這趟去青陽販貨，車上帶了不少雨披，這件您收著吧，我們這些小商小號的，若沒有曾家的車隊，也不敢出門。」

曾安聽了也就接過去。「這雨披怎麼賣？」

「一件三十文。」安其滿不好意思地笑笑。「不敢瞞大管家，咱這一趟跑貨是為了賺錢送我三弟去青陽書院讀書，希望全押在這一車貨上了。」

一聽他家弟弟要去青陽書院，曾安才有了問問名字的想法。「兄弟怎麼稱呼？」

安其滿笑了。「盧安村北，安其滿，行二。大管家年初時因二少爺受傷的事，還到我們家去過一趟。」

曾安仔細端詳著安其滿的臉，半天才笑道：「是我眼拙，不過比起幾個月前，安二兄弟的面色好了可不是一點半點。」

安其滿笑了。「災荒過去，能吃飽飯了，所以長了點肉。」

兩人客氣幾句，曾安才又轉回正題。「兄弟車上帶了多少件雨披？」

「一百五十件。」安其滿道。

「給我來八十件！」曾安果然是大肥羊。「兄弟先點貨，我去取銀子，順道叫人過來拿雨披。」

前後車上的人一聽，眼睛都瞪大了，紛紛羨慕安其滿的好運氣！

安其滿臉上的笑都收不住，趕忙讓丁異趕車，他鑽進車裡取雨披，與閨女兩人笑得異常開心。

安其堂也止不住地笑。「二哥不是去賣蘆葦編的小玩意兒嗎，怎麼還帶了這麼多油布？」

安其滿笑呵呵的。「是開兒這個鬼靈精讓帶的，還真讓她押對了！」

見自己的計劃成真，雲開也興奮極了。「爹等著看吧，曾家買了咱們的雨披，其他人也快了。」

果然，曾安派人送銀子取走雨披後，前後牛車上趕車的車夫都跑過來看雨披，連同坐車的人們也湊熱鬧跑過來看，也就半個時辰的功夫，帶著的一百五十件雨披就換成了銅錢和銀子，前邊趕牛車的大叔回頭打趣安其滿。「安兄弟的貨剛出鎮子就賣完了，這趟青陽也不用去了。」

安其滿笑得一臉滿足。「還是得去，車上還有不少小物件呢，再說還得帶著我兄弟去青陽書院看看。」

大叔聽了，語氣裡都帶了幾分尊敬。「青陽書院可是個了不得的地方，兄弟家怕是要鯉魚躍龍門了。」

安其滿也跟著笑。「借大叔吉言。」

又有人問：「聽說書院一年要花不少錢呢。」

「誰說不是呢，不過錢沒了還能賺，去青陽書院的機會錯過可就沒了。」

「兄弟這話在理……」

安其堂聽著車外傳進來的聲音，又看看坐在他對面數錢的丁異和雲開，一時間五味雜陳，不由自主地拿起書默背。

傍晚牛車停靠路邊時，丁異和雲開排排坐在樹下吃東西，曾家車隊停靠的客棧邊上有個村子，村裡人不少在路邊擺攤子，丁異看著看著，忽然眼睛瞪大了。「我、我娘……」

雲開立刻問道：「哪裡？」

丁異指過去，雲開只見到一老婦，便聽丁異又道：「的……荷、荷、包！」

雲開盯著那個賣茶的老婦掛在腰間裝銅錢的荷包看了一會兒，輕聲問：「看準了？」

白日裡，跟著商隊一起過來的曾夫人還把雲開和丁異叫了去，詢問朵氏的下落，又引著丁異答應去寧府幫江氏看病，丁異現在激動又害怕，怕娘親被曾夫人發現捉住。

雲開拉住他，低聲道：「咱們過去打聽打聽，你別聲張。」

雲開帶著丁異到了滿臉皺紋的老婦跟前，要了兩碗茶，低聲問道：「這位奶奶，您這錢袋挺好看的？」

老婦樂呵呵的。「這是村裡人不要扔了，俺老婆子撿起來用的。」

丁異聽了一陣緊張，雲開又問：「哪個人這麼大方？」

老婦嘆口氣。「一個遊手好閒的，專門做些偷雞摸狗的營生，這錢袋他是從一個胖婆子身上摸的。那胖婆子臉上的疙瘩長得，我老婆子見了都恨不得躲得遠遠的……他拿走錢袋子裡邊的錢，這個便扔了，俺老婆子看著怪可惜的，才撿起來用……」

丁異聽了拳頭都握緊了，雲開笑咪咪地聽完，又打聽出偷錢袋人的名姓、住處，便帶著丁異回了樹下，低聲問：「你是不是給了你娘抹臉的藥？」

丁異點頭。

「你娘兩個月前打這兒經過，只是掉了錢袋，沒事的。」她知道偽裝自己，還能平安到了這裡，現在也應該是平安的。

丁異低聲與雲開道：「想，去，找。」

「……現在嗎？」雲開不放心。

丁異點頭。「自己，一會兒，回來。」

現在天已經漸漸黑了，雲開猶豫著。「大晚上的，太危險了。你要是被人發現怎麼辦？」

丁異咬唇。「要，去，行。」

雲開停了一會兒，丁異是想去找那人家裡還有沒有朵氏的東西，或者去問問朵氏的下落，如果不讓他去，他怕是無法安心。丁異有藥傍身，倒也不是不可去。「好，小心一些，打聽完了趕緊出來。」

丁異點頭，藉著鬧肚子為由鑽進樹林，摸黑進村。

尋到老婦說的那戶人家，扔了石頭聽不到狗叫，丁異便翻牆進去，跑到窗戶邊，聽到屋裡傳出「嗚嗚」聲，藉著月光見到一個被捆在床邊披頭散髮的女人，丁異顧不得危險，立刻衝了進去。

這女人抬起頭，丁異失望地發現這不是他娘。

女人衝著丁異嗚嗚哀求著，丁異握著短槍把髒亂的屋子搜了一遍，不見有人也不見娘親的東西，才出來解開她嘴上的布條，女人嘶啞地低聲哭著。「小英雄幫幫我……那土匪回來我就完了。」

丁異解開她的繩子，這女人抬頭露出一張年輕的、姣好的臉，惶惶若驚弓之鳥，著急地把床上散亂著的衣物裝進包袱裡。「小英雄，快走，土匪回來咱們就完了。」

丁異找不到他娘，又怕雲開擔心，只得迅速帶著她出村進了林子，這女人再三道謝後，抱著包袱跑了。

雲開見丁異低著小腦袋回來，就知道沒有收穫了，低聲道：「沒事，沒消息就是最好的消息，你娘一定平安著。」

第二日後晌，商隊終於到了青陽縣城外，眾人正為能平安到來而歡喜著，雲開見丁異盯著路旁一個抱著包袱的年輕女子瞧，便問：「那是誰？」

丁異搖頭。「不，認識。」

那女人聽了丁異的話，加快腳步走了。

正說著話，曾家的大管家曾安過來，笑著與安其滿道：「安二弟，咱們一起進城吃個便飯吧？」

交好曾家對做生意沒壞處，安其滿笑著應了，進城在一家名做福來客棧的住店住下後，安其滿與曾安去用飯，雲開和丁異在客房裡用飯，安其堂在隔壁單獨用。

兩人吃完飯，靠在窗邊的軟榻上發呆時，突然有人哐哐地砸門。「傻妞，開門，是小爺！」

雲開皺眉，曾家人不是在青陽縣有宅子嗎？曾八斗怎麼會在客棧裡？

「我知道你們倆在裡邊，開門！」曾八斗從來就不知道什麼叫不好意思，把門拍得山響。「不開小爺就踹門了！」

丁異過去打開門，曾八斗立刻一陣風地衝進來，見到沒戴圍帽的雲開，被嚇得一蹦。「傻妞的臉怎成癩蝦蟆皮了，嚇死小爺我了！」

雲開皺眉。「病了，我有什麼辦法？」
曾八斗也是被他娘拘了一路，終於有機會出來玩，心情正好著，也不在意雲開的態度，歪在榻上問：「你倆睡一塊兒？」
雲開皺眉。「丁異在隔壁跟我三叔住，我跟我爹一起。你沒事趕緊走，我們要休息了。」
曾八斗瞪了瞪眼，嘟囔道：「明天去我家玩不？我家園子裡的蓮花開得可好看了，還有老些魚，咱們可以抓魚烤著吃。」
雲開和丁異同時道：「不去！」
「不去就不去，你們以為小爺稀罕跟你們玩嗎！」曾八斗甩門走了。
「他，好吵。」丁異抱怨一句。「不跟，他玩。」
「嗯。」雲開應了一聲。平心而論，曾八斗除了嘴巴臭一些、脾氣大一些、恣意妄為了一些外，並沒有什麼大毛病，但他是曾家的二少爺，就憑這一點，他們就得離他遠遠的。
雲開見丁異依舊悶悶不樂的，便問道：「還在想你娘？」
「想，找。」知道娘來了這邊，丁異就忍不住。
雲開想了想。「曾八斗他娘一定會偷偷派人盯著咱們的，如果你四處找你娘，要怎麼跟人打聽？長了一臉疙瘩的不會說話的女人？」
丁異不吭聲。

「這話要是讓曾家人知道了，萬一你娘真躲在這裡，沒被咱們找到卻被他們找到了，怎麼辦？」

丁異知道雲開說得有道理，可心裡實在難受，便抱著她的胳膊委屈巴巴地蹭著。

……真像隻受了委屈的小奶狗，不對，是被拋棄了的小奶狗。

雲開伸手給他順毛，勸道：「你娘喬裝得那麼好，一定能瞞過所有人，找個安穩的地方住下，興許在青陽，也興許在其他什麼地方。你找到她，只會給她帶來危險，所以咱們不能明目張膽地找，只能有空了四處轉轉，看能不能碰上。」

丁異悶悶的。「我娘，不、不想，見我。」

雲開的手頓了頓。「你小時候她就這樣嗎？」

丁異搖頭。「小時候，還會，笑。後來，就不，笑了，她討厭，我。」

「為什麼？發生了什麼事嗎？」

丁異搖頭。「不，知道。」

雲開一陣心酸。「不管是為了什麼，但一定不是你的錯，別想那麼多。」

「妳以後，會，討、討厭我，嗎？」

丁異抬起滿是小紅疙瘩的臉，可憐巴巴的小模樣看得雲開心酸。「不會。不過你要是仗著醫術為惡、欺壓良善，我就不會跟你玩了。」

丁異眼睛亮了些，又開始蹭她的胳膊，似乎這樣能讓他覺得安心、安穩。

這孩子真的是把她當親人了，雲開帶著笑，屋內靜好。

吃完飯回來的安其滿見到這場面卻黑了臉，丁異趕忙放開雲開，在一邊乖乖坐好。

「曾管家走了？」雲開見爹爹滿臉通紅，知道他喝了不少酒，便起身倒茶。

安其滿接過去一口飲下，忽然直愣愣地看著丁異。「丁異啊，二叔認你當乾兒子好不好？認了乾親後咱們就是一家人了，開兒給你叫哥，你們倆……」

「爹，我才不要當妹妹，我要當姊姊！」雲開不依地道，從芯裡來說，她比丁異大了十幾歲呢，才不要當妹妹。

安其滿不搭理自己的傻閨女，只盯著丁異。「你覺得怎麼樣？二叔是真的挺喜歡你，想認你當兒子。」可不是要你當女婿的。

雲開當然知道爹在想什麼，無奈地配合著問道：「這樣是挺好的。丁異，你覺得呢？」出乎意料的，丁異搖了頭。

「你看不上二叔？」安其滿追問道：「還是不想要開兒這個姊姊？」

丁異低聲道：「我家，麻煩。」

安其滿當然知道丁家是個麻煩。可丁異幫了他們家不是一回兩回了，安其滿不忍心把這可憐孩子往外推，可丁異就是一根筋地認準了自己的閨女，眼看著兩孩子越走越近乎，他這當爹的能不著急嗎？

他明說暗示，這孩子怎麼就不懂呢？安其滿咬牙道：「沒事，二叔不怕麻煩！」

「不要！」丁異異常堅定，他用了那麼多錢才把他爹安撫下來，絕不能讓他爹黏上安家。

見這一大一小僵持著，雲開頭都大了，乾脆把丁異推回隔壁的客房，又回來把爹爹拉到桌邊坐下。「好了，別鬧了。」

安其滿委屈巴巴的。「我認他當乾兒子有什麼不好，他還不願意了！難道他早就打算好了要把妳搶回去當媳婦兒？不行，爹絕不同意！」

雲開長嘆一聲。「爹想到哪兒去了，一個孩子能琢磨多少事？他不就是不想讓丁二成給咱們添麻煩嘛！你又不是不知道他多怕讓人看到丁二成那副樣子。」

「妳這就開始幫他說話了？」安其滿渾身都是被女兒遺忘的老父親的滄桑氣息。

雲開……

爹這一定是喝多了，才這麼蠻不講理，不能再跟他聊下去。「爹，快打開箱子看看咱們的畫碰壞了沒有？」

對啊，這才是正事！

安其滿立刻插上門閂，拉出床邊的柳條大箱子打開，取出上邊放的筆筒等小玩意兒，最後小心翼翼地取出包裹嚴實的蘆葦畫。

這一路上，這些寶貝就這麼壓在大箱子底下明晃晃地放在車上，過夜時都沒往客房搬過。安其滿假裝不在意，實則懸著心守了一路，如今拿出來見到畫完好，他就抱著畫開心地笑。

雲開看著坐在地上傻笑的爹爹，真心覺得他喝多了，便催著他早點睡。

不想熄燈了躺在地上的鋪蓋卷裡，爹爹還是不停地念叨，說他為什麼不想讓閨女嫁給丁異，說他媳婦兒有多喜歡雲開等等，說他娶到梅氏時有多高興，說他現在跟大哥鬧成這樣子有多難過，雲開睡著時，他還在不停地說……

第二天早上，安其滿的嗓子都說啞了。雲開勸道：「要不咱們先歇一天，明日再去日升記吧？」

安其滿站起來。「妳娘一個人在家，咱們不能耽擱。」

安其堂用完飯後去了青陽書院，安其滿三人則揹著畫去日升記。

日升記是大商號，涉足行業頗多，最知名的當數雜貨。雜貨，也就是百貨的意思，日升記號稱聚天下百貨，應有盡有。

雲開三個進了日升記後，安其滿環顧四周，忍不住低聲驚嘆。「這也……太大了！比咱們鎮裡的日升雜貨分號大多了，一個櫃檯就比東升雜貨東西多。」

日升記內，貨物分類整齊地擺放在櫃檯後，一個個訓練有素的夥計在櫃檯前賣貨，從櫃檯裡抬出的一箱箱壓彎槓子的銅錢，讓這爺仨看得直瞪眼。

這還只是日常百貨，二樓還有精品百貨，因為穿著簡陋，三人都沒好意思上去。

「三位客官要買些什麼？」夥計見他們進店後左顧右看不買東西也不掛臉子，笑呵呵地問。

安其滿揹著包袱，有些抹不開。「敢問小哥，你們東家可在？」

夥計愣了愣，笑道：「客官找我們大東家？」

安其滿點頭。「貴店的老東家託我們給白東家帶個話。」

夥計瞪大眼睛上下打量安其滿，見他不似說謊的樣子，趕忙去請了店掌櫃，店掌櫃問明情況，又親自把他們送到白家大東家白建業面前。

白建業身邊還跟著他的兒子，白家少東白雨澤。

白雨澤見到安其滿三人，眉眼便帶了笑。「三月不見，安二哥越發地精神了。」

安其滿沒想到上次在廟會邊見到的白少爺就是白家少東，一時有些傻眼。

雲開也覺得湊巧。

分賓主落坐後，白建業問道：「不知安小兄弟在哪裡見了家父，家父又託你帶了什麼話？」

安其滿趕忙站起來。「前些日子白老先生到南山鎮神醫藥谷作客，離開時給了我這塊玉牌，讓我來縣城尋您，跟您……談筆買賣。」

白建業一眼便認出這是父親隨身攜帶的玉牌。老爺子在外閒遊多年，看到稀罕物件也會弄些回來，不過還是頭一次送出玉牌。

白建業端身正色問道：「不知小兄弟要跟白某談什麼買賣？」

安其滿左右看看，白建業揮手屏退左右，堂內只餘下他們五人後，安其滿才取下背上的包袱打開，把蘆葦畫送了上去。

本來是自信滿滿的，但看到日升記琳琅滿目的百貨和白家府邸的大氣後，安其滿早就沒了底氣。「便是這畫，這是我們用蘆葦做出來的東西，上不得大檯面，白東家看能收不？」

雲開沒有開口，只靜靜觀察白家父子，暗道這兩位不愧是大商人，看畫時臉上的笑容絲毫不變，讓人琢磨不透他們心裡在想什麼。

白建業仔細看過之後，問道：「小兄弟這畫，新奇有餘但精緻不足，不知你想怎麼個賣法？」

不等安其滿開口，雲開便道：「我們就是鄉野鄙民，從未見過什麼大世面，做出這東西也是憑著一時運氣。您別看這畫簡單，但除了我們家沒人能做得出來，這些是不夠精緻，不過假以時日，我們就會做出更精緻漂亮的畫。我們不懂行市，價錢也不敢亂開，您老見多識廣，不如給我們估個價？」

安其滿趕忙點頭。

白建業笑道：「這畫色彩明亮古樸，也算瑕不掩瑜，七兩一幅，你們覺得如何？」

七兩！安其滿的心怦怦跳，轉頭看自己的閨女。

雲開輕輕點頭。「比我們想的要多多了，您老果然慧眼識珠。」

白建業哈哈大笑，白雨澤也帶笑問道：「不知安二哥有多少幅畫？」

「路太遠不好帶，我們只帶來這八幅，這樣的畫我們每月能做出二、三十幅。」有了七兩一幅打底，安其滿鎮定多了。「新樣子的畫我們還在琢磨，若是做出來了，再請白東家看過之後開價。」

「當然。」白建業點頭。「畫好，價錢自然會高。不過若是別家做出同樣的東西，我們這裡怕也賣不上價去。」

安其滿非常自信。「白東家放心，一年半載內怕是沒人能做出來。」

「一年半載後就算做出來了，也沒有我們家的好。」雲開笑咪咪地道：「您老的店裡，賣的就是人無我有、人有我精的東西，我們的畫跟您的店最是般配。」

白雨澤大聲朗笑。「安妹妹言之有理。」

丁異看他對著雲開笑，很不開心。

安其滿接著道：「幾十貫銀子對您來說不算啥，但對我們鄉下人來說可就是幾輩子沒見過的大錢了。要是我們這賺錢的生意被人惦記上，怕是不得安生，所以我們有個不情之請，得煩勞白東家給行個方便，別讓人知道這畫是我們做的。」

「小兄弟言之有理。」白建業捋鬚點頭，畫的來源保密不僅對安家有好處，對他們來說也有諸多好處。「此事知道的人越少越好。小兄弟家在南山鎮，過來一趟也不容易，這樣吧，南山鎮也有我白家分號，白某寫封信交代一下，小兄弟以後製出的畫直接交到分號掌櫃手裡。若是出了好畫，你再來尋……我兒雨澤商量。」

三人被送出白家後，白建業考問兒子。「你覺得這畫如何？」

「此物占了新奇二字，鑲上木框後一幅賣三十兩總是能的。」白雨澤分析道。

白建業點頭。「此事由你去辦，賺多賺少都歸你。」

「多謝爹。」白雨澤目光灼灼，這還是他單獨負責的第一筆生意，一定要做好！

八幅畫換五十六兩沈甸甸的銀子出來，安其滿簡直要樂瘋了，他一遍遍地在心裡盤算著一個月能做出多少幅、能賣多少錢，這麼多錢又能買多少田、多少牛，臉上就止不住地傻笑。

雲開的笑容一點也不比爹爹少，丁異也跟著開心。

回了客棧後，三人關上門，取出所有的銀錠子放在桌上，五兩一個的銀錠子竟擺了兩層。

「白家的五十六兩，再加上賣雨披賺的銅錢，這趟回去光錢就能裝一箱子！」安其滿開心之餘，又有些擔心財物扎人眼。「開兒，爹去票號把銀子換成銀票吧？」

「換成銀票後回鎮裡還能用嗎？」雲開問道。

「能用的地方不多，不過可以去鎮裡的票號再換成銀錠子，損不了幾個錢。」安其滿又對丁異道：「你一路上跟著叔保護畫，叔給你五兩銀。」

丁異搖頭。「我不，要錢。」

安其滿勸道：「你爹不是每個月從你這裡拿錢嗎？你手裡有點錢也能踏實點。」

丁異瞪大眼睛，二叔是怎麼知道他爹從他手裡拿錢的？

雲開拍拍小傢伙的肩膀。「你沒說，但是你爹嚷得全村人都知道了。」

安其滿心情大好，難得地皮了一下。「不只是人，村裡的狗和老鼠也知道了。」

丁異低下頭。

最後在安其滿的堅持下，丁異收了一個銀錠子，剩下的都被安其滿去票號換成了小額的銀票。

這時，安其堂回來了，安其滿問道：「見著書院的先生了？」

安其堂頗為失望。「今天書院休息。二哥，我看書院的人都是眼高於頂的模樣，你說咱要不要去拜託曾大管家幫我牽個線？」

昨晚吃酒時，曾安跟安其滿說他認得書院幾個管食宿的管事，還說讓他們不要客氣，安其滿回來跟安其堂說了一聲。

安其堂以為二哥會點頭的，不想他卻道：「人家說的是你進了書院後他去打個招呼，讓他們別虧待了你的飯食，想進書院還得靠自己。」

安其堂低下頭。

雲開見他還沒試過正途就想走近路了，便開導道：「這裡是縣城，不是曾家的地盤，在咱面前說一不二的曾管家，在這裡能有多大的臉面？他認識的人說句話，就能讓三叔進書院嗎？」

安其滿也道：「開兒說得對，三弟還是得用心來讀書，靠誰也不如靠自己。」

安其堂抿抿嘴有些不高興。「既然這樣，為何二哥還要討好曾安？」

雲開皺眉，安其堂這話太難聽了。安其滿讓兩個孩子到邊上的客房歇息，才語重心長地道：「二哥跟曾安去吃酒，說那些套交情的話，一是因為人家主動請了，二哥不好不去，二來二哥要在南山鎮過日子，就不能得罪曾家，還要交好他們。

「曾地主是摳門，曾家滿是惡僕，但他們做事也不是一點規矩都沒有。現在二哥低了這個頭，不是要靠他們過日子，只是希望能少點麻煩。向人低頭的滋味你當好受？你現在能不低這個頭，為啥要委屈自己？

「你跟二哥不一樣，你是讀書人，考上秀才後是要做大事的。你交好的也該是其他讀書人；管家和管事這些，你客氣有禮就成。」

安其堂知道了二哥的意思，有些慚愧又有些惶恐。「二哥，我怕我過不了先生那一關。」

安其滿笑道：「過不了也沒事，你出來的時候不就說了，想來這裡找個地方做事嗎？進不去書院，咱們就找個地方白天當學徒，晚上好好讀書，等過了鄉試中了秀才，就啥都好辦了。」

安其堂咬咬唇，沒有吭聲。

第二天剛用過早飯，曾家的管事來請丁異和雲開過府，安其堂覺得有些奇怪。

安其滿卻聽雲開說過這事，曾夫人想請神醫弟子丁異到寧府幫寧夫人把脈，之所以讓雲開一起去，是因為雲開不去，丁異也不去……

曾夫人說寧夫人是因為浴佛節時意外落水，才受寒傷了身子。寧夫人會落水也算是被自己家閨女臉上的疙瘩嚇的，安其滿覺得讓丁異過去幫她看看，也算解開這個結，這是好事。

於是安其滿收拾收拾就帶著兩個孩子去曾家在縣城的宅院見曾夫人。

曾夫人叮囑幾句，便帶著一行人去了寧家。

第十四章

來到寧家，因要去的是內宅，安其滿被留在二門外，由曾夫人領著丁異和雲開進去。雲開跟著曾夫人進入穿花門，走過一片花園，目光落在花園左側一處高過丈的院牆上。寧家內宅各處都是裝飾用的矮牆，牆上或留了小窗，或用瓦片搭出各形孔洞，只有一個小院是嚴嚴實實地圈起來，與世隔絕的。

那裡就是寧家大姑娘寧若雲的院子，傻妞的記憶都被封在那裡，雲開印象很深，那棵高過房頂的桂花樹隔絕了室內的陽光，隱隱暗暗的。

丁異拉住雲開的手，發覺她的手涼涼的。雲開回過神對他搖搖頭，快步跟著曾夫人往裡頭走。既然寧家人主動找自己和丁異，雲開就沒想過退縮，她倒要看看寧家要做什麼。

經過一片竹林時，傳出一陣清脆的笑聲，曾夫人停住腳步，寧家帶路的婆子忙道：「曾少爺與我家大少爺正在花園裡對弈。」

曾夫人點頭。「二姑娘也在？」

「……是。」婆子低頭。

曾夫人不露聲色地繼續往裡走，目光穿過竹林空隙，見到涼亭內正笑得歡快的兒子，以及側靠在他身邊圍椅上笑得前仰後合的寧若素。

雲開的目光在執棋子的寧致遠身上一掃而過，又平靜收回來。

這麼熱的天，江氏的房間卻緊閉著窗戶，屋內還燃著熏香，身材微胖的曾夫人剛坐下就見了汗。

雲開見頭戴紫紅抹額的江氏比浴佛節時瘦了一圈，越發地弱不禁風、楚楚動人了。江氏見到雲開，目光深沈，握斷了小指的長指甲。

就是這骯髒東西，害她入水丟盡了臉面還受了寒，害得老爺再未進她的房門，卻讓新納的小妾有了喜！

「夫人，這就是丁異，他是神醫劉清遠的入室弟子。」曾夫人親熱地拉過丁異。「您別看他年紀小，已經跟神醫學了有些時候了。」

江氏嘴角一扯，掛起貌似溫和的笑容。「真是人不可貌相，不想這麼小就能入神醫的眼。」據說青陽縣的名醫劉增榮跟在神醫身邊端茶倒水五、六載，也不過得了幾句指點。

「喀嚓！」又一個指甲折在手心裡，江氏面上卻帶著笑。「煩勞小神醫幫本夫人瞧瞧。」

聽江氏這漫不經心的語氣，雲開心中冷笑，在他們面前，江氏真是連裝都懶得裝了。

丁異上前，隔著帕子有模有樣地把手指壓在江氏的手腕上。這是雲開第一次見丁異給人看病，他筆直的小身板和微垂的長長睫毛，還真的很有點神醫的樣子。

江氏的神色卻頗有幾分不耐，許久，丁異才抬起手。

曾夫人忙問：「如何？」

「看，不，太明白。」丁異慢慢道：「似乎，是，風寒，入體。」

廢話！風寒入體還是她跟他說的，青陽誰不知道！曾夫人抽抽嘴角。「再看看？」

丁異搖頭。「夫人，的病，時間，長。」

江氏低眸斂去寒光。「不知神醫可在谷中？」

「現在，在。過幾、幾天，不知道，」丁異不緊不慢地說著。「許去，出診。」

「神醫也出診？」不只江氏，曾夫人都嚇了一跳。

丁異點頭。

「去哪裡出診？」兩人急迫地問。

「去鎮上，村、村裡，」丁異依舊慢慢地說。「哪裡，都去，想去，哪裡，去哪裡。」

兩人真是被他憋得夠嗆，曾夫人見江氏的臉色越來越差，趕忙問道：「既然你能看出是風寒入體，可聽神醫說過這病該用什麼藥或者吃什麼東西補補？」

丁異靜靜地想了一會兒，點頭。「吃，薏米，和、和、和……」

「和什麼，你直說啊！」曾夫人憋得受不了，雲開低頭偷笑，這小傢伙學壞了。

「生蒜。」

江氏咬咬唇。「神醫真的是這麼說的？」

丁異點頭。

曾夫人也有點不知道該說什麼，只得呵呵笑著。

「娘！」寧若素從外邊歡快地跑進來。「曾夫人，若素帶著九思哥哥來了。」

曾九思與寧致遠走進來，與曾夫人見禮。「母親。」

曾夫人深深看了兒子幾眼。「今晚回家住吧，你二弟也想你了。」

「八斗哥哥怎麼沒跟夫人一起來？」寧若素脆生生地問。

曾夫人立刻笑顏如花。「他在家讀書，過幾日再來找妳玩。」

雲開抽抽嘴角，曾八斗讀書？那怎麼可能。

「咦？這不是上次在放生池邊遇到的姊姊嗎？」寧若素似是剛見到雲開，好奇地一步步走到雲開面前，眼裡閃過狡猾。

雲開點頭。「是我。」

「姊姊還戴著圍帽，是臉還沒好嗎？」背對著曾九思和寧致遠，寧若素一臉嘲笑，與她的語氣大相逕庭。

「嗯。」她這種表情雲開見過很多次，這是她要使壞的前奏。

寧若素歪著小腦袋，道：「讓素兒看看姊姊的臉好不好？素兒這裡有藥，給姊姊抹一抹就好了，就不醜了。」邊說邊伸手去拉雲開的圍帽，曾九思轉開目光，寧致遠只是淡淡地看著。

她的手剛摸到帽邊，就被丁異伸手一擋。丁異沒有用多大力氣，寧若素卻一聲痛呼，跌坐在地上，委屈地哭了。「疼，娘，女兒的手好疼。」

曾九思面露急切，丫鬟上前扶起二姑娘送到夫人榻前，婆子看了一眼二姑娘白若雪的手腕，驚呼道：「夫人，二姑娘這是扭到手腕了！」

「娘，不怪那位小哥哥，是素兒自己摔倒的……」寧若素趴在江氏身邊，豆大的淚珠子一滴滴地落下來。「女兒好疼……」

江氏立刻冷了臉。「若沒有他一推，妳能摔倒？放肆！」

曾九思皺了眉，寧致遠也一臉陰沈。「小小年紀就如此狠毒，神醫怎會有你這樣的弟子！」

這是故意想生事了？雲開一步步地向著寧家母女走過去，曾九思擋在雲開面前，語帶厭惡。「妳要做什麼？」

「讓開！」雲開冷冰冰。「不是說手腕扭傷了嗎？我看看是真的還是假的！」

「妳又不是郎中，能看懂什麼！」曾夫人沈著臉道。

見雲開不動，婆子立刻過來拉扯。「讓開！」

還不等她的手落在雲開身上，丁異伸手一拉一扭，婆子就叫著捂住手腕在地上打起滾，一屋子的人都被這場面嚇到了。

寧致遠大步走到丁異面前，又斥責道：「你竟又出手傷人！」

「這不是出手傷人，是示範。」雲開冷冰冰道：「看到沒有，這才叫扭傷了手腕！」

還不等寧致遠再開口，丁異又彎腰拉住婆子的手，一拉一扭，婆子不叫了，只是躺在地上哼哼。

雲開抬起頭。「這就是扭傷手腕又接好了。怎麼樣，你的『親妹妹』不是扭傷了手腕嗎，讓丁異給她治一治？」

她這語氣讓寧致遠微微發愣，總覺得哪裡不對勁。

因說謊被人拆穿，寧若素的臉色變得通紅，不過江氏倒很安穩。「男女授受不親，我女兒的傷不勞你們出手。」

「寧夫人的病我們治不了，寧二姑娘的傷又不讓我們治，那我們待在這裡也幫不上什麼忙了，曾夫人，我們可以走了嗎？」雲開直接問道。

曾夫人還沒說話，就聽「嘩啦」一聲，院裡有人摔了碗碟，顫聲問道：「大姑娘？」

雲開聽了這熟悉的聲音，身體不由得一僵。

「大姑娘，回來了？」院內那人踉踉蹌蹌地奔來，走到雲開面前，淚汪汪的。

雲開隔著面紗看著她，很快就認出，這是一直陪著傻妞寧若雲住在小院裡的乳母容嬤嬤，江氏的主要幫凶。

容嬤嬤眼淚掉了下來，伸出手。「姑娘……」

丁異把她擋住，拉著雲開往後退。

屋裡的人被容嬤嬤這一番舉動驚著了，寧致遠和寧若素不敢置信地望著雲開，曾九思和曾夫人則嚇掉了魂兒——這個醜陋的丫頭，怎麼可能是曾九思的未婚妻？

江氏定了定神，眨著淚花站起來。「容嬤嬤莫亂說，咱家大姑娘在別院靜養呢，不可能，絕不可能，我的雲兒……」

雲開跟他的妹妹差太多，寧致遠也是不信的。「在客人面前如此大驚小怪，成何體統，還不退下！」

雲開的目光在眾人臉上掃了一圈，心中不免替傻妞感到悲哀。「妳認錯人了。」

聽到她咬字這麼清晰，本十分肯定的容嬤嬤也猶豫了。「可是這身量、這音調，明明就是啊……」

江氏滿臉狐疑，可轉念一想，若此時真找到人，說不定正是把老爺從小賤人身邊拉過來的好機會，畢竟老爺始終對外宣稱長女寧若雲在深閨養病，就是還存著將她找回來的心思。她身為正室夫人，表現出對繼女的關心也是理所應當，對外還能展現自己的雍容大度。

於是她問向曾夫人。「曾夫人，這孩子的來歷妳可知曉？」

「她是安家去年冬天領養的，可……絕不可能是貴府的大姑娘啊。」曾夫人心裡求爺爺告奶奶的，千萬不能是。

江氏皺起眉，假意激動。「總要問明白才好，快去請老爺過來！」

寧適道很快來了，問明事情後，問也不問雲開的身世，只皺眉斥責道：「若雲在別院養病，怎會到了這裡，胡鬧！」

這一句話定了江氏和曾夫人、曾九思的心，丁異憤怒，雲開冷靜，寧致遠低頭不語。

容嬤嬤還不死心，哀求道：「姑娘摘下帽子，讓奴婢看一眼，就一眼。」

「這位大嬸別被我嚇到才好。」雲開乾脆地摘下帽子，盯著她的容嬤嬤果然嚇得跌坐在地上。「姑娘的臉這是怎麼了？」

「水土不服，長了幾個疙瘩。」

雲開現在的臉比起前幾日已經好了很多，除了臉頰腫得高了一些，其他地方依稀能分辨出原本的輪廓。若仔細看那腫眼泡和鼻子頭，真的是很醜，寧若素安心了，雖然不願意承認，但是她家的傻妞論模樣，比她好太多。

「真的跟大姑娘，好像。」容嬤嬤卻得出跟寧若素完全不同的結論。

寧適道皺眉，寧若雲一直被關在小院子裡，他不記得大女兒長什麼模樣。寧致遠卻疑惑地皺眉，若是去了疙瘩去了腫，安雲開與妹妹真有幾分像，只是這孩子……不傻。

容嬤嬤又問：「我家姑娘左胳膊上有塊胎記……」

雲開大方地拉起衣袖露出一截小臂，曾九思厭惡地轉頭，果然是鄉下人家的女兒，不知廉恥。

雲開的胳膊白白淨淨，莫說胎記，連顆痣都沒有。容嬤嬤跌坐回地上，喃喃道：「竟然沒有……」

曾九思聞言鬆開眉頭，寧致遠略帶遺憾，江氏母女則徹底放心了。

丁巽不想讓雲開久留，為她戴上帽子。「走。」

待這兩人走後，寧致遠將容嬤嬤叫進他的書房，細問道：「嬤嬤真覺得安姑娘是……雲兒？」

容嬤嬤搖頭。「猛然看過去那背影真是一模一樣的，不過現在想來應該不是，大姑娘沒有安姑娘會說，也沒生了安姑娘那樣水靈的眼睛，胎記也對不上。」她邊說邊擦著眼角。「可奴婢打心底裡盼著是，若真的是，該多好……」

寧致遠沈默了。

他也希望知道妹妹人在哪裡，安雲開雖刁蠻任性也醜了些，但如果她是自己的妹妹該有多好？至少她還活著，並且活得好好的。

容嬤嬤突然跪在地上。「少爺，老奴想來您的院裡做事，請少爺看在夫人的面子上救救老奴。」

容嬤嬤口中的「夫人」是寧致遠的生母，容嬤嬤乃是寧致遠生母的陪嫁丫鬟。今天容嬤嬤行事莽撞了，以江氏的手段，怕是容不下她了。

寧致遠也很清楚這一點，雖然繼母對自己關懷備至，但她對下人極度狠戾，一定會責罰容嬤嬤今日的行為，想了想，他便點頭道：「我這院裡正缺個管事嬤嬤，待會兒我與母親說去，以後妳就少出去，免得讓母親生氣。」

雲開與丁異到了二門外，安其滿聽雲開說寧家婆子認錯人，初時覺得不可思議和搞笑，琢磨一會兒覺得不對勁。「興許那寧家大姑娘壓根兒就沒在什麼別院養病，早就丟了！」

丁異聽得一陣緊張，雲開卻若無其事地道：「丟了還是養病，跟咱有啥關係？」

安其滿卻覺得不妙。「他們不是說妳跟她家大姑娘像嗎？萬一哪天他們找不到人急眼了把妳搶過去怎麼辦？」

閨女要是被人搶了，他媳婦兒非瘋了不可！

雲開笑了。「爹覺得寧山長那樣的人家，會幹出搶人的事？」

安其滿腳步慢了點。「應該不會……吧？」走了幾步，又自我安慰。「不是，一定不是！開兒跟他們長得一點也不像，妳比他們一家子好看多了！」

雲開差點一頭栽在地上。

「別亂想了，爹不是要去進貨嗎？」

這趟出來，錢東升交給安其滿一張條子，讓他順道幫店裡補貨。安其滿點頭。「爹先送你們倆回去，再去進貨。」

回到客棧關上門，丁異的小臉滿是後悔和緊張。「不去，寧家，以後！」

「好，不去。」雲開點頭，摸著自己的左臂笑道：「經過這回，他們應該也不會懷疑我了，神醫的藥就是好用。」

知道自己是寧家女後，雲開就找劉神醫要了淡化胎記的藥膏，再配合上她和丁異搗鼓出來的遮瑕膏，怎麼可能蓋不住一小塊胎記？

丁巽抿唇在她的小胳膊上搓啊搓的，一會兒，一塊淡淡的胎記就露了出來，便鬱悶地道：「還在。」

「所以你好好學，把它弄沒就成了。」雲開異常輕鬆。

丁巽又盯著雲開耳根下跟小米粒差不多的一個小黑點，這個也要弄沒了，她身上所有的記號，都要弄沒了！

「容，嬤嬤？」

雲開收了笑。「她是我的乳母，在小院裡住了好多年，那麼大點的院子裡就我們兩人，不管本來抱著什麼念頭，多少也會處出一點感情的。」

丁巽緊張地拉住雲開的胳膊，聽她又說道：「容嬤嬤對我不打不罵，但是天天給我灌輸我是傻子的念頭，叫我不能出去丟人，要老實在院子裡待著，說這樣別人才會喜歡我。寧若素欺負我時，她會假裝沒看到，像什麼都沒發生過，當然也不會跟寧家大少爺說起。」

這是個壞人！丁巽知道她也不會搶走雲開，便放了心。

安其滿備齊了貨後回到客棧，沒一會兒，安其堂忽然衝了進來。「二哥，我過了，過了！」

正在玩花繩的雲開和丁巽被嚇了一跳，安其滿不敢相信。「真的過了，能去青陽書院讀書了？」

「是！」安其堂興奮得手舞足蹈。「書院先生考的問題我都答上來了，先生很滿意，讓我暑後就入書院讀書！二哥你看！」

雲開見了不免驚訝，沒想到青陽書院也有錄取通知書這種東西。

安其滿歡喜道：「祖宗保佑，入了青陽書院就能考中秀才，三弟要好好讀書，咱們家以後全靠你了。」

「好！」安其堂幹勁滿滿。

「去叫酒菜，咱哥兒倆喝幾杯！」安其滿的大手拍著三弟的小肩膀，哈哈大笑。

雲開一臉黑線。「吃飯可以，喝酒就免了！」

這一趟來青陽，既賣了畫，安其堂也入了書院，算得上是雙喜臨門，一場歡笑後就該啟程回家了。

安其滿打聽到後天日升記有商隊去南山鎮送貨，便決定跟著一起回去，至於空出來的這一天，安其滿決定帶著兩個孩子四處轉轉，再給媳婦買點好東西回去，而安其堂？自是要去書肆讀書的。

看著縣城遠勝南山鎮的繁華，安其滿的心思又活泛了，問這裡的房價、柴米油鹽的價錢、生計等，想著搬來這邊住，也方便與白家做生意。

雲開和丁異則暗暗尋找朵氏，注意力集中在來往的人身上，不知不覺間三人就逛了大半個城的大街小巷，最後尋了個路邊茶攤吃茶歇息。

雲開和丁異眼睛都花了，也沒有看到一個像朵氏的人。雲開見丁異一臉失落，便指著街口賣糖人說：「爹，我想吃那個。」

安其滿掏出錢遞給女兒。「別亂跑。」

雲開拉著丁異站在賣糖人的攤子前挑了喜歡的往回走時，丁異的糖人掉到地上，糖蝴蝶摔斷了翅膀，還沒等丁異彎腰去撿，一個揹著包袱的男孩撿起來，吞了吞口水，才不捨地遞還給他。

丁異搖頭。「不，要了。」

男孩驚喜地睜大眼睛，舉著糖人跑了。

丁異的眼睛一直追著那個孩子，看他跟路邊的老人打招呼，舉著糖人歡快地跑進小巷最裡邊的木門裡。

之後，丁異便呆愣愣的有些不對勁。

回到客棧後，待房間裡只有兩人時，雲開才問：「巷口那個幫你撿糖人的孩子有什麼不對？」

丁異看著自己的袖口。「我娘，在那裡。」

雲開異常驚訝。「你怎麼看出來的？」

「他的褂，子，我娘，縫的。」丁異曾無數次蹲在一邊看他娘織布、縫衣，別人的針線他分辨不出，但娘親的他一眼就能看出來。

有了朵氏的下落，雲開替丁異開心。「真的？你娘平安無事，太好了。」他們賣了畫、三叔入了青陽書院、丁異得知他娘平安無事，這一趟真的是圓滿了，現在雲開只盼望能早點回家和娘親分享喜悅，寧家人已經被她扔到了犄角旮旯裡。

晚上，吃完飯熄了燈剛要睡下時，安其堂突然慌慌張張地跑來敲門。「二哥，丁異不見了！剛他還在呢，我看書入了迷，再抬頭就不見他了。」

安其滿就要穿衣服去找，雲開卻道：「爹、三叔，我想起來丁異說他今晚要去一個什麼醫館，不回來了。」

「妳這孩子怎麼不早說，嚇死爹了。」安其滿驚出一身冷汗。「怪不得他跟我要了十兩的銀票。」

雲開把頭埋在被子裡，丁異第一次沒有告訴她行蹤，讓她既失落又擔心。

此時的丁異正趴在老巷最裡邊的小院牆上，看著映照在紙窗上的人影掉眼淚。又有一個小小的影子出現在紙窗上，丁異淚眼模糊地看著人影給孩子脫衣裳、又穿上衣裳，耳朵裡聽到孩子的笑聲，然後窗子黑了。

丁異盯著那扇黑了的窗看了將近一夜，才把銀票扔下去。夜色裡，兩張紙輕飄飄地散落在地上，跟他娘走前剪碎扔在地上的白布一模一樣。

丁異從牆上跳下去，還沒走到街口時，牆邊忽然伸出一隻手，早就練得無比敏銳的身體立即跳出老遠，他不敢看是什麼人，撒腿就跑。

「別跑，是我！」矇矇亮中，有人壓低聲音喊道。

丁異停住，這聲音是曾家的管家曾安？

曾安站出來，接著道：「孩子過來，沒人知道你娘藏在這裡，別怕。」

丁異扣緊手中的小藥瓶，跟隨曾安沒入牆角的黑暗中。

曾安嘆了口氣。「你娘藏得這麼深，還是讓你找到了。」

丁異悶聲問道：「我娘……」

「你一出來，曾家就知道了，跟著你的人回去報信，被我攔下了。不過為了以防萬一，天一亮我就會讓你娘搬走。」曾安低聲道。

「我娘，是你？」

丁異的話異常簡短，曾安卻聽明白了。「不是我，要不是你領路，我也不知道她在這兒。你娘從家裡跑出來後，找過我要了個假戶籍就走了。」

丁異咬咬唇。「我娘，為、為什麼，趕出來？」

曾安沈默了一會兒。「都是過去的事了，你知道也沒啥用。」

「要，知道。」丁異不放棄。

曾安嘆了口氣。「這一說就是快二十年前的事了，給你說一說也沒啥，不過你可不能讓別人知道，否則我這裡也有麻煩。」

「謝，伯。」丁異忙道。

曾安苦笑。「論輩分你該叫我叔公，我和你外公是把兄弟。十七年前，我倆跟著當時的大少爺，也就是現在的曾老爺出門做生意，回來的路上遇著強盜，你外公為了保護大少爺喪了命。他死前哀求大少爺照顧你娘，尋個好人家把她嫁了……」

當時朵蘭才十一歲，跟在曾姑娘身邊當丫鬟，正是無憂無慮的年紀。得了這個噩耗後，朵蘭的娘撐不住，生了場大病也走了，曾姑娘出嫁後，曾春富把她調到自己的院子裡護著。朵蘭後來就理所當然地成了曾春富身邊的大丫鬟。朵氏長得漂亮，善妒的曾夫人看她很不順眼，好在曾春富沒有納朵蘭為妾的念頭，反而叮囑她給朵蘭找個好婆家，曾夫人才咬牙忍著。

朵蘭滿十五歲後，曾夫人給她提了好幾門親事，可朵蘭就是不同意。曾夫人告到曾春富面前，曾春富卻由著朵蘭自己挑，還答應給她出份厚厚的嫁妝。

誰承想，朵蘭竟看上了曾夫人的庶弟，那庶弟被朵蘭勾了魂兒，鬧著要娶朵蘭為正房。曾春富也覺得不像話，不肯給朵蘭撐腰，曾夫人便強硬地給朵蘭訂了另一門親事，想遠遠地把她嫁出去，省得日後看著心煩。朵蘭鬧了幾次，才安生下來準備嫁妝。

曾春富生辰時，曾夫人的庶弟過府飲宴，醉酒歇在前院。朵蘭得了消息就躲過看守她的婆子，偷偷跑到前院與心上人私會。

哪知陰差陽錯，朵蘭竟進錯了房。曾夫人得知朵蘭不見了，帶著人殺到外院，在弟弟房裡撲了個空，卻在自己的丈夫房裡發現了朵蘭。

朵蘭跪在地上，口口聲聲地說她只是進來給老爺送醒酒湯的，曾夫人自是不信，當場便要將朵蘭亂棍打死，還是她的庶弟於心不忍，以曾春富生辰和姊姊有孕在身不宜見血光為由，求她饒了朵蘭一命。

曾春富酒醒後也說他啥都沒幹，曾夫人氣得動了胎氣，生生熬了十二個時辰生下曾八斗，差點一屍兩命。自此再不能生育的曾夫人恨死了朵蘭，因此派人把她弄啞後配給丁二成為妻，讓她求生不能、求死不得。

曾安講完，天已然大亮，好半晌他才從往事裡回過神。「你娘既然逃出來了，你就由她去吧。當年誰對誰錯就不說了，她這些年也不容易。」

丁異低著頭不說話。

曾安嘆口氣。「你爹那裡我給他安排了差事，讓他安生著。你不是挺喜歡安家那丫頭的？那就跟著神醫好好學，掙下一份家業把她娶進門，等有家有業了，你小時候受的這些苦也就不算個啥了。」

丁異半天又問了一句。「為什麼，弄啞？」

「因為你娘除了長得好，還生了副好嗓子。」曾安說完，拍了拍丁異的肩膀。「回去吧，別讓安家人惦記著。」

早晨雲開起床時，丁異已經回來了，只是異常沈默。這孩子一直是沈默的，除了雲開，旁人也沒覺得不妥，幾人收拾好東西，跟著白家的商隊返鄉。

早起燒飯的朵氏見了院裡散落的十兩銀票，驚呆了。

曾夫人起床後，聽下人報了安其滿四人的行蹤，問道：「沒有什麼可疑之處？」

「除了去過一趟白家商號，他們就是四處轉悠看房子，似乎有搬過來住的打算，並沒有什麼不妥。」

「曾安那裡呢？」

「大管家無什麼可疑之處。」下人低下頭，掩住心虛。

曾夫人皺眉。「難道真是我想多了……」

寧府內院，江氏也得了雲開一家上路的消息，望著桌上的生蒜拌菜皺起眉頭。「老爺呢？」

「柳姨娘一早說肚子疼，老爺便過去了。」婆子小心回話，懷了身孕的柳姨娘現在是老爺的心頭肉。

江氏「啪」的一聲把筷子摔在蒜泥裡。「速速派人去打聽神醫的藥谷在何處！」

自生下一個女兒後，江氏一直不見有喜，無子傍身，如今身子又受了風寒久治不癒，所以才想到要找那神醫的小弟子來看看到底是什麼情形。既然眾人都說劉神醫醫術超群能治百病，不如直接延請他來診治，若是她能調理好身子再添個兒子，任憑府裡這些小妖精再怎麼折騰，也翻不出浪花來！

「大哥，咱又遇著了。」安其滿見到來時同路的趕牛漢子，爽朗地打招呼。「這趟怎麼樣？」

「我娘燒香還願，還花錢點了盞長明燈，好著嘞。」趕車大叔心情也是異常地好。「我看安老弟也不差啊。」

「是啊，我三弟見了青陽書院的先生，能進去讀書了。」安其滿止不住地笑。

「這可真了不得了！」

前後車上的人們連聲稱讚，坐在牛車裡抱著書的安其堂滿面榮光。

這一路平安無事地回了南山鎮，安其滿先去東升雜貨鋪送貨，便趕車興沖沖地回家。丁異在村口下車回了藥谷，雲開都沒來得及問他那晚的事。安其滿把三弟送到老宅報喜，卻見媳婦兒正在院中熬藥，才知道他娘厲氏已病倒多日了。

雲開接過娘親手裡的扇子陪她熬藥，安家兩兄弟衝進屋裡去看老娘。

「真的？真的？這是真的？」

屋裡傳出厲氏中氣十足的聲音，驚掉了雲開手裡的破扇子。「娘，奶奶真的病了？」

梅氏低聲道：「吃不下東西，苦夏。」

雲開無語，天熱苦夏該是無病三分虛，就厲氏這嗓門有一點虛嗎？

「伯娘呢？」

梅氏低聲道：「妳伯娘也覺得身子不舒坦，在屋裡躺著。」

他奶奶的！合著全不舒坦，就折騰她娘一個人了，雲開擰起眉毛。

「快，快去放爆竹！」厲氏出來吩咐梅氏。「老二媳婦去秤肉，中午咱們吃麵條，快去！」

出門餃子進門麵是這裡的鄉俗。出門吃餃子，意思是祝願讓將遠行的人平平安安，早日回來再團圓；進門吃麵，是用長長的麵條把遊子的心收回來。

頭髮散亂的楊氏也從東廂房裡走出來。「大喜事，怎麼著也得擺兩桌熱鬧熱鬧吧？」

「擺！」厲氏笑得揚眉吐氣。「把妳三奶奶和五奶奶都叫過來吃席！」

「還有我爹、我哥和姪子們，讓他們也沾點三弟的喜氣，指不定也能考上秀才呢。」楊氏笑得更歡了。

雲開聽得無語。

安其滿把在鎮裡買的一百五十響爆竹掛在門口點著了，噼哩啪啦地叫來半村子的人。聽到安家老三要去青陽書院讀書，村人的好話不要錢地扔來，厲氏樂得都找不著北。

「四嫂，這怎麼也得擺兩桌吧？」安五奶奶酸溜溜的，她兩兒子讀書都不成，氣死人！

「罷，明兒趕集賣菜，晚上就罷！」厲氏笑得見牙不見眼。

安其滿走到媳婦兒身邊，看著她尖尖的小臉，很是心疼。「怎麼我們才走了這麼幾天，妳就瘦成這樣？」

梅氏笑道：「夏天本就吃不下東西，多少會瘦一些。我在家怎麼都好說，你們爺兒倆出去這趟才是辛苦了。」

安其滿笑容大大的。「我給妳買了不少好東西，走，咱們回家。」

「可是娘說……」梅氏有些猶豫。

「妳男人回來了，妳不用回去伺候著？」安其滿笑著。「娘這裡有如意和大嫂呢。」

梅氏的小臉羞紅了。「瞎說什麼，孩子還在呢！」

雲開捂嘴偷笑。「我啥也沒聽見。小姑呢？」

「去打豬草還沒回來。」梅氏道：「這些日子，要不是妳小姑幫著，娘真忙不過來。」

安其滿和雲開都心疼梅氏這幾日兩院奔波的辛苦，一家三口往外走。

「二弟幹麼去？」楊氏大聲吆喝著。「不是說秤肉吃麵嗎？」

安其滿回頭。「煩勞大嫂先做著，我這一路上累著了，回去歇會兒再過來吃。」

「那你趕緊回去歇著。」楊氏笑呵呵地吩咐梅氏。「五花肉不用買太多，兩斤就夠，這大熱天的怕吃不了就壞了。」

梅氏小聲道：「娘，媳婦回去幫著大姊兒她爹收拾收拾。」

厲氏正痛快著，也不計較這點小事，馬上交代楊氏：「去吧。老大家的，妳去秤肉做飯。」

楊氏老大不高興地噘起嘴。

雲開一家三口回到自己的家，大黑跑過來圍著雲開轉圈，雲開嘻嘻笑著。「大黑長大了。」

「汪！」大黑歡快地搖著尾巴，看著主人們一趟趟地往屋裡搬東西。

收拾好東西後，雲開知道爹娘定有悄悄話要說，便帶著大黑回了自己屋裡，躺在炕上隔窗望著天上悠悠然的雲，舒服地嘆口氣。

正房裡的安其滿，從袋子裡取出銀票遞給梅氏，看她一張張數著，然後驚喜地抬頭，眉眼發亮地望著自己。「這麼多？」

安其滿無比滿足地笑了，又搬上裝銅錢的箱子。「還有呢，妳看！」

梅氏吃驚地張著小嘴。「怎麼會這麼多？」

安其滿咧開嘴傻傻地笑，男人在外邊忙忙碌碌、累死累活的，為的不就是這一刻嘛！他又從懷中筐子裡取出一個精緻的首飾盒。「妳看喜歡不？」

梅氏眼圈都紅了。「買這做什麼，挺貴又沒啥用。」

「怎會沒用呢？以後妳們娘倆的首飾盒，我要一件件地給裝滿！打開看看。」

梅氏打開上邊的小抽屜，看到裡頭的簪子，忍不住驚呼一聲。「好漂亮。」

「開兒挑的，就知道妳稀罕。」安其滿開心地笑。「快戴上，我看好看不？」

梅氏取出一支點翠的桃木簪斜插在髮髻裡，咬唇羞澀地低頭。安其滿看了心就忍不住亂撲騰，忍不住把她抱在懷裡。「這些天想不想我？」

梅氏低聲道：「別這樣，開兒在呢。」

安其滿只得放開，跟媳婦兒說著話，說著說著便睡著了。梅氏看他累成這樣，鼻子便是一酸。這人回來見到自己的第一句話就是她瘦了，明明他比自己瘦得更厲害。

待他睡熟了，梅氏才輕輕地起身給他蓋上薄被，到閨女屋裡，果然見她也躺在炕上睡著了，一臉的疙瘩看得梅氏心疼，輕輕給她蓋上被子，梅氏便到廚房去做飯。

和麵、擀麵、洗菜、切菜，跟老宅一樣吃麵條，安其滿一口氣吃了三大碗，雲開也吃了一大碗。至於去老宅吃晌午飯的事，他們想都沒想，因為楊氏不會給他們做上。

吃完飯，安其滿就扛起鋤頭。「田裡的草快長滿了，我去收拾收拾。」

梅氏趕忙站起來。「我跟你一起去。」

安其滿把她按在炕上。「妳跟開兒在家待著，日頭毒，這又不是著急的活兒。」

丈夫和閨女回來了，梅氏也幹勁滿滿的，把他們帶回來的髒衣服帶到河邊清洗。河邊洗衣服、乘涼的人不少，梅氏在樹蔭下挑了一塊離人群遠些的大石頭，把衣服在河裡浸濕抹上皂角，用棍子輕輕捶打，雲開也跟著幫忙。

「二嫂，其堂去青陽讀書，可得不少錢吧？」郝氏端著盆過來，跟梅氏湊在一處。

梅氏輕聲說：「一年下來怎麼也得十幾貫錢。」

「我了個乖乖，」跟過來的牛二嫂瞪大眼睛。「大姊兒她奶奶手裡到底攢了多少錢，敢送兒子去青陽讀書？」

想到被婆婆換成符紙燒在公公墳前的錢，梅氏沒有吭聲。曾林媳婦驚訝問道：「莫不是又要你們兩口子出錢吧？」

要真是這樣，可就說不過去了，郝氏皺了皺眉。

「明天的酒菜錢不會也是你們出吧？」牛二嫂低聲問道：「要我說，你們可不能慣著老宅這個毛病，這樣下去什麼時候才是個頭？」

雲開非常認同地點頭，曾林媳婦見了就忍不住地笑。「妳個小丫頭點什麼點，人還沒長大就學著怎麼當媳婦跟婆婆鬥心眼了？」

一群婦人笑得前仰後合，雲開也跟著咧小嘴咯咯地笑。

穿了一身乾淨袍子的曾應龍打河邊路過，看到雲開臉上的小疙瘩，擔心地問道：「大姊兒的臉怎麼啦？」

還不等雲開說話，曾林媳婦就拿他開起玩笑。「哎喲，我說應龍，嬸子在這兒待了這麼半天，怎麼沒聽你問一句，眼裡光瞅見人家小姑娘的臉了？」

曾應龍趕忙笑著打招呼。「嬸子，洗衣裳哪。」

一群人又笑得前仰後合的。

雲開看他實在尷尬，站起來解釋道：「跟我爹出了趟門，因為水土不服，所以長了幾個疙瘩，過幾天就好了。」

曾應龍看看雲開的臉，又看看她脖子和白淨的小手，忍不住道：「這疙瘩倒是挺會挑地方……」

「就是，身上那麼多地方不長，偏長在臉上讓人瞅著心疼！」郝氏笑不可抑。

曾應龍不知道該怎麼接話，又捨不得走，只是傻傻地站著。梅氏便忍著笑問道：「應龍這是要出門？」

村裡人平日都是短衣襟小打扮，出門時才換上長袍。

曾應龍趕忙道：「我爹幫我找了份事，在鎮裡的日升雜貨店裡當夥計學做買賣。」

這可是好差事，梅氏趕忙道：「快去吧，再晚了，天黑前進不了鎮了。」

曾應龍飛快地看了雲開一眼。「嬸子們有要買的東西不？我過兩天給妳們捎回來。」

眾人點了幾樣日常用的東西，曾應龍見梅氏和雲開沒要東西，失落地走了。

曾林媳婦看著他的樣子，忍不住地笑。「這小子是真相中妳閨女了。」

「嫂子可別說這話，讓他娘聽見可不好。」梅氏趕忙道：「開兒還小呢，我們家可沒動這個念頭。」

牛二嫂低聲道：「應龍他娘連大姊兒這樣的都看不上，到底想要個什麼樣的。」

他們看不上雲開，還不是因為雲開是撿回來的、因為她沒有兄弟撐腰嗎？梅氏抿了抿唇，都怪自己不爭氣。

雲開知道娘親又想多了，便岔開話題問道：「二伯娘，為啥應龍哥比他哥哥低一輩呢？」

曾應龍的親哥曾應夢，雲開要喊他一聲伯伯，但是卻給曾應龍叫哥，這事她上次就覺得納悶了。

牛二嫂解釋道：「應龍他娘懷著他的時候老鬧病，楊家村的劉仙姑說這孩子命輕，得降一輩壓著才好養活。」

居然還能這樣？雲開張大小嘴。「那應龍哥在家時，給他娘叫娘還是叫奶奶？給他哥是叫哥還是叫叔呢？」

一群人又笑得東倒西歪，郝氏更是趴在石頭上叫著。「不行了，我不行了……」

梅氏也笑出了淚花。「妳的小腦瓜想什麼呢？是在五服外的親戚本家面前降一輩，自家爹娘面前怎麼降？傻丫頭！」

雲開哦了一聲。「娘，什麼是五服？」

眾人又是一陣大笑。「二嫂還說妳閨女不傻，妳看她，傻成這樣！」

雲開一臉無辜，她是真的不知道啊。

梅氏無奈笑道：「『五服』是指高祖、曾祖、祖父、父輩，到兄弟姊妹一共五輩人。同一個高祖的就叫五服內，是婚喪嫁娶都要聚在一起走親的本家。明白了不？」

「明白了！」雲開的眼睛閃亮亮。「所以曾伯娘和應龍哥不是五服內的本家，拜的也不是同一個祖宗！」

曾林媳婦笑彎了腰。「哎喲，大姊兒妳真是個寶貝！」

梅氏哭笑不得。「妳曾伯娘跟應龍是五服內的，本來該叫嬸子！」

「可是，我也給她叫伯娘啊……」雲開疑惑不解。

曾林媳婦擦擦眼淚。「那是因為我公爺跟妳爹的爺爺拜了把子，鄉親輩大亂套，怎麼親近怎麼叫！」

雲開立刻成了蚊香眼。

梅氏止不住地笑。「以後有啥不懂的，回家關起門來再問娘，傻閨女！」

眾人笑夠了，郝氏又提起劉仙姑。「妳們聽說沒有，劉仙姑家的二小子娶媳婦，光聘禮就出了五十貫！」

大夥兒都驚了，梅氏扯扯嘴角。「她給十里八村的人看香門，這麼多年可攢了多少家底！」

「可不是！」牛二嫂也來了氣。「我娘家村裡一個女娃，半夜睡覺撒癔症往外跑，劉仙姑說是讓狐仙跟上了，要人家兩貫錢買了個驅妖符，貼在閨女睡覺的房門上，可一點都不頂用。後來她又給算了算，說狐仙來路大，一般的符壓不住，讓人家再出五貫買好的。」

「那後來怎樣了？」郝氏趕忙問道。
「他家哪出得起五貫，趕巧神醫到他們村出診，給開了一帖藥吃幾天就好了，藥錢都沒花三百文！」牛二嫂道：「後來他們去找劉仙姑評理，劉仙姑硬是不認，能有什麼法子？不過能趕上神醫出診，也是他們家閨女運氣好。」
「他們怎麼認出是神醫的？」曾林媳婦問道。
「除了神醫，還有哪個老郎中身邊會帶個小磕巴的？我一聽就是！」牛二嫂異常羨慕。「啥時候神醫才能到咱們村裡來出診看病啊。」
安其滿從田裡剛幹活回來，安如意便過來叫了，厲氏讓他過去商量事兒。臨走的時候，安如意遞給梅氏一筐草。「二嫂，我幫妳把草打回來了。」
安如意在梅氏這裡住了幾天，跟她親近了不少。梅氏笑道：「妳二哥也帶了一筐回來，妳這筐拿回去，明天不用打了。大嫂好點沒有？」
安如意噘起嘴。「還是躺在炕上不起來！」
送走了安如意，梅氏低聲道：「大嫂可能又有了，她前幾次懷孩子就是這樣，娘興許也看出來了，所以才由著她不幹活。」
雲開很驚訝，安老頭的百日祭這才剛過了一個多月，她就有了？
安其滿點頭，大步出了門。

雲開見娘親神情有些落寞，便把手輕輕地放在她的肚子上。「娘也快要有小弟弟了。」

梅氏望著院裡的小桃樹，怔怔出神。

安其滿去老宅不一會兒便回來了。「明日家裡擺酒，娘讓我跟大哥趕集買菜，錢一家出一半。」

「大哥這次倒是難得。」梅氏有些詫異。

「他也是看三弟能進書院讀書，高興的。」安其滿道：「娘又說大嫂身體不舒坦，讓妳明天過去做飯，我直接請了廚子，吃飯時妳和開兒再過去。」

梅氏見丈夫護著她，自是歡喜不已。這一晚上，小別重逢的夫妻自是勝過新婚，一番親近後，梅氏輕聲道：「若我一直懷不上怎麼辦？」

安其滿摟著她安慰道：「神醫說咱倆的身子都沒事，咱奶奶和爹也給開兒託夢說妳要有了，咱不著急，該來的時候就來了。」

「要是一直沒有呢？」梅氏緊緊貼著丈夫，心裡沒著沒落的。

安其滿摟著她，給媳婦兒逗悶子。「要是咱家樹上桃子都熟了妳還沒懷上，咱就搬到青陽縣城邊，找塊風水好的地方住著，給開兒改名叫招弟。我就不信，咱天天這麼賣力，就耕不透妳這塊田！」

梅氏氣得捶打他的胸膛。「人家都這樣了，你還鬧！」

安其滿收了笑。「好，不鬧。一直沒有也是咱們的命，守著開兒過日子也挺好。」

梅氏眼角流下一串淚珠子，閉上眼睛不說話了。安其滿心裡暗下決定，大嫂這一胎要是真的，他就立刻帶著媳婦兒、閨女搬走，不在村裡住了。

第二天，安家老宅辦酒席，男人們坐了兩大桌，女人們和孩子裡三層、外三層地守著一桌。

楊氏的大哥楊滿囤見著雲開的一臉疙瘩直搖頭，這兒媳婦不能娶了，他可不想給兒子討個一臉疤痢的媳婦回去添堵。「大姊兒這張臉啊，算是毀了……」

在座的無不惋惜。

「嘔——」正拚命塞肉的楊氏忽然捂著嘴跑到一邊，哇哇地吐了起來。

眾人……

就算傻妞的臉難看，她也不至於噁心成這樣吧……

梅氏沈著臉把閨女拉進廚房，雖然臉好不了是假的，可她不想雲開受這樣的眼神，那滋味多難受她心裡跟明鏡似的。

厲氏在外邊喊著：「老二家的，還不過來收拾收拾！」

還在那裡乾嘔的楊氏聲音格外響亮，梅氏咬唇，郝氏皺起眉，雲開瞪了眼睛。「娘待著，我去！」

梅氏搖頭。「娘是當媳婦的，今天這樣的日子，本來就該娘幹活。」

郝氏也勸。「大姊兒，妳娘說得在理，這時候不能鬧。」

雲開只得看著娘親出去收拾，楊氏大咧咧地回到桌邊坐下。「辛苦弟妹了，我這幾天老是覺得不舒坦。」

梅氏含笑道：「大嫂少吃點魚肉，吃多了容易鬧噁心。」

楊氏沒想到梅氏會當著這麼多人頂她，哎喲幾聲。「我高興才多吃了幾口，怎麼了，肉我也出了一半錢呢。」

厲氏沈了臉。「磨什麼嘴皮子，快去拿饅頭，沒見桌上空了？」

雲開已端著一碟饅頭走了出來，笑呵呵地盯著厲氏，又掃了掃一桌子的人。「誰要饅頭？來，拿！」

「我才不要，妳拿的饅頭吃了會長疙瘩！」楊滿囤的兒子楊三郎大呼起來，楊四郎和安大郎也衝著雲開吐舌頭。「醜妮兒，傻妞！」

雲開笑咪咪地。「不光吃我拿的饅頭會長疙瘩，看著我也會長疙瘩！」

楊四郎拿過一個饅頭來啃下一大半。「小爺才不怕呢，我爹說了男人醜不怕，有錢就能娶到好媳婦！」

坐在第一桌的楊滿囤哈哈大笑。「不愧是我兒子，有種！」

安其滿站起來，神色冷硬。「娘，我們先回了。」

厲氏冷哼一聲，安五奶奶忽然問道：「大郎他娘不會又有了吧？」

安三奶奶和安其田的媳婦也跟著點頭。「看著像。」

楊氏摸著小肚子得意地笑。「還沒去看過郎中，不過我估摸著差不離。」有了娃兒，這兩年就不用幹什麼活了，楊氏笑得那叫一個得意。

這就是真的有了，眾人的目光在梅氏身上打轉，老大家第三個都懷上了，老二家還一點響動也沒有，真是旱的旱死澇的澇死。

雲開趕忙走到娘親身邊。「娘，咱回吧。」

楊滿囤哈哈大笑。「這就是雙喜臨門啊！妹夫，來，敬你一杯！」

安其金端起酒碗一飲而盡，已經站起來的安其滿強帶笑舉起酒杯。「恭喜大哥。」

「還不一定呢。」安其金臉上的得意掩也掩不住，二弟能賺錢又怎麼樣，他沒兒子！

安其滿離席，向著妻女走去。

楊滿囤又道：「這一胎要再是兒子，就乾脆過繼到其滿兄弟名下，他老這麼空著也不是個法子。」

眾人都不敢說話了，安其金看著安其滿笑。「我這裡都好說，這要看二弟的意思，左右我二弟也不會虧待了孩子，在哪個院裡長大都是一樣的。」

安其滿回頭道：「我和梅娘有大姊兒，不缺孩子。」

楊氏不屑地「呿」了一聲。「沒兒子以後死了進不了祠堂，二弟可得想好了。」

一家若是沒兒子，就代表以後沒人祭祀燒紙，所以不能進祠堂享受香火，死了也過不上好日子。楊氏得意地摸著肚子斜瞥著梅氏。「弟妹妳說呢？不孝有三無後為大啊。」

已經走到門口的雲開突然大喊：「爹！」

安其滿立刻衝過去，不過還是遲了一步，只能眼睜睜的看著閨女因為扶不住昏過去的媳婦，兩人一同栽倒，雲開人小力氣也小，咬牙硬撐著，讓娘親倒在她身上。

這母女倆倒了，楊三郎、楊四郎、安大郎卻拍著桌子大笑。「摔了，摔了！」

安其滿衝過去扶起梅氏，又拉起閨女。「傷到沒有？」

雲開忍著腳踝處鑽心的疼站起來。「我沒事，爹快帶娘回去。」

安其滿不再理會還在冷嘲熱諷的楊氏和咒罵的厲氏，抱著梅氏快步走了。

安三奶奶皺眉。「你倆行了啊，其滿家的生不出孩子，你們這左一句右一句地拿刀子捅人的心，誰受得了？也就是欺負人家兩口子老實，不跟你們一般見識！」

楊氏冷哼一聲。「又不是咱不讓她生，是她自己生不出來，怨……」

雲開一步步地走過來，楊氏瞪起眼睛。「妳想幹麼，我說的不對嗎？女人生不出孩子就是上輩子積德不夠，這也能怨別人？」

雲開端起一碗肉湯扣在楊氏臉上，楊氏抹著臉大罵。「反了妳了，看老娘不抽死妳！」

眾人被雲開嚇到了，安其金和楊滿囤瞪眼站起來，郝氏趕忙抱著孩子過來勸。「大姊兒，別鬧，妳……」

厲氏大聲罵道：「妳這個……」

還沒等她罵完，雲開一用力將桌子掀翻，厲氏和楊氏的褲子都被湯湯水水潑了個透，杯盤碗碟碎了一地，大夥兒都徹底嚇傻了。

族長安太爺第一次發話了。「安雲開，妳這以下犯上、目無尊長的……」

「要讓我尊長，長者先得自尊！」雲開怒火高漲。「我安雲開對天發誓，要是我娘真出了事，你們有一個算一個，這輩子誰都別想好過！」

楊氏想到傻妞背後的安家八輩祖宗，嚇得住嘴，安其金黑著臉起身，卻被三弟壓住。

安其堂過來勸道：「大姊兒是被二嫂忽然暈倒嚇著了，她還小說話不懂輕重，族長和各位別跟她一般見識。大姊兒，妳快回去看妳娘怎麼樣了，三叔這就去請郎中。」

「我們用不起！」雲開不領這份情，爹幫著三叔交束脩、送他去青陽書院，方才那樣的場面，三叔卻一句話也沒幫著爹娘說。現在，遲了！

雲開忍著疼往家裡跑，一進家門只見娘躺在炕上，臉色蒼白如紙，安其滿見閨女回來了，趕忙道：「妳在家守著妳娘，爹去藥谷請神醫。」

雲開點頭。「爹快去。」

安其滿轉身跑出去，雲開摸了摸娘親的額頭，趕忙到廚房燒熱水。

聽說安家出事了，牛二嫂和曾林媳婦急匆匆過來幫忙，雲開給娘親餵水都灌不進去，急得快哭了。

終於等到外邊響起馬蹄聲，雲開立刻跑出去，見神醫劉清遠騎著快馬而來，眼圈立時就紅了——

第十五章

劉清遠跳下馬，邊快步跨進院門邊問道：「如何了？」

「還暈著沒醒過來，神醫爺爺救救我娘。」雲開帶著哭腔。

劉清遠點頭。「放心，有老夫在，妳娘就無事。」

劉清遠先去廚房洗掉手上的泥巴，進屋後看了梅氏的臉色微微皺眉，先翻開梅氏的眼皮看了看，又伸出三指壓住她的手腕。

眾人大氣不敢出地盯著，只見神醫微皺的眉頭慢慢鬆開，又換梅氏的另一隻手繼續切脈。待他輕輕把梅氏的手放回去後，雲開緊張得聲音都在發抖。「神醫爺爺，我娘到底怎麼了？」

劉神醫臉上竟掛起笑意。「雲開，妳要當長姊了。」

雲開瞪大眼睛。「您說什麼？」

劉神醫含笑道：「妳娘有了身孕，只是不足月，未有明顯的胎象。」

「真的？」牛二嫂驚喜著。「真的有了？」

曾林媳婦一巴掌拍在她身上。「神醫說的還有假？當然是真的！菩薩保佑，終於有了！」

雲開顫抖著問：「那我娘怎麼還不醒過來？」

「她這是氣急逆亂，待老夫用針幫她理順，睡一會兒便能醒過來。」見神醫要施針，眾人連忙輕手輕腳地退到外邊。

雲開見神醫幾針下去，娘臉上就有了血色，她才放心地退到院中，蹲在地上「哇」的一聲哭了，大黑圍著她直轉圈，嗚嗚叫著，曾林媳婦和牛二嫂也跟著抹眼淚。

「砰」一聲院門被推開，渾身被汗濕透、連頭髮都在滴水的安其滿見到閨女在大哭，腦袋中就「轟」的一聲，快栽倒了，一同跟進來的丁異用力撐著他。「二叔！」

安其滿哆嗦著不敢問、不敢說話。

雲開連忙跑過來扶住爹爹。「爹，我娘有了！」

安其滿腦中嗡嗡作響。「……什麼？」

「我娘有身孕了，我娘要給我生弟弟妹妹了！」雲開哭得沒了樣子，丁異也跟著喊。

「二嬸，有、有了！」

安其滿不敢置信地望著從堂屋裡走出來的神醫，見他也點頭，這七尺高的漢子抱著閨女放聲大哭。

他們這一哭，屋裡的梅氏也被驚醒了。她顫顫巍巍地下地，忍著頭暈扶著牆出來。「滿哥、開兒，我沒事，沒事啊——」

曾林媳婦和牛二嫂趕忙過去扶住她。「妳怎麼起來了，慢點，可別摔了。」

安其滿和雲開跑過去卻被神醫攔住。「她身子骨弱，禁不得這一驚一喜的折騰，收著點！」

安其滿流淚傻笑，一圈的人都在笑。梅氏懵了。「這到底是怎麼了？」

劉神醫捋鬍鬚笑道：「妳有了身孕，不過身子有些虛，不可大悲大喜。」

梅氏愣住了，雲開趕忙道：「娘，平靜，平靜……小心身子。」

「梅娘，小心身子，咱去炕上躺著。」安其滿想扶媳婦，他自己卻抖得不像話。

梅氏深深吸了幾口氣。「多謝神醫。」

安其滿這才想起這茬，撲通一聲跪在劉清遠面前連連磕頭。「多謝神醫，多謝神醫！」

雲開發現劉神醫穿的是幹活的衣裳，褲腿和鞋子都沾著泥，顯然是得了娘親暈倒的消息後，衣服都沒來得及換便趕來，心中的感激無法言表。

劉神醫笑著搖頭。「先扶著你媳婦兒到炕上歇著，丁異取紙筆來。」

丁異熟門熟路地跑進雲開的屋裡取出紙筆鋪在桌上，劉神醫開了安胎的藥方，又寫了幾道食補的方子和梅氏不能吃的東西，便返回藥谷繼續種草。

神醫沒叫丁異一起走，便是用腳趾頭想也知道，這時候，他這徒兒不可能跟著回去。

牛二嫂和曾林媳婦也離開後，雲開關上門，看著渾身濕透的丁異，埋怨道：「有馬不騎，幹麼用跑的回來！」

丁異撓撓頭。「二叔，不會。」

雲開揉了揉丁異的小腦袋。「我去燒水，你洗一洗換身衣裳歇一歇，還得辛苦你幫我娘抓藥去。」

丁異卻按住她。「腿，怎麼了？」

雲開都感覺不到疼了。「沒事，腳崴了一下，不疼了。」

丁異脫下她的鞋襪，小眉頭擰成了一團。「腫了！」

雲開還在傻笑。「我都沒覺得疼，過兩天就好了。」

「還笑！」丁異氣鼓鼓地站起來。「待著！」

待雲開乖乖點了頭，他跑出去一會兒又跑回來，把剛從山坡上找到的幾株活血化瘀的藥草放進蒜罐子裡搗碎，敷在雲開的腳踝上。「等我，抓，藥。」

雲開拉住他。「不急，你先歇歇再去。」

「風吹，乾。」丁異說完，轉身就跑了。

雲開燒好水後，才瘸著腳回屋叫爹爹出來洗，進去發現爹和娘還在兩兩相對傻笑。

「這是怎麼碰著了？」安其滿見閨女一拐一拐的，趕忙起身把她抱到炕上。梅氏要坐起來查看，卻被雲開伸手壓住。

「娘別動，我只是崴了腳，丁異已經給我用藥了，爹先去洗洗，別把娘熏著。」

梅氏笑道：「哪那麼嬌氣了。」

「嬌氣點好。」安其滿轉身去洗澡。

村子不大，稍有點事就傳得飛快，更何況是這樣的大喜事，牛二嫂和曾林媳婦很快嚷嚷得一村人都知道了。厲氏瞪大眼睛。「有了？」

郝氏點頭笑。「是神醫親自給把的脈，說有二十天了。」

正是兒子沒出門的時候，厲氏喜得轉圈，嘴裡不住念叨著。「太好了，太好了……」

安其金心情異常複雜，按說二弟有了孩子他該高興才對，可有了剛才那一齣，他哪裡高興得起來？只覺得丟人現眼。躺在炕上的楊氏也皺著眉頭，弟妹也有了，家裡的活兒誰幹？

厲氏過了欣喜勁，坐在凳子上想了想，心裡又不是滋味了。老二家的有了，她原本的打算就不成了，也不能過去收拾傻妞了。

「兩兒媳婦都有了身子，這可是大好事啊！」不愧是厲氏幾十年的對手，安五奶奶開口就找準了扎心點。「只不過，孩子在肚子裡頭時怎樣都好辦，可等著她倆前後腳生了，妳要給哪個伺候月子？」

厲氏臉上鬆弛的肉皮就是一哆嗦。

「還是兩個都伺候？」

哆嗦第二下。

「這兩年家裡的活兒要讓如意幹嗎？她今年也十二了吧，這麼幹兩年，又黑又糙跟個使喚丫頭似的，到哪兒去相看好婆家？」

哆嗦第三下，掃地的安如意也握緊了掃把。

「還是說，妳自個兒幹？」安五奶奶看著四嫂直抽抽，心裡臉上那叫一個樂呵，拄著枴杖跟三嫂一塊兒走了。

安家媳婦們從老宅出來，商量著各自回家換乾淨衣裳，拎了幾個雞蛋或野鴨蛋，搭伴跑到安其滿家裡看梅氏。

到了後才知道梅氏睡了，連家裡的狗都被安其滿攆到院子外邊，怕吵著梅氏睡覺，她們哪敢多待，留下東西就走了。

安其滿見媳婦睡踏實了，就急匆匆地拿著神醫開的食補方子出去買食材，準備給媳婦兒做好吃的，雲開攔都攔不住。

待爹爹走了，雲開帶著梳洗乾淨的丁異回到自己屋裡，輕聲問道：「從青陽回來的那天晚上到底發生了什麼事？一路上我也沒機會問你。」

丁異低著頭不說話。雲開接著道：「沒事，不能說就不要說。我是怕你一個人壓著事難受。睡一覺吧，衣裳乾了再回去。」

丁異拉住雲開的衣角。「想，說。」

雲開揉了揉他的小腦袋。「好，不急，慢慢說。」

丁異說話慢，安其滿買東西回來，又洗了全家的髒衣裳，丁異還沒說完。

雲開認真聽著，不時點頭或問一聲，等丁異講完後，她一時不知道該說什麼。

從來沒說過這麼多話的丁異，跑出去喝了兩大碗水又跑進來，立在炕邊看著雲開。

「過來。」雲開招手，丁異爬上炕擠在雲開身邊，壓在心底的事說出來了，心裡果然好受了點。

半天，雲開才問：「你是怎麼想的？」

「不，知道，就是，難受。」丁異悶悶的。

雲開很心疼，但還是如實地說出自己的想法。「曾安是曾家的大管家，他肯定會向著曾春富說話。」

丁異明亮的大眼睛望過來，雲開便接著道：「我不是說他說謊，但他隱瞞一點對曾家不好的事，稍稍誇大你娘的錯也有可能，所以他說的話不能全信。不過就算這樣，你娘也不能說一點錯都沒有。」

曾春富因為朵氏的爹的恩情對她關照有加，曾夫人雖然不喜歡她，但原先也沒有做什麼真正傷害朵氏的事。要不是朵氏半夜偷跑到前院進錯了房，她現在的日子過得應該挺舒坦。曾夫人因為這個意外大受刺激，產後大出血保住命卻不能再生孩子，恨朵氏是肯定的。

可以說，被許配給丁二成，在雲開看來完全是朵氏自找的。且曾夫人的庶弟來訪，曾夫人一定會對朵氏嚴加看守，被關在內院的朵氏是如何知道心上人來了？又是怎麼利用機會逃出來卻進錯房的？

雲開在這裡邊嗅到了濃濃的宅鬥氣息，不過這些她沒有跟丁異講，免得他瞎想。

丁異把頭壓在膝蓋上。「可，我娘，她，她……」

「嗯，」雲開替他說道：「這麼多年你娘也受夠了罪，過去的事就讓它過去吧，你也別為了這件事去恨曾家，想報仇什麼的。」

丁異輕輕點頭，雲開轉頭看著他高高的鼻梁和長長的睫毛，心底不住翻騰。朵氏進了曾春富的屋子，曾夫人會氣到早產，一定是看到了什麼……丁異極有可能是曾春富的兒子。

雲開深吸一口氣，這件事一定不能讓曾夫人知道。

「怎麼，了？」丁異抬頭。

雲開暗道真是疑心生暗鬼，她怎麼忽然覺得丁異的五官跟曾春富長得有那麼點像呢？會不會朵氏也發現了這一點，所以才越來越討厭這個兒子？不過如果丁異長得越來越像丁二成，她也會討厭吧……

「沒事。」雲開笑道：「其實你不覺得咱倆挺像的？我小時候被後娘欺負、被爹討厭，你被爹欺負、被娘討厭。」

丁異眨巴眨巴眼睛，雲開又接著道：「現在咱倆長大了，以後誰也別想欺負咱們，日子怎麼過，咱們自己說了算！」

「嗯！」丁異眼裡又有了光。

此時天色不早了，丁異拿著已曬乾的衣裳走了。安其滿再回來時扛著一張竹床，擺在院子裡鋪上褥子，先抱了閨女出來，又抱了媳婦出來，讓她們在炕上待著，他坐在邊邊傻笑，大黑也蹲在旁邊吐著舌頭直哈哈。

雲開笑出聲。「娘看爹，傻了。」

梅氏抿著嘴，眼裡、臉上都是笑。

「傻閨女有個傻爹，多好。」安其滿忍不住地傻笑。「等孩子生下來，是閨女就叫傻妮兒，是兒子就叫傻蛋兒。」

梅氏嗔怒。「哪有你這樣當爹的！」

雲開笑躺在竹床上。「是個妹妹得叫安三姊兒，是個弟弟叫安二郎。不過興許是大伯娘先生，到時候咱們家可能就是安四姊兒或安三郎了。」說完，雲開又吐了吐舌頭道：「老實說……今天爹走了後我氣不過，把老宅的桌子掀了，灑了奶奶和伯娘一身菜湯，摔了一桌碗碟。要是奶奶待會兒打過來，爹可得幫我攔著，我腳崴了跑不動。」

安其滿和梅氏先是一愣，又笑了。

梅氏點著雲開的額頭。「妳啊，那麼大的桌子，妳又崴了腳，怎麼能掀得動呢！潑辣成這樣，以後要怎麼辦啊？哪家會娶妳這麼個敢掀桌子的媳婦回去……」

安其滿挺直了腰桿。「怕啥？嫁不出去就不嫁，讓傻蛋兒養他姊一輩子！」

終於能說出這種話了，安其滿壓了五年的悶氣一掃而光。

「我去殺魚，今天晚上給妳們娘兒倆吃魚！」

劉神醫開的安胎食材中排在第一位的就是魚，安其滿買了幾條大魚回來，放進簍子沈在門前的河裡，打算一天做一條。

梅氏笑道：「你哪會做魚，還是我來吧。」

「妳躺著動嘴就行。」安其滿大步流星地出去殺魚，大黑也搖著尾巴跟上去。

安其滿忽然拎著一條魚跑進來。「咱們這回可不能急著搬家了。」

他這話把雲開和梅氏都說愣了。

安其滿自說自話。「妳有了身孕，咱們得住得離神醫近點，咱哪兒也不去，就在這裡住著！」說完，他又拎著魚跑出去，雲開和梅氏被他逗得直笑。

梅氏有了身孕，厲氏那邊也消停了，派如意過來看了好幾次，還破天荒地給拿過來一斤紅糖、十個雞蛋。梅氏見婆婆這樣，心裡也踏實了，只盼著這胎能快點坐穩了。

可就在這節骨眼上，村裡傳出了閒話，說梅氏肚子裡的孩子不是安其滿的。梅氏和雲開最近都在家裡，這話沒有傳到她們耳朵裡，安其滿聽後沈著臉就去了老宅。

這還是他把媳婦兒抱走後，第一次踏進老宅的門。

如意正坐在門前繡花，楊氏坐在樹下吃瓜，見到他氣勢洶洶地瞪著自己，楊氏嚇得瓜都掉在地上。「二弟，你這是要幹麼？娘快出來啊，二弟來了！二弟來找後帳了！」

在後院菜園裡餵鴨子的厲氏拎著割草刀跑過來，見到二兒子黑沈著臉站在院子當中，一時不知道該說句啥。安其金拿著塊磨刀石從柴房裡頭走出來，鼓了鼓勁才問道：「弟妹的身子好點了沒？」

安其滿冷笑一聲。「大哥是盼著我媳婦好，還是不好？」

「你這說的是人話嗎？」厲氏終於又說話了，她拿刀指著二兒的鼻子罵道：「你大哥好聲好氣地問你，你這是想幹啥，幹啥，幹啥？」

安其滿問道：「我倒要問問大嫂又跟村裡人說了啥！」

楊氏心虛地轉了轉眼珠子，在衣裳上擦了擦手就往廚房裡縮。

一看她這慫樣，安其金黑了臉，厲氏罵道：「妳這賤嘴婆娘又幹了啥？」

「娘，冤枉啊，我啥也沒幹啊！」楊氏心虛地嚷嚷道：「村裡人傳閒話關我啥事，二弟不敢找別人，卻給自家人甩臉子，真是有出息了！」

厲氏見二兒氣成這樣，楊氏說了啥她也猜個差不離，臉也黑了。

「我去把人都拉過來，跟大嫂當面對質？」安其滿聲音裡都是冰渣子。

見媳婦心虛得不敢抬頭，安其金把手裡的磨刀石扔在地上，大步衝過來。「妳個臭婆娘，老子抽死你！」

楊氏忙捂著肚子大叫。「你不能打我，我肚子有你們老安家的種，這可是貨真價實的！」

厲氏一個大耳刮子搧在楊氏的臉上。「妳個敗家玩意兒！老二家的懷個孩子容易嗎？要是她聽了這話鬧出個好歹來，老娘立馬休了妳！」

見娘親被打，安二姊兒哇的一聲哭了，安其金氣急了，一腳踢在她身上。「哭，就知道哭！」

「下次再有這事，誰也別怪我不是個東西！」安其滿黑著臉撂下這句話，轉身就走。走到家門口，他心裡還難受，怕進門讓媳婦和閨女看出來，便轉身到村南的墳地，在他爹的墳前發呆。

不管多熱的天，墳地總比其他地方涼快，不只是因為這裡種了不少松柏，也因為跟死人待在一塊兒，特別容易心靜，啥事在生死面前，都變成了小事。

安其滿覺得心裡安生了，才開始清理墳頭上長了半尺高的草，待清到墳頭北面時，赫然見墳頭上又多了個黑黝黝的洞，跟上次的位置雖然不一樣，但形狀大小差不多，就像墳開了個窗戶，陰森森地望著北面的山坡。

安其滿呆了一會兒，心裡唯一的念頭就是這事不能讓他娘知道。他立刻跑回村裡買了塊肉扔進去，又磕了幾個頭把土洞堵上，這才起身回家。

似乎有個黑影在北邊的樹林裡閃了一下，在樹下吃草的野雞被驚起，撲棱翅膀拖著長長的尾巴飛走了。安其滿回頭看著，又想到了那天夜裡叫得瘮人的夜貓子。

回到家中，正坐在竹床上給孩子繡小肚兜的梅氏抬起頭。「能收了不？」

安其滿這才想起他出門說是去看水稻的。「差不多了，明天天好就收，我回來喝點水，再去看看坡地裡的豆子。」

梅氏抬頭看了一眼外頭天上的雲。「準是好天，咱早點去，日頭毒起來前就割完了。」

「我一個人就成，妳倆在家待著。」安其滿忙道。已躺了十幾天的梅氏早就躺不住了。「讓我去吧，我不下田，就在旁邊的樹蔭下看著。」

雲開也覺得娘親可憐。「神醫說娘也不能老是躺著，我和爹割稻子，讓娘在一邊看著吧。」

第二天，三人早早下田，地裡除草的安其堂見了，過來搶了雲開的鐮刀幫忙，安其水也來幫忙。三個男人一畝地一會兒就收完了，安其滿把田收拾乾淨，放水準備搶種第二季水稻。剛放開水，安其滿就見濕了半截褲腿的閨女走過來，他笑著問：「怎麼還掉水裡了？」

雲開的手都是抖的，上前小聲道：「爹快送娘回家，那邊水裡有個死人……」

安其滿的手也一哆嗦。「妳看清了，不是漂過來的衣裳？」

雲開搖頭。「快去……」

安其滿一把扛起雲開。「一塊兒回去。」

梅氏見雲開被抱過來，趕忙站起來問：「怎麼了這是？」

「開兒掉水裡了，腳腕又疼，我先送妳們娘兒倆回去。」安其滿還算冷靜，把媳婦兒和閨女放在推車上，一路平穩地推回家，叮囑她們不要出門，才又回了地裡。

雲開真被嚇壞了，她換了衣裳就抱著娘親的胳膊不撒手，梅氏一下一下地拍著她的背。

「嚇著了？」

雲開還沒說話，就聽院外傳來安五奶奶撕心裂肺的哭聲。「我的親閨女啊，如吉啊——」

雲開一驚，河裡的屍體是安如吉的？前天她還過來給他們送茄子呢，怎麼忽然死了……

梅氏也聽到聲音了，趕忙起身要去查看情況，雲開摟著娘親不撒手。「娘別去。」

「到底怎麼了？」梅氏急了。

「女兒剛看到河裡有個人飄過來，娘有身子，別衝撞了。」雲開悶悶的，心裡難受。

懷孕了的確怕衝撞，梅氏摟著雲開，聽著外邊安五奶奶和郝氏等人一聲高過一聲地痛哭，心都揪了起來。

傍晚時，安其滿才拖著疲憊的身子回來了。「如吉進山採蘑菇，讓人給糟蹋了，不知道是她自己投了河，還是讓人給扔下去的。」

梅氏趕忙問道：「為啥我還聽到有人喊如意？」

安其滿道：「如意原本是和如吉一塊兒去採蘑菇的，後來發生了口角，如意先回來了。為了這事，娘和五嬸差點打起來……」

雲開不知道該說什麼，梅氏又問：「凶手抓到了沒？」

安其滿搖頭。「翻遍了附近的山坡也沒見著一個生人，村裡人在樹林裡找到了衣裳上帶血的丁二成，以為是他幹的，差點把他打死。」

梅氏趕忙問：「真不是他？」

「不是，丁二成是進山跟丁異要這個月的養老錢，結果跟跑去找他要錢的丁大成幹了一架，所以身上才帶了血，連銀子也掉了，兩人最後分開到處找。」安其滿解釋道。

雲開立刻道：「那也不能證明不是他啊！」丁二成就是個變態，這種事他絕對幹得出來。

梅氏也點頭。

安其滿道：「因為如吉胳膊上有個清晰的手印，凶手的右手少根手指頭。後來丁二成說他在樹林裡瞅著一個沒見過的背影，不過他的話可信不可信還兩說呢。」

他們村裡沒有少手指的，那就是外來的人幹的，能對一個十二歲小姑娘下手的絕對是變態，雲開擔憂道：「藥谷會不會有事？」

安其滿正是為了這事回來的。「我這就進山跟神醫說一聲，讓丁異這一陣子不要下山。妳們倆不能出去，知道不？」

「別一個人去，叫兩人跟你一塊兒去。」梅氏趕忙道。

安其滿點頭，叫了曾林和牛二哥一塊兒進山。

梅氏母女在家揪著心等著，待安其滿回來說藥谷無事後，她們的心也才放下。

出了這樣的事，一家子也睡不安生，第二天早上起來後，安其滿把雲開拉到一邊，小聲問她。「開兒作什麼夢了沒有？」

雲開搖頭，安其滿鬆了一口氣，卻又皺起眉。

雲開便問道：「怎麼了？」

安其滿搖頭，雲開說道：「娘有了身子，咱們家禁不起一點折騰的。有事爹別一個人扛著，你跟女兒說，咱們商量著來。」

安其滿也知道閨女主意多，便低聲道：「妳爺爺墳頭上又出現了一個洞，爹昨天看見的。」

又一個？雲開也瞪大眼睛。「爹的意思是？」

「他們說墳上有洞就是墳裡的人在叫人口……爹是怕如吉的死跟這事有關，所以問妳夢到什麼沒有。」安其滿低聲道。

雲開。「……」

「這些都是沒邊的事，您可不能這麼想。」

安其滿嘆口氣。「不是爹要這麼想，是這件事跟妳小姑多少有些關係，若是讓村人知道了，一定會起閒言碎語，說妳堂姑是替妳小姑死的。這話要是傳到妳五奶奶耳朵裡，絕不可能善了。」

「不會吧……」

「連爹都這麼想，妳覺得呢？」安其滿苦笑。

雲開呆了呆。「那咱快去把洞堵上吧！」

「我已經堵上了，可我要離開時聽到樹林裡有野雞受了驚嚇飛跑了，當時沒覺得有啥，這會兒想著怕是樹林裡有人，瞅見了。」安其滿一陣煩躁。

雲開想了想。「那邊都是墳地，咱們村裡人一般不會跑到那邊去打草撿柴火，許是樹林裡有狐狸抓雞。」

「最好是這樣。」安其滿叮囑雲開。「這事不能讓妳娘知道，明白不？」

「爹放心！」雲開點頭，忽然她渾身一個激靈。「爹，您說那會不會是欺負了堂姑的人？」

父女倆大眼瞪小眼，越想越害怕。

「你們倆幹麼呢？」梅氏忽然走進來，把父女倆嚇得「啊」的一聲跳起來。

安其滿趕忙道：「沒事沒事，我們倆在商量蘆葦畫的事呢。」

梅氏也正發愁這事。「家裡老有人來，咱們哪有功夫做畫啊。」

雲開趕忙道：「不是咱們，是我和爹做，娘現在不能做。」雖然不知道這裡的漆是怎麼弄成的，但雲開覺得這類東西孕婦碰了總是不好的。

雖然有畫催著，不過現在還是收糧要緊，安其滿叫人幫忙到曬麥場打了一天的稻穀，又趕集去買水稻秧，回來時，他臉色異常凝重。

「東答村的女娃也被人糟蹋了一個，聽那麼說著，情況跟如吉差不多。」

梅氏嚇得臉都白了。「這麼說興許是一個人幹的？是咱們村裡這些日子搜山查得緊，所以人跑到東答村去了？」

「最好是一個，若是一幫子更麻煩。」安其滿也揪心。「他們家報了官，希望能把人抓著，這段時間可不能讓開兒出門了。」

隔日，安其堂慌慌張張地跑過來。「二嫂，我二哥呢？」

在東廂房做蘆葦畫的安其滿立刻把畫藏好，又拎著一個編了一半的簍子走出來。「怎麼了？」

「不、不好了二哥！」安其堂抓住二哥的衣裳，到了院外。「咱爹墳頭上，又有一個洞……」

安其滿立刻皺起眉。「你填上了沒有？」

「我……不敢，所以回來跟二哥商量，要不要去買塊豬肉拜一拜……」安其堂嚇得不行。

安其滿點頭。「你趕快去買，我回屋拿香，跟你二嫂說一聲就過去。」

安其滿回到院裡，跟梅氏說道：「老宅那邊有點事，我過去一趟。」

梅氏問道：「啥事？」

「沒細說，還不是那些雜事。」安其滿說完，進東廂房裡取香，雲開一看爹拿這個東西就猜著了。

「又有洞了？」

安其滿點頭，他心頭異常沈重，怕這是不好的預兆。

雲開低聲道：「爹別多想，您去了，仔細看看那洞是不是人挖的。」

安其滿瞪大眼睛。「不會吧，咱與人無冤無仇的，誰會幹這種事……」

「萬一呢？」雲開倒覺得稍有點事就扯到鬼神頭上，反而是太過了。

待安其滿回來後，雲開趕忙問：「怎麼樣？」

「妳說得也沒準兒。」安其滿心裡也有了懷疑。「那個洞口四邊整整齊齊的，不像人用手抓的，反倒像是用小插刀切戳的，兩刀長、一刀寬。本來我還想著，如果是人，怎麼能把洞挖那麼深？後來想起扔進裡邊的肉，村裡的狗、樹林裡的狐狸、狼，鼻子一個比一個好使，挖塊肉出來有啥難的，有了洞再有人把洞口一切，不就是這樣嗎？可若真是有人刻意幹的，他圖啥？咱們家也沒跟誰結仇結到要刨墳的地步啊……」

雲開手裡的剪刀「哢嚓」一聲，把一截蘆葦剪出魚鱗狀。「不如這麼想，爺爺墳上有了洞，什麼人能得到好處？」

安其滿皺眉，然後眼睛猛地睜開。「妳是說……劉仙姑？」

「除了她，還有誰？」

「不會吧……」

「女兒跟丁異去見過她一次，她眼睛滴溜溜地轉悠，看著就是個鬼心眼特別多的。」雲開低聲道：「不信等著看吧，如果是她，洞過不了幾天該又有了。」

安其滿本來將信將疑，待插完秧的第二天，安其堂又慌慌張張地跑過來。「咱爹墳上又出現洞了，娘這次不讓埋，要我跟她再去劉仙姑那裡求符。」

上次娘在墳前說的話，他們兄弟倆後來一句也沒提過，但都記得清楚，他娘再去求符，就是要驅散他爹的魂魄了。

安其滿心裡發冷。「你別去，今晚咱們去守墳。」

安其堂嚇得一哆嗦。「二哥……」

「你回去把大哥叫出來，事情到了這一步，不能再瞞著他了。」

把安其金叫過來後，三兄弟坐在堂屋裡，安其堂把事情跟大哥一五一十地說了一遍。在裡間也聽得一清二楚的雲開徹底無語了，這厲氏也真夠狠的，被人家忽悠幾句，就拿出攢了半輩子的積蓄去換幾張符鎮壓跟她過了一輩子的枕邊人。她到底有多怕死?!

安其金比雲開還要震驚，他漸漸彎了腰，抱住腦袋，十指緊緊地抓住頭髮，悶聲問道：「為啥不早跟我說？」

「我和二哥都不想讓你跟著操心。」安其堂道，這事他自己都寧願不知道，寧願從來沒發生過，娘還是以前那個對他百般維護，與父親相濡以沫、相敬如賓的娘。

安其金的肩膀抖了抖，帶了哭腔。「爹吃了我給的死老鼠肉才病了，最後那段日子又是因為我在床邊照顧不周……我一直以為都是因為我，爹才……沒想到……沒想到是娘……」

屋內的雲開張大嘴巴，安其堂就這麼幾句話，安其金怎麼就得出厲氏害死安老頭的結論的？這鍋甩得也太隨意了些吧……

安其滿也皺了眉，安其堂趕忙道：「爹的死不怪大哥，咱們該做的都做了，現在是守不守墳的事。」

安其金立刻抬起頭。「必須守！咱們三個輪班守夜，一定要弄清怎麼回事。就算是咱爹從墳頭裡跳出來親自挖洞，咱們也得過去問個清楚明白！」

第一夜是安其金和安其滿，哥兒倆一守就是一夜，沒逮著人。待天亮村裡有了動靜，確定無人再來時，他們從樹上下來各自歸家。

安其金推開家門時一家人還沒起來，院裡安靜得很，他剛要輕手輕腳地進屋睡覺，就聽堂屋裡傳出爭執聲，走過去側耳聽了一會兒，就皺了眉。

娘正在逼迫三弟，要他拿錢陪著娘一起去看香門！

在樹上待了一夜的安其金怎麼能不窩火？他砰一聲推開房門，把屋裡的人嚇了一跳。

厲氏瞪眼罵道：「幹麼呢，幹麼呢，幹麼呢，要是你娘離門近點，就得被你這一門扇拍死！」

安其金黑著臉。「娘剛說要錢幹什麼？」

「昨夜馬尿灌多了？一大早冒什麼胡話！」厲氏罵完，怒氣沖沖地進了裡屋。

安其堂看著大哥，安其金搖頭表示沒動靜，轉身回屋睡覺。

安其滿一覺睡到晌午，起來吃了飯便到東廂房裡跟雲開拾掇蘆葦，可剛收拾了一會兒，便聽村裡又敲起了急促的鐘聲，這是召集村人集合的意思。

安其滿趕忙跑去，才知道金大寶死在了山裡，致命傷是脖子上的刀傷，肚子被野狼挖開，內臟都被掏空了，村裡又是一陣忙活，傍晚安其滿才回來，疲憊地道：「發現金大寶的地方就是昨天丁家哥兒倆打架掉了錢的地方，金大寶可能是一個人偷偷摸摸地進山找錢吧，結果遇到歹人了。」

山上有壞人的事，基本上是可以坐實了，梅氏和雲開都不禁擔心安其滿的安危。「今晚別去墳地了，萬一出事怎麼辦？」

安其滿卻搖了頭。「那是在山溝裡，咱們在村邊能出啥事。」

正勸著，院裡的大黑叫了起來，雲開跑去開門，見丁異牽馬站在門口，立刻跳腳了。「不是說讓你別下山嗎？」

丁異抿抿唇。「我不，放心你、你們。」

雲開急了。「你一個人在山裡走，我們就放心了！」

丁異低著頭任她罵，待進屋坐了一會兒，聽到二叔兩口子在為了去守墳的事爭執，丁異便站起來。「我，去。」

梅氏立刻道：「你更不能去！」

丁異搖頭。「嬸兒，我不怕，我，習慣了。」

這話說得梅氏一陣心酸，眼淚又啪嗒啪嗒地掉下來。

安其滿趕忙勸著，丁異又道：「人，不出村，在村邊，守著。墳、墳上，撒藥，有事，能，聽見。」

梅氏不哭了，安其滿的眼睛亮了，雲開也眼睛亮亮地看著丁異。「你的腦袋瓜怎麼轉得這麼快呢，聰明！」

「這可是個好主意，二叔怎就沒想到呢！」安其滿也站起來。「撒藥設陷阱！如果有人來了碰到藥一定會叫，到時咱們再把人抓住不就結了，還呆呆地在樹上蹲著幹啥？」

「就是，就是！」梅氏也趕忙應和。「丁異帶藥了不？」

丁異立刻掏出一個小藥瓶遞給安其滿，這是他改良後的新藥，效果杠杠的。安其滿接過就安了心。「今晚我和三弟就躲在曬麥場的草垛裡，一有響動我們就過去！」

丁異趕忙道：「我，也去，我跑得，快。」

「你不去，你幫二叔守著你嬸兒和你姊。」安其滿道：「中了你的藥，還有哪個能跑得了？」

憑什麼爹爹昨天去了今天還得去，大伯就不用去？雲開立刻道：「爹把大伯叫上，你們三個輪流著睡嘛。」

安其滿點了頭，早早吃了晚飯，信心十足地走了。

梅氏和雲開睡在東屋，丁異睡在西屋，這一夜誰都翻來覆去地睡不安穩。終於熬到後半夜有點睏意時，村外傳來撕心裂肺的叫聲，梅氏一掀被子就坐起來。「來了！」

天快亮時，安其滿才回來。「抓著兩人，是劉仙姑的二小子跟楊滿囤的二小子！」

雲開張大嘴巴。「怎麼還有楊二郎？」

安其滿厭惡地皺緊眉頭。「那兩兔崽子在墳上挖坑，雙手碰到了藥粉，當場癢得不行，像瘋了一樣地撓手，村裡人要問清楚他們跟這些日子山裡的事有沒有牽扯，把人押去金大寶家收拾了一頓，吐出一大堆實話，好在這兩兔崽子跟山裡的事無關，但是原來劉仙姑這些年都跟楊滿囤合夥招搖撞騙，一個在明一個在暗，到處給人挖深坑騙錢！」

雲開反應過來了。「所以，劉仙姑驅的鬼，都是楊滿囤他們暗地裡假扮的？」

安其滿氣呼呼地道：「村裡人要押著這兩兔崽子去楊家村討個公道，讓劉仙姑雙倍還錢，你們在家等著，我去去就回。」

梅氏一把拉住安其滿。「不急著這一會兒，喝點熱呼湯飯再走。」

安其滿端起碗幾口喝下去，匆匆走了。雲開轉著手裡的勺子。「定是劉仙姑和楊滿囤見我奶奶肯拿出四十貫買符，覺得她手裡還有錢，所以才一直來爺爺墳上刨洞。」

梅氏點頭。「雙倍就是八十貫，娘估摸著不好討回來。」

安其滿回家說了一聲，安其金哥兒倆卻沒有。厲氏也被昨夜那鬼哭一樣的嚎叫聲嚇得心慌，可老大去金家守靈、老三去巡夜，家裡連個男人也沒有，沒人敢出門去探聽。直到一大早起來，她才忙著出去找人打聽，得知發生了啥事後，厲氏心都涼了，生怕劉仙姑說出不該說的話讓兒子們聽見，她顧不得回家揍老大媳婦，邁著小腳就往楊家村跑。

可她跑到半路上就遇著討錢歸來的村人，她的三個兒子也在人群裡，厲氏彎著老腰拄著膝蓋，呼哧呼哧地喘著。「兒……啊……」

可三個兒子沒一個肯搭理她，從她身邊眼都不斜地走了過去，厲氏心都哆嗦了。

待回到家，安其金把討回來的四十兩銀子往桌上一放，跟回來的厲氏見了失而復得的銀子一喜，就要撲上來摟住，卻被大兒子搶了先。「這錢由我收著。」

厲氏見二兒和三兒都不吭氣，瞪起三角眼就罵。「這是老娘的錢，你們誰敢搶，我就跟誰拚命，有種你們哥仨就把我打死，讓我到地下去陪你爹！我倒要看你們這三個不孝順的東西，以後有沒有臉進老安家祖墳，見你們的老子……」

哥仨靜靜聽著，哪個都不說話，待厲氏罵夠了，安其金才冷哼一聲。「不敢見我爹的不是我們哥仨，是娘您吧？」

厲氏的臉便是一抖，心虛地大聲嚷嚷。「老娘有什麼不敢？老娘問心無愧……」

「娘，要不咱們到劉仙姑面前去問個明白？」安其金怒聲指責。「娘在墳前說的每一句話，二弟和三弟都聽見了。娘騙得兒子好苦！您明知道爹是怎麼死的，還把這屎盆子扣在兒子頭上，時不時地拿出來刺兒子一回！」

安其金忽然哭了起來，厲氏徹底嚇傻了。「你胡說什麼，我什麼時候去你爹墳前了，你們……」

「我的個親娘嘞，您幹了就幹了，還矯情啥啊？」楊氏見到這麼多銀錠子，哪裡還顧得上其他的，立即進來湊熱鬧。「三弟記性好，要不讓他再給您說一遍您都幹了啥，正好也讓兒媳婦開開眼？」

安其金上來就狠狠一個耳光將楊氏打到了牆上。「妳個臭婆娘給老子閉嘴！楊家跟人攛掇著騙我們安家的錢，老子還沒跟妳算帳呢，妳還敢站出來胡咧咧！」

楊氏被打得血絲順著嘴角往下流，嚇傻了。

一直躲在角落裡的安大郎和安雲好嚇得齊聲哭起來，安如意趕忙上前扶住大嫂，勸道：「哥，大嫂懷著孩子呢，有話說話，你怎麼能動手呢？」

「閉嘴！」安其金大吼。「誰再敢出一聲，老子就抽死誰！」

臉紅脖子粗的安其金實在太嚇人了，安大郎和安雲好立刻閉上嘴，楊氏和安如意也不敢說話。

「娘在爹墳前跟爹說，這四十貫是給三弟讀書和二妹的嫁妝，這筆錢就已經跟娘無關了。」安其金看著厲氏，字字帶刀。「爹走了，現在我是當家的，這筆錢我替弟弟妹妹收著，省得娘哪天又被人騙了，拿去換錢散我爹的魂！」

這一句話把楊氏和安如意都說愣了，厲氏直接癱在地上，哆嗦著說不出話來。

「二弟、三弟，你們沒意見吧？」

安其堂頹然地搖頭，沒想到大哥會當著娘親的面把這話說出來，娘……哪受得住？

安其滿道：「大哥收著理所應當，但咱們得說個數，這筆錢裡多少是給三弟的，多少是給二妹的？」

安其金問安其堂。「三弟，你說！」

安其堂沒想到這事會由他來作主，便低頭道：「我是小的，論理這事不該由我作主，但大哥既然問了，我就說一句。這筆錢，三十貫給如意做陪嫁，十貫留著給我讀書，可成？」

安如意不敢相信自己的耳朵，厲氏的嘴哆嗦了幾下，說不出話。

安其金道：「我沒意見，二弟呢？」

安其滿也搖頭。

大驚大喜的安如意眼淚唰地掉下來，她姊出嫁時家裡的日子好過，也不過得了五貫的陪嫁，沒想到自己竟能有三十貫。

安其金把銀子抱回東廂房，安其滿轉身回了自己的家。

安其堂過去把癱在地上的老娘扶起來坐在凳子上，厲氏淚水漣漣地拉住還肯理她的小兒子。「三兒啊，娘心裡苦啊……」

「娘放心，無論您幹了什麼，兒子們都會給您養老送終的。」安其堂扒開老娘的手，不想聽她為自己開脫，疲憊地回了西屋。

厲氏看著還在搖晃的門簾，心裡慌得不行。

「娘真持家啊，就咱家這窮日子您還能攢下這麼多錢來。」楊氏見人都走了，擦了擦嘴角的血，眼裡放著光。「娘手裡還有多少錢，不如拿出來讓兒媳幫您收著吧？省得您哪天又犯迷糊被人騙了去……娘！」

隨著楊氏的一聲尖叫，厲氏的身子軟趴趴地從椅子上掉下去，暈了。

經過這一夜的折騰，安其滿回到家裡時也是筋疲力盡，躺在炕上一會兒就睡著了。懷著孩子的梅氏本就貪睡，見丈夫平安回來了，懸了一夜的心才放下，挨著丈夫一起睡了。

雲開和丁異這兩小傢伙跑到東廂房裡做蘆葦畫，待到晌午時，丁異竟學會了燙蘆葦，不只能燙平，還能燙出深淺不一的顏色來。

雲開誇道：「怨不得神醫爺爺趕著要收你為徒，就你這悟性和巧手，誰不想要啊！」

她練了這麼久，還沒丁異燙得好，羨慕嫉妒恨！

丁異把烙鐵放在爐子上，暑天正熱，守著爐子非常熱，但他很開心，嘴角翹得高高的。

「妳畫、剪，我燙、貼。」

「好。」雲開的確是剪蘆葦片更擅長些，她低著頭專注地按照尺寸剪。「這個月事情多，咱們能做出十五幅就不少，雖然聽著不多，但換回錢來就覺得多了，有了錢，咱們能做好多事。」

「出去，玩。」丁異趕忙道。

「好。」雲開笑了。「賺了錢，一起去逛街，去遊湖，吃好吃的。」

第十六章

村人從楊滿囤和劉仙姑手裡討了這兩年被騙的錢回來，的確出了一口氣。可緊接著，楊滿囤的報復就來了，安家人去楊家村趕集，都被楊滿囤趕了回來，村人生病去楊家村找郎中看病，郎中也不敢來看，就怕回去後被楊滿囤找麻煩。

「劉仙姑記恨著咱們，暗地裡使壞可怎麼辦？」梅氏聽了，心裡也不安生。劉仙姑和楊滿囤這樣的小人，往你家門口埋釘子，去你家祖墳上埋石頭，什麼缺德事幹不出來？梅氏摸著自己的肚子，她懷著孩子，可禁不起他們算計。

安其滿皺起眉頭，這確實是個麻煩。

雲開說道：「娘別怕，咱們不做虧心事，坦坦蕩蕩的就不會有事。咱家可有老安家八輩祖宗護著呢，娘只管安心養胎，他們來明的有我和爹擋著，使陰的有菩薩和祖宗們幫咱擋著，咱誰都不怕！」

「就是，誰都不怕！」安其滿聽閨女這麼一說，覺得十分有道理。不過好在接下來幾日，楊滿囤倒是未再生事。

平靜日子過沒幾天，某日東答村那邊傳來消息，住在村邊的一戶人家半夜裡被人搶了糧食和衣裳，家裡的年輕媳婦和一個年僅十二、三的閨女也被他們糟蹋，一家人就這麼毀了。

雖然沒有歹人確切的蹤跡，但接連發生這種事，大夥兒都說是山裡來匪，住下不走了。這可是非常糟糕的消息，與山匪為鄰怎麼可能還有好日子過！

住在村子最靠近樹林的安其滿一家，心裡更沒底了。安其滿在牆頭上撒了藥，睡覺時把菜刀壓在枕頭底下，院裡稍有響動就會驚醒。

又過了一天，藥谷的黑臉藥童破天荒地出谷來到雲開家叫丁異回去，並且帶了話，說神醫請安其滿過去說話。

梅氏本不放心讓丈夫去，可神醫請人，她哪敢攔著，安其滿叫了曾林、曾應夢過來幫著守家，便跟著藥童和丁異進山了。

待他被藥童送回來時，臉色異常難看，曾林趕忙問：「這是怎麼了？」

「山裡來的不是土匪，而是逃兵，往西北幾百里外的析津，有人挑起大旗稱王，朝廷派了幾萬禁軍攻破析津後，析津王的殘兵四散奔逃，有一些逃到了咱們村南邊的山裡。」安其滿膽顫心驚。「這些人都是殺人如麻的兵匪啊！」

曾林和曾應夢也嚇出了冷汗。「那怎麼辦，咱們去跟衙門通報一聲吧，讓他們請朝廷派兵過來剿匪？」

「神醫說這事衙門的人心裡跟明鏡似的，他們就是悶著頭裝王八犢子！咱們只能靠自己了。」安其滿暗罵衙門的人不是東西，就算他們幫不上，跟各村的人說一聲，讓大夥兒警醒著點也不行嗎！

曾林慌得在屋裡轉圈。「靠自己？咱們能怎麼辦，組織人進山打兵匪嗎？誰知道他們有多少人，咱們夠不夠人家呼啦一槍的？」

安其滿低聲道：「析津王受了重傷需要醫治，神醫覺得這些人可能是衝著他來的，為了不給大夥兒添麻煩，他打算這兩日就搬走。」

「神醫搬走了，這些人就會走嗎？」曾應夢也六神無主。

安其滿嘆氣道：「這個誰也不敢打包票啊。林哥、應夢，藉這個機會，我想帶著媳婦兒、孩子跟神醫一起走。神醫得從藥谷裡移走不少珍貴的藥草，怕坐車顛簸，所以要坐船。他們的船還能裝下三十幾個人，你們要不要一起走？」

曾林和曾應夢被這突如其來的消息驚呆了，曾應夢道：「咱們的戶籍、家、地都在這兒，能走去哪兒？出去了沒糧食吃，咱們靠啥填肚子？讓人查到咱們私離故土，可怎麼辦？」

曾應夢的爹是里正，他知道若沒有經里正和衙門同意私自搬遷，被查到了不只是罰錢，還會被趕回來。可要走手續，這一、兩天哪來得及！

「這些等過去了再說，總會有辦法的。我跟神醫商量好了，讓船送咱們去青陽縣城邊上找個村子落戶，你們回去跟家人商量一下，不過我們要搬走這事，不能敞開了跟大夥兒說，否則神醫那裡也難辦。我再去跟牛二哥說一聲，就咱們幾家，不能再多了。」

曾應夢沈重地點頭，別人家可以走，可他爹是里正，要怎麼走？

待他們走了以後，安其滿把這事跟媳婦、閨女一說，兩人立刻開始盤算能帶走什麼東西。

安其滿道：「神醫說有個將軍會派兵護送他過去，一共四條船，讓咱們收拾衣裳、被褥和金貴的帶上，其他的過去再買。」

梅氏問道：「娘那邊呢？」

安其滿站起身。「我去跟大哥還有五嬸說一聲，走不走看他們自己的意思，咱不能強求，不過我想娘一定會跟著咱們走。」

雲開不想帶著老宅那幫子人，但也知道要爹拋下親人不可能，便沒有吭聲。

安其滿到老宅一說，厲氏立刻拍著炕沿道：「走！馬上走！不走在這兒等死嗎？再說其堂也要過去讀書，咱們搬過去正好有個照應。」

「好吧……走！」安其金本是不想走的，可娘、二弟、三弟都走了，他待在這兒能怎麼辦，投靠楊滿囤？

安其滿望了一眼在門前轉悠的楊氏，對大哥道：「船上地方有限，可不能讓老楊家那幫禍害跟著。」

安其金沈著臉點頭。「你放心。」

安其滿又到安五奶奶和牛二哥家裡把這事說了。安五奶奶一時也拿不定主意，牛二嫂則立刻拍板要跟著一起走，不管去了怎麼樣，反正在這裡是好不了了，別人還好，她還有個九歲的閨女呢，不走等著被人糟蹋嗎？

天黑時，里正曾前山帶著兒子曾應夢來了，跟安其滿說了大半夜的話，他決定讓曾應夢帶著媳婦、孩子先跟他們過去，他和老婆子守在村裡。

「我倆都是活了大半輩子的老骨頭，死了也沒啥。」

經由里正的口，村人也知道南山來了兵匪，可大部分老人抱的想法跟曾前山差不多，剩下的人便是想走也沒錢、沒地方去的。

安五爺爺和五奶奶也是這樣想的，故土難離，住了好幾輩子的地方，一棵樹一棵草都是熟悉的，走了，以後要怎麼生活？可不走，剩下的一個閨女被人糟蹋了又怎麼辦？

一日後，最後跟著安其滿一家登船的，除了老宅的人，還有牛二哥一家六口、曾林一家五口、曾應夢一家三口加曾應龍共四人，最後就是安五奶奶家抽籤決定出來的安其水兩口子和他家的小閨女和小姑安如祥跟著去。

這麼一算就是二十九個人，在河邊等船時，厲氏見到雲開連黑狗也帶著，立馬就瞪了眼。「不讓別人帶東西，你們連家裡的畜牲都帶上了！」

雲開皺著眉。「奶奶不也拎著一筐鴨子嗎？」

「鴨子會下蛋，狗能幹啥？」厲氏罵道：「乾耗糧食！」

「看家！」

雲開才不管她，待到船從山裡出來停穩，便和從上頭跳下來的丁異扶著娘親率先登船。

真到了分別的時候，來送行的人們拉著親人的手痛哭，見到船上還有地方，又有人心思活絡了，過來跟安其滿商量能不能跟著一起走，他們啥都不要了，帶上人就成。這其中最為激烈的就是丁大成一家子，他們大叫著丁異的名字，罵他沒良心，似乎完全忘記丁異給了讓他們搬到安全地方的銀子。

最後是護送神醫的張副將發了話，說是多一個人也不要，村人這才死了心。

曾前山看著眼淚汪汪的兒孫喊道：「到了那邊安頓好，記得送封信回來，沒事就別往回跑，爹有事也會給你們送信的。」

安五奶奶也喊：「其水，你們要好好的啊。」

安其水跪在船上磕頭。「娘等著，兒子會回來的。」

跟著船走了一陣，村人便站在岸邊發呆，目送船漸行漸遠直到看不見。船上的人見不到村子後才抹著眼淚回船艙，心跟著船又搖又晃。離家遠遷，就像漂在水上沒了根的草，不知道該去哪裡、會遇見什麼人、以後能不能混個溫飽。

相比來說，第二條船上的安其滿是最安穩的，昨日安其滿又進了趟鎮上的日升記分號，八幅畫得了五十兩的銀票和幾個碎銀子。只要有錢，到哪裡都能安家，過好日子。

厲氏也在盤算過去後安家的事。「到了那邊人生地不熟的，咱們找個院子先住在一起，也好有個照應。」

聽她這麼一說，安家人的目光都集中在安其滿身上，是他帶著大夥兒出來的，現在安家的主心骨不是安其金，而是他安其滿。

安其滿沒有直接回絕。「待到了那邊看情況再說。」

看著滑過的山水，雲開心情也有些沉重，這一趟要去的地方是有寧家人在的青陽，她有些沒底。爹爹不知道她的身世，在爹爹看來，去青陽乃是明智之舉。那裡繁華，又有跟他們簽了畫契的白家，起碼過去了不愁生計，媳婦孩子能過上好日子，她也沒有理由攔著。

「不怕，有我，呢。」丁異見雲開發呆，忽然說了一句。

「我知道。」雲開心頭一鬆，轉頭對著丁異笑了。

說實話，他們能跟著神醫的船一起走，是託了丁異的福。神醫要走，不可能不帶著丁異，丁異又離不開她，所以神醫才會帶著他們一起走。娘說自己是她和爹的貴人，丁異又何嘗不是她安雲開的貴人？若沒有丁異，她根本走不到現在。

現在有爹娘和丁異在，她怕什麼？

「哎喲！」

厲氏隨著船身晃了一下，船速突然加快了，有兵士喊道：「快走，有人追上來了！」

雲開等人屏住呼吸聽著外邊的喧譁聲和咻咻的箭插在船身上的聲音，對著滿天神佛禱告著。

直到出了山走上寬闊的河道，船速慢了下來，眾人才知度過了方才的兇險。抱著小閨女和小姑安如祥的郝氏，後怕得嗚嗚哭。

就在這時，船外居然傳來錚錚的琴聲，大夥兒都愣了。楊氏吧唧嘴，道：「怎麼這時候還有人彈琴，不過這聲兒真好聽。」

雲開也靜靜聽著，隱隱約約的有點熟悉，好像這聲音傻妞以前在寧家時經常聽到，這是寧家人來了？

她把窗拉開一條縫，小心翼翼地往外張望，遠處來了一艘大船，船上走動的人衣著甚是光鮮，船中還有清幽的琴聲傳出來，更添了幾分閒氣閒適。看這方向，不會這麼巧，他們在這時要去尋神醫吧？

梅氏擔憂這艘船再往前，可能會遇上兵匪襲擊。「南山鎮現在可不安穩，是不是該跟他們提醒一聲？」

雲開搖頭。「張副將不是說船上的事要聽他的嗎？咱們還是不要貿然行事的好。」

船頭的張副將盯著大船看了幾眼，判斷是普通民船，並無危險後，便轉開目光，繼續盯著水面和山崖。

水路比陸路少些顛簸、多些彎曲，三日半後一行人才到了青陽縣城。在船艙裡悶得難受的盧安村人搬了東西下船後，都在大口呼吸新鮮空氣，而幾艘船繼續前行，為神醫尋找居所。

眾人看著青陽城門外來來往往的人流，一時不知何去何從，都回頭看安其滿。安其滿道：「咱們先找個小客棧住下，再分頭去尋找哪個村有屋子，能讓咱們暫時落腳。」

「這麼多人這麼多東西，住客棧得花不少錢。」曾林的娘嘀咕道：「不如就在這樹蔭下歇會兒，城門口這老些人瞅著，也沒人會跑過來搶咱們破銅爛鐵的家當。」

能不花錢自然好，眾人尋了一處樹蔭，把被褥包袱疊在一起，讓老人和孕婦們坐著歇息。安大郎、牛二嫂家的牛娃、曾應夢家五歲的曾歲餘圍著樹一圈圈地撒歡，郝氏家兩歲的小丫頭和安其金家五歲的安雲好也跟著跑著玩。有孩子的歡笑便有了活力，大夥兒臉上也有了笑容。

「這地界好，人多地平有河，日子不愁過。」頭一回來的安其水說道：「只要咱們找到落腳的地兒就餓不著。」

曾林琢磨著。「要不咱們去化生寺吧，那地界我和其滿去過，做點小買賣啥的也容易。」

「化生寺的地都是寺廟的，租種都不合適，想買也不可能。」曾應夢分析道：「咱們先找人打聽一下，把今晚的落腳地找著再說。」

曾應龍端著大碗茶回來了，遞給牛奶奶、曾林的娘一人一碗。「我剛打聽到，這裡的客棧大通鋪一晚上十文，往西走不遠的村裡，賣茶的大叔家有空房，不管吃住半個月一百五十文，咱給三十文，他就出牛車拉帶著咱去。」

「還是應龍能幹，咱還在這兒瞎琢磨呢，他就打聽到住的地方了。」牛奶奶端著茶誇獎著，雲開也笑咪咪地看著曾應龍。

她臉上的小疙瘩沒褪盡不用戴面紗，曾應龍見雲開銜著他笑，整個人就有點發飄。丁異忽然生出一種「雲開要被人搶走」的恐懼，緊緊抓住她的胳膊。

雲開見丁異緊張，立刻轉頭問他。「怎麼了？」

丁異嘟著小嘴拉著雲開站起來。「水。」

雲開點頭，帶著他去旁邊的茶攤喝水，曾應龍見雲開走了，心裡一陣失落。

安其滿幾個大人也散開去周遭的幾個村打聽，最後挑了個村人和氣、沒有楊滿囤那樣的惡霸的富姚村落腳。富姚村裡大多以富、姚為姓，在城西南四里。大夥兒找了牛車連行李帶人拉過去，找到里正，租了村裡三處空院暫住，曾應夢和曾林兩家住一處，牛家和安其水家住一處，厲氏帶著三個兒子住一處。

來到自家租住的院子，安其金帶著大夥兒在家收拾行李，安其滿和曾應夢跟這村的里正姚廣興問過才知道，想在這裡落戶，得先拿戶籍路引去縣衙門街道司蓋章，沒有衙門蓋章，就不能在這裡買房買地，不能算安穩下來。

他們這幫人沒有南山鎮的路引，去衙門蓋章怕是有麻煩，安其滿一時也沒法子，便先回了租住的小院。這院子只有三間房、兩條炕，怎麼住就是個問題。

商量過後，安其金哥仨和丁異在堂屋打地鋪，厲氏、楊氏、安大郎和安雲好睡在東屋，梅氏、雲開和安如意睡在西屋，黑狗在院裡守夜。

雲開躺在終於不再晃悠的炕上，聽著外屋此起彼伏的呼嚕聲，很快睡著了。

第二天，天還未亮安家哥仨就起來了，安其金和安其滿出去買鍋砍柴，安其堂和丁異去村裡打水，梅氏、雲開和安如意把廚房收拾乾淨，鍋買回來後飯做好了，東屋睡覺的四個還沒起來。

厲氏暈了一路的船所以睡得沈，安大郎和安雲好是孩子多睡會兒也沒啥，楊氏就是純粹的懶了。

雲開看她起來毫無愧意地端起碗就吃飯，不禁皺起小眉頭，心想著要搬出去，一定要儘快搬出去！她娘還懷著孕呢，可禁不得折騰。

他們安頓下來了，安其滿就帶著丁異去尋劉神醫。從村西穿過一大片田地，沿河進山走一個時辰，總算見到有船停在一邊，兩人沿著溪流尋過去，很快找到了劉神醫落腳的山谷。

這山谷足有七、八畝的平地，劉神醫和張副將、官兵們都在忙活，安其滿和丁異也捋袖子幫忙。劉神醫問明安其滿他們的情況後，便跟張副將商量，請他出面去一趟衙門，幫大夥兒落個戶。

神醫開口了，張副將也不好駁了他的面子，不過他也不便親自為了幾個村夫跑腿，便道：「某派人跟青陽廂軍的人打個招呼，讓他們幫著辦了。」

劉神醫含笑應了，安其滿千恩萬謝地跟著兩個官兵出谷，與本地廂軍副指揮使胡得靖搭上了橋。

胡得靖得了禁軍副將的指派，辦事也索利，帶著安其滿等人走了一趟，不到一盞茶的功夫，街道司的官員便在他們的戶籍上蓋了官印——盧安村也屬青陽縣的邊遠地界，只要不出縣手續就不麻煩。

胡得靖好人做到底，又帶著他們進村跟里正打了招呼，才騎馬走了。見這幫外地人有廂軍的軍爺罩著，里正姚廣興待他們果然更熱情了許多，到他們租的院子裡轉了一圈，噓寒問暖。

里正帶頭後，四鄰的村民也知道他們已經落戶算村裡人了，便放下戒心過來串門子，盧安村來的老少見了這些笑臉，心裡才算踏實了。

雲開靜靜地觀察了一上午，發現這一村的人跟盧安村一樣，大多樸實得很，而且周邊田地比盧安村的要平整肥沃許多，的確適合落戶。

當然，如果這些人能不以好奇又可憐的眼神看她的話，可能會更好一點。雲開這一臉疙瘩，給村人落下深刻的印象——新搬來的安老二家裡有個醜閨女。

加上安大郎又愛喊她傻妞，所以雲開便被烙上「又醜又傻的大姊兒」這個標籤，往好處想，這樣讓人放心得很。莫說安其滿，便是曾應龍聽了，心裡也踏實不少。

吃過後晌飯後，安大郎這熊孩子又滿院撵著大黑玩，楊氏哎哎喲喲地說自己腰疼，靠在臨時用木板搭的桌子邊不動彈，嘴裡還抱怨著。「船上那麼大地方，怎麼就不讓咱們把家當搬過來？到這裡連洗腳盆都得買新的，這裡裡外外得花多少銀子？咱家哪有錢……」說完見沒人搭腔，她便拿眼神掃安其滿。「二弟啊，別的不說，怎麼也得給咱娘買吃飯的桌子、坐的椅子吧？」

安其滿不理她，只跟安其金道：「我問了廣興叔，他說村裡有處能賣的院子，房子跟這院差不多，咱倆去轉轉，看是你們搬過去還是我們搬過去？」

「怎麼剛來就要分開住了？一家人住一塊兒有個照應，娘說是不？」楊氏恨不得舉起雙手雙腳反對，她不想跟老二一家子分開，以前他們是麻煩，現在他們是金主啊！

不待厲氏說話，安其堂就笑道：「住一塊兒雖好，但我們哥仨也不能總在堂屋打地鋪，這院子太小了。」

「那咱就買個大的，反正二弟不差錢！」楊氏樂呵呵地道。

雲開仰頭看著天上的雲，再次嘆息人和人的臉皮厚度真是差太多。

安其金跟著安其滿看房子回來後，跟厲氏商量。「那院靠村中央的水井近，院裡三間正房、一間廂房，讓二弟他們住這裡，咱們搬過去吧？」

多一間房，就有了安其堂睡覺讀書的地方，厲氏當然願意。楊氏見真要分開了，老大不高興。「剛把這院收拾乾淨了，又搬……」

「老娘不罵妳，妳還來勁了！收拾院子妳是碰了一下笤帚還是端了一下簸箕？沒碰就別瞎咧咧，剛搬過來就想讓四鄰八遭的都知道妳是個懶婆娘是不，是不，是不？」厲氏罵完，又問安其金。「那院得多少錢？」

「三十貫。」安其金說道：「我手裡只有十貫，怕是得先挪了二妹的嫁妝銀子。」

三哥讀書的錢自是不能用的，安如意低著頭，就聽娘開口了。「先用上，待里正幫咱們把村裡的老宅和地賣了，再補上。」

盧安村裡她的名聲都臭了，又得罪了劉仙姑，所以出來了厲氏就沒想過再回去。

「成。」來的六家，他們是第一個買院安家的，安其金臉上有了笑。「等過了秋收，咱們買兩畝田種上，日子就能過下去了。」

「再買幾隻雞，趁著這幾天先開個菜園子種上蘿蔔、白菜，冬天也好有菜吃。」厲氏也憧憬著。「最好再買頭豬，村邊田埂上草不少。」

厲氏等人搬走後，安其滿和雲開把院子打掃乾淨，擺出帶過來的碗筷，這裡便是暫時的家了。說是暫時的，因為這個院子只租不賣，想買屋或者建屋還得再找地方。

晚上，曾林兩口子過來了，向他們借了十兩銀子，要買下村子邊一處茅草屋，算是安穩了下來。

送他們離開之後，梅氏邊想著他們夫妻那難為情又感恩戴德的樣子，邊盯著自己家的大箱子發呆。雲開問道：「娘是想叫上他們一起弄蘆葦畫嗎？」

「娘也曉得不合適，只是看他們日子艱難，咱們能幫的不多，娘心裡有些過意不去，可帶著他們也不成……」

安其滿道：「咱們六家一塊兒出來，論關係最近的是大哥和其水。若是只叫曾林哥一起弄畫，被大哥和其水知道了說不過去，若是叫上大哥，就大嫂那張嘴，咱們還能幹幾天？」

梅氏嘆了口氣。「我顧慮的也是這個。」

雲開笑道：「升米恩斗米愁，曾伯父家的日子得靠他們自己過，咱們幫多了不合適。曾伯父是沒什麼手藝，但曾伯娘腦子活泛，總能找到賺錢法子的。」

果然，過了兩天，曾林媳婦便跟牛二嫂一起來了，跟梅氏商量著要出去擺攤賣麵皮。

「上次在妳家吃的那個麵皮，我覺得滋味挺好，想著拿去賣，不曉得合不合適……」曾林媳婦與梅氏商量道。

梅氏立刻點頭。「這個好！現在天熱賣麵皮正合適，那是我家大姊兒搗鼓出來的，讓她給妳做一遍，一看就會了。」

「還有那個麻醬，大姊兒能教咱們怎麼調得更好吃不？」牛二嫂也笑著問，她就知道梅氏不摳唆，要是別人家，她們連門都不會登。

「好。」雲開未穿越前，在一家知名的麵皮連鎖店裡打了兩個學期的工，除了幾種基本麵皮，她還知道米皮的做法，對各種調料也很熟悉，只是這裡沒有辣椒，所以做不出現代的招牌口味罷了。

以前住在偏遠的山村，這些小吃沒什麼特別的，現在搬到縣城邊，便能靠著它賺錢了，雲開見曾林媳婦能想到這一點，也很替她們開心。

曾林媳婦跑去縣裡買麻醬和調料，回來時牛二嫂已跟雲開學會蒸麵皮了，而且比雲開蒸得還好，一院子人又樂得東倒西歪的。

調好麻醬、蒜泥、醬油、醋、香油、菜籽油，再加上黃瓜絲，與切成絲的麵皮拌在一起，牛二嫂和曾林媳婦嚐了滋味就踏實了，接著回去準備擺攤用的東西。

梅氏也胃口大開地吃了一碗，見到娘親想吃東西，雲開比自己吃東西還要高興。晚上，去山谷幹活回來的安其滿足足吃了三大碗，吃完滿足地癱在椅子上。「咱家開兒許是從西北過來的，我在店裡幹活時，有西京來的客商提過他們那邊的麵皮，說得天上有地下無的，興許就是這味兒。」

梅氏一把摟住雲開。「不管開兒打哪兒來的，現在就是咱們家的，哪兒也不能去！」雲開被娘親逗得咯咯笑。「我的家在這兒，還能去哪裡？就算娘給爹生了滿屋子的弟弟妹妹，擱不下我了，趕我我也不走！」

「淨胡說，哪能生滿屋子！」梅氏彈了一下閨女的額頭。「等有了弟弟妹妹，娘還指望著妳洗尿布帶孩子呢，妳想走也得拴著！」

屋裡滿是笑聲，院裡的大黑舒服地伸伸懶腰，這日子過得實在不錯。

第二天，曾林和牛二哥兩家就挑著擔子，到南城門外支起桌子開始賣麵皮了。大暑天氣悶熱，麵皮很受歡迎，兩家喜上眉梢，每日便早出晚歸地擺攤賺錢。

緊跟著，曾應夢找到縣城裡一個酒樓做帳房的差事，曾應龍拿著南山鎮日升雜貨分號掌櫃給的條子，到青陽日升雜貨的總店當了小夥計，安其水也在城裡找了個成衣店，繼續幹他家的老本行。

這眼見著，就安其金和安其滿沒有著落了。安其滿天天去神醫那邊幫忙不著急，找不到合適活兒的安其金只能去碼頭扛麻袋，見自己的男人這樣，楊氏怎能不急？當她知道曾、牛兩家賣的麵皮是從安其滿那兒學的，立時就跳了腳，認定二弟一家有賺錢的門道，卻故意瞞著他們讓外人去賺！

安其金聽枕邊人挑撥，臉色也不好看，但見曾、牛兩家的生意真的火紅，與其抱怨，不如放下面子去找二弟取經。這日晚間，他直接去安其滿的院子走一趟，一進門就聞到魚香味，嘴裡不由得泛起酸水，心中不是滋味，搬過來後自己連吃個白麵饅頭都要盤算半天，二弟家裡竟能吃上魚了！

安其滿見到大哥來了，放下筷子請他一起吃飯。安其金伸長脖子看了一眼賣相不錯的紅燒魚。沒分家時，家裡的飯大都是二弟妹做，安其金跟著享了幾年口福；分家後家裡的飯大多是他媳婦兒做，一樣的材料她就是能做成豬食，讓人連下筷子的胃口都沒有。「二弟妹的手藝越來越好了。」

安其滿笑了，進裡屋拿出一壺酒來。「這是大姊兒做的，大哥過來嚐嚐吧。」

自己連飯都要吃不飽了，二弟竟有錢買酒也不拿出來周濟自己。安其金悶聲坐下，心裡更不痛快了，發洩似地把每一根魚骨頭都嘬得乾乾淨淨，又喝了兩杯酒、吃了一碗飯後，才跟安其滿說起來意。「聽說他們一天至少也能賣三、四百文錢，刨掉本錢怎麼也能賺個對半吧，比我在碼頭扛活好多了。」

碼頭上扛活，做到累死，一天也掙不了一百文。

安其滿道：「那個麵皮曾林哥和牛二哥兩家正在賣，大哥再做也是搶自己人的生意。我這裡還有一種不錯的小吃，跟麵皮差不多，是用米粉做的。明天讓大姊兒過去做給你們嚐看看成不？」

安其金連忙點頭，第二天雲開過去，教會了厲氏和安如意做粉皮，最後出去賣的是三個人：推車收錢的安其滿，打下手洗碗的安如意和招呼客人的楊氏，厲氏在家做米皮。

安其金一家也終於不再為生計發愁，日子漸漸安穩下來，安其滿覺得他帶著大夥兒出來，一直壓在身上的擔子算是卸下來了。

忙完了神醫的新藥谷後，安其滿抽空進城，把女兒和媳婦兒來了後做的蘆葦畫拿去白家，交給少東家白雨澤，白雨澤這才知道他們搬到了縣城邊郊。

日升記的蘆葦畫賣得非常好，白雨澤對送來這筆生意的安家人很好奇，第二天就提著禮品跑到富姚村登門拜訪。

這位金主自然得到安其滿一家人的熱情款待，白雨澤第一次見到雲開不戴面紗的臉，笑道：「大姊兒的模樣生得不錯。」

雲開咯咯直笑，真是難為他誇得出口。

白雨澤卻很是真誠。「白某說的是實話，縣城濟生堂的劉郎中，曾跟在劉清遠神醫身邊學過幾年，醫術不錯，安二哥不妨帶著大姊兒去試試？」

前幾天還幫忙神醫蓋房子的安其滿笑道：「好，改日一定去。」

白雨澤這一趟來，除了拜訪，最主要的目的還是催促安其滿快點製畫，現在日升記的蘆葦畫供不應求，正是他們合夥賺大錢的好時機。安其滿也為這事著急，可一時也沒什麼好法子。

第二天，安其滿還真的帶著媳婦兒和雲開進城在濟生堂前排了半天號，但為的不是看雲開的臉，而是請劉郎中給梅氏把脈。確定媳婦這一胎已經坐安穩了，他才放心帶著妻女在城裡閒逛，最後找了一家食肆吃飯歇腳。

食肆裡的一桌客人正好在說寧山長家出事了，據說寧家的船遇到水匪，大少爺寧致遠受傷，剛被人抬回府。

雲開抿抿唇，看來他們在河道上遇見的那艘船真的是寧家的，析津王的軍隊沒追上神醫，寧家的大船正好如此高調現身，不被打劫才怪。此番能活著回來，也算命大了。

梅氏低聲道：「寧大少爺傷了，寧山長一定很難受，那三弟還能進書院讀書嗎？」

雲開笑了。「寧山長在青陽書院地位再高，也不能因為他家兒子受傷了就拿書院的學生撒氣的。」

她對寧致遠受傷這件事並沒有什麼特殊感覺，只當路上聽了幾句閒話而已。沒想到回家，卻被親疏不分的安其堂氣著了。

去縣城書肆裡看書的安其堂聽說了寧致遠受傷的事後，匆匆跑過來跟二哥商量，想去藥谷請神醫給寧致遠看傷。

他這話把安其滿一家子說愣了，安其滿皺起眉。「神醫千叮萬囑，讓咱們不要把他在這裡的事講出去，三弟難道忘了？」

劉神醫不喜讓人打擾，所以避開人群隱居山谷，甚少與外界來往。若非有人到山中鬧事，他不會從廬安村南的藥谷搬出來。

這次他會在繁華的青陽縣邊城不遠的山谷中住下，是為了讓丁異能離雲開近一些，好讓這徒兒安心學習醫術。若是依照神醫的本意，怕是會躲到什麼偏遠的山林中研究草藥的藥性去了。他們這些人承了神醫的情才能在此安頓下來，三弟卻如此思慮不周，實在讓人想揍他一頓。

安其堂解釋道：「小弟知道，只是聽說寧少爺傷得不輕，怕也只有神醫才能妙手回春。咱們不透露神醫的身分，只請神醫給他看幾眼，也花不了多大的功夫，這樣也不行嗎？救死扶傷不是醫者本分嗎？」

安其滿氣得說不出話。

真是鑽石級的骨灰粉！雲開質問道：「三叔跟寧家是什麼關係？你不透露神醫的身分，人家會讓隨隨便便的大夫給他家大少爺治傷嗎？這裡是青陽，名醫有的是，不是咱們那個缺醫少藥的盧安村，寧家自會請名醫去看傷，劉神醫一不開藥鋪二沒坐館，想幹什麼是他自己的事，還輪不到三叔來使喚！」

安其堂不服氣。「可二嫂病倒的時候，神醫不就來給二嫂看病了嗎？」

安其滿怒道：「當時你二嫂什麼情況，若不是沒法子，我會求到藥谷去？我今天還帶著你二嫂到縣城的醫館請郎中把脈呢！」

安其堂抿唇不說話，覺得娘和大哥說得對，二哥一家真的冷血冷心。

「三弟過幾天就要到書院去讀書了，你懂的道理比二哥多，二哥也教不了你什麼大道理。但有一點你要明白——別把別人對你的好當作理所當然，然後得寸進尺了！」

安其堂走了後，梅氏想緩和氣氛，便提議道：「明日咱們去化生寺燒香還願吧？」

浴佛節時，她在佛前許願希望能懷個孩子，現在懷上了就該去還願，請佛祖保佑她的孩子能平安生下來。

這是大事，安其滿立刻點頭。

化生寺香火鼎盛，就算不是浴佛節，燒香還願的善男信女也不少，待終於輪到他們一家子時，安其滿和梅氏帶著雲開虔誠地跪在佛前，叩首。

拜完正殿，又去偏殿，待爹娘把廟裡能拜的大小佛像都拜遍了，三個人才坐在廟裡的長凳子上歇息。

雲開捶著因連番跪拜而疲疼的大腿問：「咱們幹麼每一個都要拜啊？」娘有了寶寶，不是拜送子觀音就成了嗎？

梅氏倒是精神百倍的。「因為我和妳爹在每一個殿裡都許了願啊。」

雲開：「……」

你們這樣，菩薩們也會很累的。

安其滿見閨女可憐巴巴的小臉，又看看累了的媳婦，索性花錢要了間寮房讓她們歇息用飯。

去寮房的路上，雲開不經意瞧見寧府江氏身邊的一個婆子。她微微避了避，以免被認出來，沒想到寧家人也來上香，這還真是巧了。

在寮房用完餐又睡了一覺，被憋醒的雲開輕手輕腳地到角落裡的茅房方便，剛出來就聽到外邊的竹林裡有人低聲在哭。雲開不欲多事，往回走了幾步，卻見曾九思急匆匆地走過來，她轉身就躲到旁邊的假山後，躲起來了才輕輕在石頭上撞了下腦袋，暗罵自己傻瓜，閒著沒事躲什麼！

曾九思循著哭聲快步走進竹林，安慰正在哭泣的寧若素。「莫哭了，這事沒人怪妳。」

「若不是我，大哥也不會受傷，大夫說他傷勢不輕，至少得躺半個月。」寧若素悲悲切切的聲音傳進雲開的耳朵裡。

曾九思嘆道：「那就哭一會兒，不許再把眼睛哭腫了。」

寧若素輕輕拉住他的袍子，哭成了個小可憐。

雲開透過石頭上的孔洞看著守在茅房處不遠的兩人，實在搞不懂他們這地方是怎麼挑的，又想到寧致遠的傷只需躺半個月就可轉好，安其堂還想讓神醫登門為他治傷，不由得冷笑。

寧若素抬起淚汪汪的小臉問：「聽說嬸母要替八斗哥哥向我爹提親？」

雲開睜大眼睛傾耳聽著，只聽曾九思低聲道：「家母並無此意，妳莫亂想。」

寧若素委屈地抿著小嘴。「那為何嬸母總把若素往八斗哥哥身邊推，不讓素兒跟九思哥哥玩呢？」

曾九思抬頭看著竹葉，幽幽道：「妳與八斗年紀相仿，也能玩到一處，九思畢竟是妳的……姊夫。」

雲開立時起了一身雞皮疙瘩。

寧若素不依地搖著曾九思的衣袖。「不嘛，素兒就要跟九思哥哥一起讀書彈琴，不喜歡跟八斗哥哥玩泥巴和抓蟲子。」

曾九思寵溺地道：「我該拿妳怎麼辦？」

寧若素調皮地吐吐小舌頭，笑了。

這就開心了，說好的「因為大哥受傷自責的忍不住哭」呢？雲開看不下去了，見那兩人還膩歪個沒完，乾脆悄悄出來溜回寮房繼續睡覺去。

但還沒回到寮房，經過隔壁房間，卻聽見裡頭正在大吵大鬧。

「你是打哪兒聽來的胡言亂語，竟敢如此血口噴人！」

這聲音，恁地熟悉！雲開停住腳步，左右看看四周無人，好奇地撿根小木棍輕手輕腳地捅破窗紙，閉上一隻眼睛望進去，果然見到了江氏那張蒼白的臉。

她被兩個婆子護著，面前不遠站著一個虎背熊腰的漢子，正怒聲道：「我血口噴人？夫人的船出事了，死的不是船夫不是護院，反而盡是二十多歲的僕婦和十四、五歲的丫鬟，當人是傻子嗎？我妹妹是賣到你們家當丫鬟，可不是賣到瓦肆裡當妓女的！你們遇事了就把我妹妹推給土匪糟蹋，我妹妹到底是怎麼死的，妳給老子講明白！」

江氏冷笑。「好，你且去大街上講、去衙門告，看哪個會信你！」

這漢子怒了。「好，妳給我等著！」

「隨時恭候！」江氏一副毫不在意的模樣。

雲開聽得心驚，隱隱有了些猜測。

那漢子轉身見寧適道正好走了進來，大吼一聲。「你們給我等著！」

「且慢。」寧適道抬手攔住他，不慍不怒地道：「船遇山匪，之所以死的都是女子，是因為山匪用箭偷襲時她們沒來得及躲到船艙內，才不幸殞命。」

「既然如此，你們為何不把我妹妹的屍體帶回來？現在活不見人死不見屍的，哪個會信你們！」漢子怒道。

「因暑天屍體易腐，我兒又受傷無法即刻返程，萬不得已才將她們葬身山林。兄臺之怒之悲在下感同身受，還請兄臺恕罪。」寧適道對著漢子彎腰致歉。「兄臺若不信，在下可派人帶兄臺去南山鎮的山中驗屍，明日一早便啟程，兄臺意下如何？只是那邊有匪患，兄臺需去衙門簽下文書，到了那邊生死自負。」

那漢子皺眉。「我回去跟家裡人商量商量，再來答覆你。」

寧適道點頭。「令妹枉死，無法奉養父母，在下再給兄臺添九十貫，湊足一百貫，充作兄臺替令妹盡孝，贍養父母之資。」

就這一句話，雲開見江氏的臉都變了。

這漢子見此，也消了些氣。「寧山長不愧是寧山長，果然是仁義大氣！小人替我的老母、去世的妹妹還有家裡的孩子，給您磕頭了。」

這漢子磕完頭，站起來瞪了一眼。「山長，小人有句話不知當講不當講。」

「兄臺但講無妨。」

「山長娶這麼個媳婦，真是埋汰了！要是不管教好了，山長的名聲早晚得被她敗光。」

江氏氣得臉都扭曲了，雲開捂嘴偷笑。寧適道送了那漢子出門後，回頭冷冷地看著江氏，江氏已整理好臉色，端容恭敬地屈膝行禮。「老爺。」

寧適道厭惡地皺眉。「船上那些人都安置好了？」

「老爺放心，都安置好了。」江氏溫婉道。

這個「安置」的意思，雲開從旁邊站著的婆子臉上看得明明白白的。
「以後若再惹事，妳就別出門了！」
寧適道甩袖離去，隨後江氏也被婆子扶著進了內室。
雲開悄悄退回自家寮房中，對寧家人的狠辣有了新的認識。依照方才聽見的對話，可以想見事實就是江氏在遇險時為了保命，將船上年輕的僕婦和丫鬟送給了兵匪！
那些逃兵本來就是殺人不眨眼的，寧家這麼高調會死人雲開不覺得奇怪，想必今日江氏就是為了死去的下人才到化生寺來的，這種表面功夫是她最擅長的，那時候她雖然把傻妞關在小院裡，不也裡裡外外地得了個好母親的名聲嗎？
但沒想到道貌岸然的寧適道對此事也知情，不只不罰江氏，還幫她遮掩實情。若問為什麼，一定還是為了寧適道最在意的——名聲！
這就是傻妞名滿青陽的親爹！雲開不寒而慄。
待爹娘睡醒後，一家人離開化生寺準備回家，路上聽到街上的人紛紛傳著寧夫人貼補了這次死在南山鎮的下人家裡一百兩銀子，為此，寧夫人把自己的嫁妝鋪子都賣了。
「這樣的好主子，哪裡找去！」
梅氏也不斷點頭。「寧家做事，果然大氣，一百兩可不是小數目。」
雲開心中不以為然，但只默默聽著。
一家人回到村裡時，卻見丁異坐在門口，一副心事重重的樣子。

雲開把他帶進院子，避開爹娘，低聲問道：「怎麼了？」

丁異低著頭。「我娘，搬，走了。」

雲開揉揉他的小腦袋。「曾安不是說過會通知你娘搬家嗎？過了這麼久，也該搬了。」

丁異當然也知道，只是他懷著萬分之一的期盼前去，見不到娘總是有些失落的。

娘親又走了，這回讓他去哪裡找？

雲開不想他難受，跟他說起她在化生寺見到的寧適道和江氏的所作所為。「若是那個人真隨寧家人去尋屍，最後一定會死在山裡的。」

丁異皺起小眉頭。「離，他們，遠，點。」

雲開點頭，現在的她對上寧家，絕無勝算。

丁異看雲開失落，便學著她安慰自己的方式，抬手揉了揉雲開的小腦袋，這動作，他很喜歡。

雲開看著他曬黑的小臉，擔憂起別的問題。「曾家的人也來了青陽縣，他們早晚會發現你，然後猜到神醫的下落，到時候恐怕又會打擾到藥谷的清靜。」曾家知道，寧家也就知道了。

丁異道：「沒事，師父，出門，一、兩月。」

「神醫爺爺要出去？去哪裡，你也去嗎？」新藥谷才剛打理好，他們怎麼又要出去了？

「去、去，採藥。」丁異很開心。「我挖，人參，二孀，生，孩子。」

婦人生孩子就是在鬼門關前轉悠，若是生產時累脫了力氣，用人參補充體力是最好的。見丁異去採藥還惦記著她娘，雲開很感動。「山裡頭有當然好，沒有也沒關係，我可以請爹爹去藥房買，你和神醫爺爺要注意安全。」

雲開包了一些自己做的肉乾給他帶在身上當乾糧，離開之前，丁異留下一瓶藥泥給她，說是外出時可以扮妝讓她變得不起眼用的。

雲開把這藥泥試抹在臉上，只覺得涼絲絲的很舒服，從水盆裡看了看，發現臉色暗淡了不少，都說一白遮百醜，膚色一變黑，再好看的五官也就不顯眼了，以後跟著爹爹四處跑更方便了，她開心極了！

這日，她跟著爹爹去田裡轉了一圈，回來後與娘親商量要買田重新耕種。「村南靠河不足百丈，有六畝平整的良田要賣，一畝開價七貫錢。」

梅氏立刻點頭。「不貴嘛，咱們趕緊交錢買過來，別讓人搶了去！」

家裡真是有錢了，安其滿忍不住地樂。「妳娘手裡有錢，氣勢都不一樣了。」

梅氏也笑了。「還不是靠著開兒，否則咱們哪能幾十貫說拿就拿。」

雲開笑咪咪的。「蘆葦畫娘親和爹爹都比女兒做得多、做得好，女兒就是個打下手的。」

「妳是腦子好使，爹娘是手好使。」安其滿笑了一會兒，又道：「買田的事有著落了，接下來就該買屋了。」

在爹娘的觀念裡，孩子只有生在自己家炕頭上，才能結結實實地長大。好在梅氏的肚子還小，可以慢慢挑個合適的。

快到中秋時，白雨澤提著中秋禮前來拜訪，順道要跟安其滿訂一幅賀壽用的蘆葦畫，好送給寧山長做賀禮。為了讓這幅畫更出色，他還帶了幾幅市面上常見的賀壽圖過來參考。

安其滿滿心歡喜地應了，雲開知道這畫是給寧適道做的後，心中百味雜陳。不過為了賺錢，她還是跟爹娘放下做熟了的魚戲蓮葉畫，開始做賀壽圖。

限於材質，蘆葦畫只能用深淺不一的黑白二色來呈現圖畫，所以五子拜壽圖是做不了的，他們挑來挑去，決定做梅蘭竹菊四扇兩面的屏風。

一家人忙碌了幾日，便到了中秋佳節。中秋要賞燈、走親戚，是嫁出去的女兒回家看望父母的日子，也是姪子、外甥登門看望姑姑、姨母的日子。

安其滿進城買了兩條魚，又添了一貫錢給厲氏送過去。雖說被老娘做的事傷透了心，但該孝敬的可不能少，而厲氏為了讓兒媳婦安心養胎，這些日子也消停不少。

安其滿回來後說道：「大哥家不做米皮了，大嫂嫌累，娘的身子也撐不住了。」

見雲開笑咪咪的，梅氏點了點她的額頭。「倒又叫妳猜著了。」

「現在天冷了，生意不如以前好，他們的幹勁當然沒以前足了。但是我聽二妞說，他們家倒打算進城租個鋪子，接著賣。」

梅氏點頭。「只要門路對了又肯下功夫，日子總會一天比一天好。」

「大伯他們就是不肯下功夫，總想拿現成的，所以日子過得不好。」雲開淘氣地補充道。

梅氏點了點她的小腦袋。「不是要去看花燈嗎？快換衣裳去！」

梅氏和雲開打扮得美美的，梅氏戴上面紗，雲開素著一張微黑的小臉跟著爹爹出門，一出門就與安其水和曾應夢兩家遇上了。

曾應龍見到雲開身邊沒跟著丁異，眼睛都亮了。雲開挨個兒叫人後，又友好地跟安如祥打招呼，但這小丫頭哼了一聲，轉開頭不理她。

自從她姊安如吉被害後，安如祥的脾氣越見古怪，雲開也不跟她一般見識，三家合在一處，說說笑笑地進城。進城賞燈會，對他們來說都是頭一回，大夥兒的興致都很高。

曾應龍慢慢挪到雲開身邊，不停說著村裡城裡的趣事，把梅氏和雲開逗得直笑。跟在後邊的郝氏和曾應夢的媳婦馬氏見這小子討好心上人，笑得明明白白的，只有安如祥的小臉像掉冰渣子一樣，三個大男人則在後邊說著種田的事。安其滿買了六畝，安其水買了五畝，曾應夢買了七畝，都在等著賣家把田裡的莊稼收完後，他們就能種冬麥了。聊起種田，一群人就有說不完的話，止不住地笑。

這氣氛真是太好了，雲開也掛起笑意。

曾應龍見她開心，心裡也像吃了蜜一樣甜。「我知道哪兒有好看的舞龍燈，大姊兒一起去不？」
雲開搖頭。「我娘不好走夜路，天黑前我們就得回來了。」
曾應龍心裡遺憾極了，但嘴裡卻順著雲開的話說：「大姊兒說得是，二嬸回來的時候坐牛車吧。今天沒看到舞龍燈也沒什麼的，中秋花燈會掛十幾天，有空我再帶妳們出來看。」
為了給二弟製造接近雲開的機會，曾應夢提議道：「孩子們過來了還沒出來玩過，不如今天就讓應龍帶著四處逛逛吧？」
馬氏笑道：「這些孩子除了大姊兒和大妮兒，個個跟泥鰍似的，應龍兩隻手能抓住幾個？」
安其滿和梅氏也笑了，他們可不放心把閨女交給曾應龍。「嫂子說得是，應夢哥快別難為應龍了，他也還是個孩子呢。」
「我能成。」曾應龍立刻挺起胸脯。
「別人不好說，你家大姊兒交給我家應龍拉著，包管怎麼帶出來的怎麼帶回去。」馬氏拉著自己五歲的兒子曾歲餘，哈哈地笑。
還不等曾應龍說話，雲開趕緊道：「讓應龍哥帶小姑他們去玩吧，我怕黑不想去。」
「哼！」安如祥又冷哼一聲，眾人便打著哈哈把這話題繞了過去。
中秋佳節，城門左右也掛上了大紅的燈籠，城門邊做小生意的攤販們吆喝聲此起彼伏，雲開從中分辨出了曾林媳婦和牛二嫂歡快清亮的嗓音，今天人多，他們的生意也好。

一幫人過去跟曾、牛兩家打招呼，牛二嫂見到他們，便讓在這裡幫忙的牛二妞和曾大妮兒也跟著他們一道進城去玩。於是，雲開又跟她的閨密二妞到了一處，兩個小傢伙手把手說起悄悄話，曾應龍也被擠到一邊去了，雲開總算鬆了一口氣。

牛二妞嘀咕道：「我怎麼覺得妳越來越黑了，燒火燻著了？」

雲開故作苦惱地捂著小臉。「有嗎？我不知道啊。」

牛二妞為她發愁。「妳這樣以後怎麼找好婆家啊！」

雲開。「……」

「妳看應龍哥這麼殷勤，要不妳就跟了他算了，他肯定不嫌妳黑。」

雲開。「……」

每次跟好閨密說不到三句話，總能談崩了。

城裡看花燈的人多，安其滿小心護著梅氏，只能拜託還算清閒的曾應龍幫忙看著雲開和二妞，於是曾應龍光明正大地跟在兩個小丫頭身後，指著花燈給她們看。

雲開被琳琅滿目、五顏六色的花燈晃花了眼，不由得開始想念丁異，如果他在就好了，他們兩個可以看一晚上。

走了不過十丈，孩子們手裡都提了燈，雲開提著的是八寶燈，二妞是兔兒燈。雖然提了燈，但再看到好看的，還是忍不住想買，很快牛二妞的花燈便多得要讓雲開幫著提了。

安其滿和提燈的雲開對上眼神，同時嘆了口氣，梅氏問道：「怎麼了？」

安其滿惋惜道：「好後悔沒有買一批燈來擺攤啊。」

「是啊，如果擺攤肯定賺了。」雲開看著人家一把把地收錢，羨慕。

梅氏無語。「我看你們倆是掉錢眼裡了！」

父女倆嘿嘿地笑。

「還不是為了給兒子攢家當娶媳婦嗎？」

「還不是要給弟弟攢錢娶媳婦嗎？」

異口同聲地說完，父女倆又惺惺相惜，惹得梅氏笑彎了腰。

「那邊有猜燈謎的，大姊兒要不要去看？」曾應夢終於插上話了。

雲開笑得眼睛裡都是星光。「猜中了會給燈嗎？」

「不只給燈，還有更好的東西呢。」曾應夢見雲開感興趣，帶著她和二妞擠進去看。

擠到前邊，雲開才知道為什麼這裡圍著這麼多人，原來是在看熱鬧，因為站在店門口的這位書生已經連猜中了兩個燈謎，贏走了兩塊上好的硯臺，這會兒，他正在猜第三個。

雲開看著曾九思的背影，忍不住嘆氣。真是孽緣，怎麼她走到哪裡都能遇上傻妞的未婚夫呢？曾九思來了，寧若素還遠嗎……

雲開拿眼睛一掃，在曾九思的書僮山阿身旁找到了女扮男裝的寧若素，看熱鬧的心思都沒了，轉身拉著好閨密就走，但二妞的腿卻像柱子一樣釘在地上不動，激動道：「大姊兒快看，是曾大少爺啊！」

雲開無語，她忘了牛二妞也暗暗喜歡著曾九思了。

萬眾矚目的曾九思又解開了燈謎，圍觀群眾鼓掌叫好。「再來，再來！」

店掌櫃又遞上一張摺著的紙，曾九思卻笑著搖頭。「事不過三，小生不猜了。」

店掌櫃識趣地遞上一盞漂亮的花燈。「小老兒祝曾少爺連中三元，大登科後小登科。」

大登科是通過科舉做官，小登科是娶妻成家之意，曾九思含笑接過，遞到寧若素手裡，寧若素紅著小臉接過，隨著曾九思走向下一家店。

看熱鬧的人群也跟著湧過去，牛二妞小臉通紅。「曾少爺好厲害喔——」

雲開一臉不以為然，看曾九思那副神氣樣，怎麼看怎麼不順眼！

「可惜寧少爺有傷不能出門，看來今年中秋曾少爺要獨占鰲頭了。」人群中有人替寧致遠惋惜。

雲開眨了眨眼，忽然想到一個非常不錯的主意！

隔日，用過晌午飯後，安其滿跟安其水出門去集市上挑耕牛，雲開則坐在家門口專心琢磨著等一會兒該怎樣才能說服娘親答應讓她獨自出去一趟，給曾九思添點堵。

就在這時，白雨澤來家裡看畫了。梅氏連忙延請入內，好生招待。

見到他們完成的梅蘭竹菊雙面四扇屏風畫，白雨澤讚不絕口。「這四幅蘆葦畫工藝極巧！我把畫帶走找人製成屏風，到時定能驚豔四座。以後這種屏風畫可以多做一些，價錢一扇八兩怎麼樣？」

那就是比魚戲蓮葉畫還多一兩銀子，梅氏開心不已，不過卻沒有拍板。「價錢的事情，白少爺請與大姊兒她爹商量便好。」

雲開看白雨澤小心翼翼地把畫包好，靈機一動。「裝什麼款式的屏風，白少爺想好了嗎？」

白雨澤搖頭。「大姊兒有何高見？」

雲開彎起眼睛。「高見不敢當，只是昨日我和爹娘去看花燈時，正好見到有盞花燈上面的圖案很合適。」

「什麼樣的圖案？」白雨澤連忙追問，蘆葦畫大多是她琢磨出來的，她的眼光肯定不一樣。

雲開皺著小眉頭想了一會兒。「我也說不太清楚，就是很好看……要不，我帶你去看看？」

「這……」白雨澤轉頭問梅氏。「嫂夫人，雨澤與大姊兒去燈會上看看，一會兒雨澤再把她送回來，行嗎？」

梅氏不放心，可寧適道的生辰還有四天就到了，做屏風之事已迫在眉睫，雲開勸了幾句讓娘親安心後，便跟著白雨澤出了家門。

出了村的雲開笑得燦爛無比，白雨澤以為她是藉機想看花燈，不由得搖頭失笑，真是個小孩子。

將畫交給小廝帶著，雲開帶著白雨澤來到了曾九思猜燈謎的那條街，果然聽到人們傳著曾九思連中十五個三元的壯舉。

雲開拜託白雨澤假裝不認識她後，獨自走到第一家店前，乖巧地問：「伯伯，我能猜燈謎嗎？」

店掌櫃笑咪咪地問：「小姑娘想猜什麼樣的？」

雲開歪著小腦袋問：「猜簡單的，不過我不認得字，伯伯可以幫我唸嗎？」

這幾日生意好，店掌櫃心情也好，便從難度低等的大箱子裡抽出一張紙條，唸道：「一句詩打一個成語：遙望兄弟登高處。小姑娘可猜得中？」

雲開當然知道。「『一覽無遺』，對不對？」

店家驚了，雲開開心地笑。「我三哥在青陽書院讀書，這個成語我聽他說過！」

店家笑著遞上一枝毛筆。「小姑娘好記性。」

雲開又連著猜對了三道燈謎，刷新了曾九思的紀錄後，拿著得來的獎品開開心心地奔向下一家店去了。這是各家店鋪的中秋活動，家家可以猜燈謎贏獎品。

白雨澤頗感趣味地遠遠跟著瞧熱鬧，此時他已經明白這小丫頭不是出來找圖的，而是玩燈謎的，真是個鬼靈精呢！

下一家是布行，雲開低調地刷了個四喜臨門後，喜孜孜地抱著獎品閒逛了一會兒，回來又連刷了三家店的大四喜；兩人逛了一會兒回來繼續刷，直到刷了十六家店後，雲開才收手，與白雨澤抱著一大堆小東西跑到其中一家店裡，指著最大的一盞八寶燈道：「白少爺看，就是這個。」

白雨澤抬頭一看，點點頭，這小丫頭也不算騙他，這盞燈上的線條圖案的確有些新意，適合做成屏風的邊框，不過他更在意的是雲開猜燈謎的能耐。「大姊兒可還要猜燈謎？」

雲開搖頭。「過癮了，不猜了。」

白雨澤又笑咪咪地問：「這麼多燈謎，妳是如何都猜中的？」

當然是因為這些燈謎她都玩過啊！千篇一律，她在孤兒院住了十幾年啊，猜燈謎是孤兒院每年必辦的活動。雲開神秘地湊到白雨澤跟前，踮起腳尖在他耳邊小聲道：「我夢到的，白少爺信不信？」

白雨澤哈哈大笑。「就是妳那個『在青陽書院讀書的姓王的三哥』託夢給妳的？」

「不錯。」雲開笑得開心極了，白雨澤是個有趣的人，白秋為有這樣出色的孫子，日升記未來五十年，穩了。

白雨澤好奇地問：「曾九思到底是怎麼得罪了妳？」

「也沒什麼，我就是看他裝腔作勢的樣子不順眼而已。」雲開輕描淡寫地說。

白雨澤完全贊同。「嗯，寧山長的得意弟子和兒子，確實都跟他一個模樣，讓人看不順眼！」

雲開聽了這話心情甚好。「白少爺不要把這件事告訴別人，包括我爹娘，好不好？他們知道我招惹曾家人會罵我的。」

白雨澤才不信安其滿夫妻捨得罵她，不過雲開今日的舉動卻極合他的胃口，他幼稚地伸出手指頭。「打勾勾？」

雲開痛快地打了勾，又分了他一半獎品，便揹著屬於自己的大包袱回了家，還跟娘親說是白雨澤帶著她猜燈謎贏的獎品，惹得白雨澤笑個不停。

這天後晌，一個姓王的小姑娘猜中一條街十六家店大四喜燈謎的稀罕事就流傳開來，待消息傳到曾九思耳朵裡時，已神乎其神了。

「姓王的？」曾九思擰眉，書院中姓王的子弟可不少，到底是哪個跟他有仇？自己猜三元人家刷四喜，還讓個小姑娘去，這不是明晃晃地打他的臉？

待他找到這個人，一定要讓他好看！

第十七章

曾九思找了好幾天也沒找到那什麼姓王的三哥，書院開學之日，曾九思進書院大門時被人指指點點地笑話著，他表面上強撐著，心裡則恨得難受，看哪個都像包藏禍心的混蛋。

跟著家人來送三叔進學的雲開見了他那死樣子，爽！

「三兒啊，進去後不要跟人打架，要好好讀書，知道不？」厲氏不放心地幫兒子拍掉袍子上並不存在的灰塵，叮囑著。今年秋入書院讀書的學子不少，前來相送的家人也很多，但放眼看去，人家不是騎馬就是坐車來的，一家人都穿得整整齊齊，一看就家境殷實。只有安其堂是被一家老少揹著大小包袱用雙腳送過來。所以有人看過來，安其堂都覺得臉熱，很想抱著東西跑進去，擺脫這種低人一等的壓抑感。

「我進去了？」

「去吧。」厲氏擦眼角。「等十日後歇息時，我讓你二哥來接你。」

「不用煩勞二哥，兒自己回去便好。」安其堂趕忙道，書院十日休息一天，住得近的學生們回家換洗衣裳，住得遠的便在書院中讀書或出來走走，安其堂不想回家。

楊氏見進門的讀書人有不少帶著書僮，便跟婆婆和丈夫商量。「讓大郎跟著他三叔進去當書僮吧？」

安其堂心中不願，但還是含笑看著安大郎。「大郎可想跟三叔進去？」

安大郎嚇得抱住他娘的腰。「我不要去，我死也不要！」

厲氏低聲罵道：「老三是去讀書的，哪能帶著大郎！」

「大郎跟著進去還能識字，咱不省了一份束脩錢嗎……」楊氏嘟囔道。

厲氏又拉著叮囑了一陣，才願意放兒子進去，安其堂又提醒二哥。「小弟進了書院，二哥見了曾大管家記得跟他說一聲，省得他惦記著。」

雲開暗翻白眼，人家惦記你做什麼，安其堂想讓曾安遞話，是想讓書院的管事照顧他，跟自家親哥哥說話還要繞這個彎，真是服了！

等見不到三兒的身影了，厲氏才轉頭吩咐安其滿。「你去跟曾大管家說一聲，讓他找人照應著你三弟點，別讓他被人欺負了。」

安其滿點頭。「兒抽空就去。」

「抽什麼空，現在就去！」厲氏催促道，事關兒子的學業，她短了幾個月的底氣立刻就漲足了。

安其滿沒有和老娘計較，帶著妻女走了，氣得厲氏乾瞪眼沒法子。

待回到村裡，里正過來說村裡又有兩處能賣的院子，安其滿立刻帶著妻女跟去看。

若單論房子的新舊和院子的規整程度，村東的那處最好。村西這處除了四間正房外，只有兩間西屋，還都破破舊舊的，但安其滿和梅氏一進院看到水井邊上那株枝葉茂盛的桃樹，立刻就決定了要這裡！始作俑者雲開只得呵呵苦笑，誰要她當時為了讓爹娘安心，說夢到爺爺提起樹上結大桃子了呢。

「這院子大，給房頂換一層瓦片，正房再住十幾年沒問題，明年開春蓋上東廂房就好了。」安其滿轉了一圈，怎麼看怎麼中意。梅氏先是中意院中的桃樹，再來是中意這裡離婆家遠，也是怎麼看怎麼好。

他們買了屋後，從盧安村搬出來的六戶人家，家家有田有房，算是在這裡扎了根。

安其金得了信兒，到二弟家轉了一圈後，回家後又不吭聲了。

楊氏捧著肥胖的肚子，氣哼哼地道：「四十二貫買田，三十五貫買屋，二弟家哪來這麼多錢？搬過來這段日子，他可是悶在家裡什麼都沒幹，他家是養了會下金蛋的老母雞還是扣下了財神爺！當家的你說，這到底怎麼回事？」

「妳問我，我問誰去！」安其金吼道，他心裡比誰都窩火。現在家裡不做米皮了，他也沒了正經事做，正煩著呢。只不過日子過得舒坦的安其滿，也正為一件大事擔心著——

他摸著媳婦的肚子嘀咕道：「兩個多月了怎麼還不顯懷呢？大嫂的肚子都那麼大了。」

「大嫂的肚子什麼時候不大？孩子三個月才能顯懷呢。」梅氏忍不住地笑，她這胎懷得省心，氣色一日好過一日。

「是這樣嗎？」安其滿嘀咕一句，又給菊花貼上了幾片蘆葦稈，開始琢磨割蘆葦的事。

秋末是收蘆葦的好時候，沿著村南的河道進山不遠有一大片蘆葦，他問過里正，村邊這塊地是村裡公家的，誰家想用都能去割，但不能割了拿去賣錢，就跟村邊的樹可以砍了蓋房子，但不能拖出去賣木材一個理。

安其滿已交給里正三吊錢，說要割些明年蓋房和編東西賣。前有廂軍軍爺遞話，後有幾次來訪的白家少東給面子，里正姚廣興本就高看安其滿一眼，莫說他給錢，就是不給也行。「割吧，想割多少割多少。家裡人手夠用不，讓我家那兩小子幫你一起弄？」

「夠用，我也弄不了多少。」安其滿笑得比里正還開心，心裡卻防著，里正家兩個小兒還沒說媳婦，他來的日子短，沒摸清這家人的底細，可不敢把他們往自己的閨女跟前領。

挑了個風和日麗的一天，安其滿先挨邊割了兩車蓋廂房用的蘆葦，然後就帶著雲開在蘆葦地裡轉悠著挑能做蘆葦畫的。製作蘆葦畫的蘆葦要挑丈餘高、直立硬實的，當然他們也可以齊茬都割回去慢慢挑，不過他不想割太多，以免惹人猜疑。

雲開踩著蘆葦地中露出水面的石頭邊挑蘆葦，看到合適的就用鐮刀截成幾段放進背簍裡，走著走著便到了蘆葦地深處，待她割滿一背簍往外走時，才發現自己分不清東南西北……迷路了。

她在遮天蔽日的蘆葦地裡轉了好幾圈，找不到出去的路，只好抱著鐮刀抬頭喊起來。

「爹，爹——」

「怎麼啦——」爹爹的聲音遙遙傳來。

「女兒找不到路，回不去了——」

安其滿對著主動過來幫忙的曾應龍和姚廣興家的二小子姚二樹呵呵笑。「我家大姊兒第一次進蘆葦地，轉迷糊了，我去找找她。」

姚二樹笑得厲害，真是個傻妞，這麼屁大的地方就轉不出來了。曾應龍瞪了姚二樹一眼，把鐮刀遞給安其滿。「叔接著忙，我去把大姊兒帶出來。」

不等安其滿攔著，他就鑽進蘆葦地，順著聲音摸過去。安其滿只得喊道：「開兒站著別動，過一會兒就喊幾聲。」

「好——」雲開乖乖地站在原地，望著天，無聊地喊道：「爹——天好藍啊——到處都是蘆葦啊——」

終於聽到身後傳來簌簌聲，雲開驚喜地回頭，卻見曾應龍頂著一頭蘆花鑽了出來，古銅色的臉上都是笑。「大姊兒，二叔讓我帶妳出去。」

這臉丟大了，雲開咬了咬唇。「應龍哥沒去雜貨鋪？」

「嗯。」曾應龍心情非常好，接過她的背簍和鐮刀，帶著她往外繞，雲開在後邊跟著。曾應龍解釋著。「妳還小，被蘆葦擋了視線，我個兒高能看到外邊，沿著大概的方向走，咱們就能出去了。」

雲開也是這麼想的，可蘆葦地裡亂七八糟的落腳石塊，轉一會兒她就找不到方向在哪兒了……這也只能說明自己笨……雲開沮喪地低下小腦袋。

「這兩塊石頭隔得遠，妳跳不過去，來。」曾應龍自然地朝她伸出手，心裡怦怦地跳。

雲開目測了一下，便大方地把手伸過去，沒想到曾應龍不是拉著她，而是像抱孩子一樣把她抱了起來！「啊——」猛地離地，還是在這不太穩當的石頭上，雲開嚇到了。

曾應龍忙收緊胳膊安撫道：「莫怕，一會兒就出去了。」

……我怕的不是這個好不好……雲開想叫他放她下去，又覺得這樣顯得自己像在跟他玩似的，便乖乖讓他抱著。

被抱高了一截後，視野果然不一樣，除了滿眼滿天的蘆葦外，雲開還看到了外邊的山，她忍不住淚奔。如果她有這樣的身高，也能自己出去的，真的……

見她乖乖的，曾應龍喜得心都要跳出來了，抱著她大步走過幾塊距離遠的石頭還捨不得放手，就想這麼把她抱到二叔面前，讓二叔把雲開嫁給他當媳婦兒……

跳過了石頭，雲開趕忙道：「應龍哥，我可以自己走了。」

「好。」說了好，他還是把人抱在懷裡，低頭看著嬌嬌小小的丫頭哄道：「大姊兒嫁給我好不？我會像二叔對二嬸那樣對妳好的。」

雲開：「……不好。」

曾應龍又問道：「妳想嫁給誰呢，丁異？」

「他是我弟弟。」

「白少爺？」

雲開無語了。「我才沒有。你放我下來，我要找我爹。」這些還沒訂親的男娃子，她以後要離得遠遠的。

曾應龍忽然被她逗笑了，鬆手讓她滑下來一些，用額頭親暱地頂了頂她的小腦門，才讓她穩穩站在地上，細心地把她頭上的蘆葦摘掉，然後拉著她的小手往外走，雲開那點小掙扎，完全被他忽略了。

「應龍哥，我不會嫁給你的，你這樣讓人看到不好。」雲開亮出自己的態度。

曾應龍握緊她的小手哄著。「走吧，就在前面不遠了。」

雲開鼓著腮幫子沒轍了，只能被他拉著一路走出蘆葦地，才逃也似地跑到爹爹身邊，拉著他的衣裳不撒手。

「哈哈哈——」姚二樹抱著肚子狂笑。「大姊兒是咱們村第一個在蘆葦裡迷路的。」

「那是因為我個子小。」

「我五歲時進來找鴨蛋都能自己出去，哈哈哈——妳好笨——」姚二樹抱著鐮刀坐在地上狂笑。

雲開鼓起小臉，這有什麼好笑的！

託了姚二樹的福，雲開又成了富姚村的笑話。

當她拿錢到賣豆腐的阿伯家買豆腐時，阿伯笑咪咪地問：「大姊兒又去蘆葦地了沒？」

雲開去打醬油，在路邊納鞋底的阿婆見了她，就放下扎眼的錐子，指著街口笑哈哈地問：「大姊兒，這是東還是西？」

當雲開出門碰上熊孩子，比如姚二樹，這貨或安大郎就會邊拍手邊叫她：「傻妞！笨ㄚ頭！」

遇到他們還好，每次遇到曾應龍，這傢伙都會塞給她一點吃的，再表達他的決心。「傻妞也好、笨ㄚ頭也好，我都喜歡。」

過了幾天，曾應龍的嫂子跑到雲開家來，跟梅氏說了許久的話，雲開和爹爹揹著蘆葦回來，隔著院牆都能聽到她們的笑聲。

待到人走了，梅氏與丈夫和閨女道：「曾家相中了開兒，想討回去當兒媳婦。」

「里正奶奶不是不同意嗎？」雲開提起。

「應夢媳婦敢說這樣的話，就是家裡的老人點了頭的。」梅氏在這方面非常通透。「以前曾家相不中妳，不是妳不夠好，是因為妳不是親生的又沒弟弟可依靠，現在妳要有弟弟了，咱們家裡的日子也越過越好，不是親生的這點，他們也就不在意了。」

「最主要的是應龍一門心思地認準了妳。」梅氏有些自豪。

雲開很苦惱。「應龍哥最近……臉皮厚了不少，女兒也實在不知道該怎麼辦。」

「娘知道。」梅氏也忍不住笑。「他嫂子說這是跟他哥學的，說要討媳婦就得臉皮厚。」

雲開。「……」

「沒關係，開兒還小，這裡好的小伙子多著呢，咱們慢慢挑，總能挑到妳中意、爹娘又放心的。」梅氏抱著閨女捨不得放手。「應龍又沒做什麼出格的事，妳不用怕。」

他抱了親了！雲開不知道該怎麼說，只覺得苦惱，爹娘已經開始給她物色婆家了，可她一點想嫁人的念頭也沒有。

寧適道的壽辰過了沒多久，某日白雨澤登門叫走了安其滿，雲開看他的臉色就知道有事不好了。

待安其滿從城裡回來，梅氏和雲開也知道發生了什麼事：白雨澤送到寧府的梅蘭竹菊蘆葦屏風的確引起了轟動，但是轟動過後，市面上很快出現了高仿品。

「蘆葦的燙色、樣子有咱們的七成像，人家才賣十貫，日升記的是五十貫！」蘆葦畫現在是家裡唯一的進項，安其滿憂心忡忡的。

梅氏也是皺緊眉頭。「什麼人做的？」

「是個老篾匠。」安其滿很是鬱悶。篾匠用竹子編東西，火燎竹片的手藝掌握得爐火純青，看過蘆葦畫後就知道大概是怎麼回事，幾天的功夫就仿製出來了。

雲開皺眉。「那個篾匠是寧家的人？」四扇屏風他們只做了一套，只有寧家人手裡才有，能做得這麼像，跟寧家人脫不了關係。

安其滿抿抿嘴。「白少爺說是寧夫人陪嫁莊子裡的人，這是寧夫人的主意，現在寧夫人在鳳闕街上開了家專賣蘆葦畫的店，取名叫蒹葭蒼蒼，去買畫的人特別多！」

這件事傷的不只是他們家，損失更大的當數白家——

此時白雨澤正氣鼓鼓地坐在家中的書房裡。「爹，寧家真是欺人太甚！」

白建業也沈著臉。「確實是過了，寧適道如此不顧臉面倒讓人刮目相看，看來寧家缺錢了，否則也不至於如此下作。」

白家接了寧家的帖子，備好賀禮前去寧家賀壽，沒想到寧家得了壽禮，轉身就拆得七零八落，意在琢磨仿製、明目張膽地開鋪子賺錢！這種事莫說是讀書人，便是一般人也做不出來，第一次有人這麼囂張地打白家的臉，白建業也少有地動怒了。

「先派人弄明白寧適道是否參與其中，若是有，滅了寧家所有的店鋪買賣；若是沒有，滅他一半的鋪子！」

「這樣丟臉的事情，寧適道那個偽君子怎麼可能會承認！」白雨澤鼓著腮幫子，寧家壞了他的生意，還讓他淪為笑柄，他恨不得直接把寧適道那個老狐狸的假面具揭了出氣！這麼多年以來，白家與寧家沒少打過交道，他對寧適道偽君子的本性可清楚得很呢。

白建業搖頭。「正因為他是偽君子，此事才可能不是出自他之手。若是讓他來做，定不會把事情做得這麼明目張膽。」

白雨澤冷靜地想了想，父親說得有道理。

「這件事你也有欠妥之處。」白建業見兒子平靜了，便開始教子。「拿蘆葦畫去賀壽是個好主意，但沒有先表明這是白家的獨家，給了別人可乘之機，就是你的疏忽了……」

此時的寧府內宅，黑沈著臉的寧適道正指著江氏的鼻子罵著。「蠢婦，蠢婦！」

江氏吶吶道：「妾身也是迫於生計，無奈才出此下策。」

她本以為這件事做得神不知鬼不覺，哪會想到白家這麼快就查出蒹葭蒼蒼和她之間的關係，又如此大肆宣揚，這是擺明了沒把寧家放在眼裡！不過是個有點臭錢的商戶人家罷了，真是豈有此理。

「妳還知這是下策！」寧適道氣得三綹美髯直抖。「妳做出如此有違道義之事，讓青陽父老如何說道？寧家幾十年的清譽，被妳這蠢婦毀於一旦！」

江氏趕忙道：「妾身開這家店本就沒打算長久，這幾日咱們已賺了二千多兩銀子，既然被白家發現了，妾身這就派人去把店鋪關了。」

這麼多？寧適道的火氣立時被銀子砸下去幾分。

江氏又道：「此事乃是妾身所為，妾身明日就帶人到白家請罪。」

寧適道聽了，火氣又消下去一大截。「賠罪需有誠意，為夫陪妳去。」

富姚村內，安其滿嘆著氣。「我看白少爺也沒什麼法子，誰也沒料到那篾匠能模仿得這麼像，爹也是自己打自己的臉了。」畢竟當初是他們說這東西無人能在短期內模仿的。

雲開抿抿唇。「都怪我不好。」是她小瞧了大夏朝的能工巧匠。

「這件事怎麼能怪妳呢？」安其滿連忙道：「沒了這生意，咱們再做其他的就是，現在咱們有了本錢，做什麼都不會太辛苦的。」

梅氏小聲問道：「那蘆葦還割嗎？」

安其滿也猶豫了，出了這樣的事情，白少爺還會收蘆葦畫嗎？「開兒，妳說呢？」

「割，還要多割。」雲開分析道：「就算寧家搶了咱們的生意，白家也不會允許他們做久，白家更不會因此就不賣畫。」

「但這手藝傳開，蘆葦畫就不值錢了。」安其滿心疼。

雲開笑道：「降價是肯定的，白家可能還會開放收購蘆葦畫，然後賣到外地去。咱不管銷路也不管價格，只管做好東西就是，只要咱們的蘆葦畫比別人家的好，就不怕沒錢賺。」

梅氏點頭。「閨女說得在理。」

安其滿也點了頭。「開兒說得對，咱們現在除了拿出更好的畫，也沒有更好的法子。」

說完，他一頭栽進西屋的蘆葦裡。

跟爹娘的擔憂不同，雲開早就料到了會出現仿冒品，只是沒想到提前而已，現在是時候把全套的現代工藝拿出來了。她教給爹娘的是簡化過的做法，真正的蘆葦畫還有煮、刮、熏、熨、漂、刨、烙、編等十多道工序，這些工序都拿出來用上，除非是同樣懂得這門手藝的穿越者，否則不可能輕易被模仿。

不過怎麼在不引起爹娘懷疑的前提下表現出這些技巧呢？雲開琢磨了幾日，還是決定由她引導著爹娘，讓他們「自己」想出來比較穩妥。於是，雲開開始引導爹爹了。「爹有沒有覺得這蘆葦不夠白？爹有沒有覺得這個蘆葦片太厚了……」

待聽說寧山長關了蒹葭蒼蒼，帶著夫人到白家賠禮認錯的事，還把那個手藝精湛的老篾匠送給白家後，梅氏不禁開始擔心家裡的生計。「開兒，妳說白少爺有了篾匠，還會收咱們的畫嗎？」

這次不待雲開回答，安其滿便說道：「會，白家是生意人，只要咱們比那老篾匠做得好，他們就不會不要，妳們娘兒倆歇著，我去給新作的畫刷漆。」

看爹爹這麼有幹勁，雲開就放心了。

十天後，安其滿帶著他自己「悟出」的方法改良仿作製出的蘆葦畫——鶴舞清風圖去找白雨澤，梅氏惴惴不安地在家等消息。

雲開對爹爹的畫很有信心。通過煮、刮、熏三道工序製出的蘆葦片色澤潔白如雪，白鶴形象生動，在她用草紙擦出來的落日熏雲背景上展翅欲飛，幾乎已經有八成神韻了。

這鶴舞清風圖可是她跟蘆葦廠的老師傅學的壓箱底的手藝，特別是畫上的水粉背景圖，這裡的人不可能輕易模仿出來。

果然，安其滿歡天喜地地回來了。「白少爺說這幅畫比以往的要好很多，可以賣十兩！」

「這麼多？」梅氏驚喜地站起來。「太好了！」

雲開也笑了。安其滿又道：「不過白少爺也說會讓那個老篾匠製畫，當然他不會跟咱們做一樣的。」

梅氏嘆了口氣。「白家這樣也沒什麼不對。」

「正是呢。」安其滿道：「所以我要弄得更好！」

就在安其滿埋頭研究時，城裡城外的集市上忽然湧現了大批粗製濫造的蘆葦屏風，小攤販們還聲稱這些屏風跟寧山長的賀壽圖一模一樣，掛在家裡有助於家裡的孩子讀書有進益，可以早日高中、魚躍龍門，一套賣到了二、三兩銀，銷路還是很好，家裡有讀書人的人家大多會買回去擺在屋裡添福氣。

雲開去大伯家給厲氏送墩菜時，看到她正喜孜孜地抱著一扇梅花屏風，說要給三兒子送到書院去，保佑他早日高中。她好奇地問安如意：「奶奶那屏風多少錢買的？」

「二兩。」安如意也不滿。

雲開又問：「奶奶哪來的錢？」

安如意小聲道：「賒的。大姊兒快走吧，待會兒妳大伯回來還有得吵。」

那是哪家攤販，真有手段！雲開服了。隨後果然如安如意所說，安其金回來後，和厲氏大吵一架，屏風被退掉了。

現在蘆葦畫到處都在賣，安其滿一家也不再瞞著，打算開門做生意了。

剛跟老娘吵了架的安其金，聽說老二家要做這個後高興了，這蘆葦畫這麼多人都賣不好，老二家這次怕是也要栽了！不過他面上還是擺著一副擔心的模樣，來到安其滿家關心。

「這能成嗎？」

安其滿笑道：「看著別人賺錢我也手癢癢，搗鼓了這些日子弄出來的還拿不出手。」

「比集市上賣的也差不了多少，你再做幾幅就能拿得出手了。」安其金見二弟在家悶頭幹這個，心裡舒坦了，他拍拍安其滿的肩膀。「既然打算做這行，就好好幹，別東一榔頭西一棒子的。」

待到安其金走了後，安其滿回到東屋見媳婦和閨女都笑癱了，他不禁也笑了。「我去買一批一般的蘆葦畫，隔三差五地擺個攤，這事就算過了明路了。」

安其金走沒多久，厲氏就來了，先抱怨了梅氏肚子小，又問安其滿。「你做的屏風呢？拿出來給娘看看。」

安其滿進屋把半成品屏風拿出來，厲氏上下左右看了幾遍，皺著眉。「沒有街上賣的好看。」

安其滿。「……」

「不過湊合著也能用。」厲氏又叨念著。「你這兩天多做幾幅，等做好了給我拿過去一套，你三弟回來時，我要讓他帶上幾幅去書院送給山長和同窗們……」

雲開冷冰冰地道：「奶奶，我爹做這個是要賣錢買吃的，餵我娘肚子裡的弟弟。」

厲氏死死瞪了雲開一眼。「哪就差這一幅兩幅一口兩口的！」說完，她又在屋裡轉悠了一圈，拿了梅氏繡好的手帕給安如意當樣子，才滿意地走了。

關上門，梅氏還沒說話，雲開就自己說道：「我知道，她是我親奶奶。」
梅氏扶著肚子，慶幸著。「幸虧妳爹不是老大。」
安其滿。「……我去做畫。」

在雲開日盼夜盼中，丁異終於回來了。
安其滿見了丁異忍不住感嘆。「去了才兩個月，就長高了一截。」
雲開發現她快要看不到丁異的腦袋頂了，抱怨道：「你這是吃了炮竹嗎？」
丁異望著雲開傻笑。這些日子他晚上睡覺都覺得腿骨疼，師父說是他要長個兒了，給他弄了不少藥材泡腿，又吃了不少好東西。
他快要比雲開高了，丁異正美著，過來閒聊的曾應龍的手落在丁異的腦袋頂。「是長個兒了，臉也黑了。」
丁異一晃頭把他的臭手抖掉，站到雲開身邊生悶氣，安其滿哈哈大笑。梅氏見到丁異也開心得不行，看他身上的衣裳被樹枝刮破了洞，趕忙拿出給他新做的衣裳讓他去換，又張羅著給他做好吃的。
曾應龍看了一會兒，真覺得安二叔和二嬸把丁異當兒子養了，而雲開也真的把他當弟弟，他不安的心才落回肚子裡，推掉二嬸留飯，便回家了。
他走後，丁異才打開包袱，拿出兩支根鬚齊全的山參。「我，挖的。」

這兩根山參從參形、參脖到珍珠疙瘩都很完美，就算安家人不識貨，也知道這是寶貝，摸都不敢摸一下。

「師，父說，這是五、五十，年的。」丁異頭回進深山採藥就挖到寶貝，興奮得不行。

「在哪兒挖的，碰著沒有？」雲開看著他臉上被樹枝劃破結痂的口子，擔心他身上也有傷。

「大樹，底下。」丁異伸開小胳膊。「這麼，粗。挖了，一天。」

一向在人前少言寡語的丁異，磕磕巴巴地講他跟著師父是怎麼找到山參，又是怎麼用鹿骨籤子一點點地挖出來。

「鹿是神、神獸，參是，神草。」丁異解釋道：「參，不能碰、碰著鐵，木板，曬乾，收起來。」

梅氏可不敢收。「我們留下幾根鬚子就成，剩下的你拿回去交給你師父或者帶到城裡去賣，少著也得幾百貫呢。」

丁異搖頭。「給嬸兒，生，弟弟。」

「娘收著吧，丁異進山就是為了給您挖人參。」雲開第一次見到這麼大的人參，好奇得不得了。

安其滿也道：「這是能救命的東西，叔就不跟你客氣了。」

丁異又拿出兩塊骨頭。「虎、虎骨，叔泡，酒，喝。」

安其滿的眼睛都亮了。「這可是好東西啊！」

剩下的東西都是給雲開的，兩個小的挪到西屋翻騰，形狀奇怪的樹枝、石塊，還有丁異沒見過的果核，一樣樣拿出來給雲開看，兩人笑聲不斷。

「閨女好段日子沒這麼高興了。」安其滿捏著虎骨，心裡挺不是滋味。

梅氏拿著山參，輕聲道：「別管了，孩子們還小，就讓他們這麼玩著吧。」再過幾年，兩人要是處成兄妹，她就操持著給丁異娶媳婦安家；要是想做夫妻，也……行吧。

西屋裡，聽著丁異說話越來越順溜，即將甩掉小磕巴的帽子了，而自己傻妞的名頭還不知道要頂多久，雲開忍不住嘆了口氣。

「怎麼了？」丁異立刻問道。

雲開也不瞞著他，把自己在蘆葦地裡迷路的事說了一遍，在深山老林裡都不會迷路的丁異琢磨不明白迷路是怎麼回事，不過他的關注點不在這裡。「曾應龍，欺負，妳沒？」

雲開。「……」

丁異立刻急了。「他，欺、欺負，妳了？」連他都知道蘆葦地是男人們鬼混的地方，二叔實在太大意了！丁異跳起來就要去揍人。

雲開趕忙拉住他的小胳膊。「沒有，你瞎想什麼呢！」

「妳，騙我！」丁異鼓起腮幫子，雲開那表情，分明就是被欺負了！

雲開沒想到這小子越來越難糊弄，只得道：「他拉了我的手。」

「妳，不會甩，掉？」

「蘆葦地裡石頭多，我一個人邁不過去。」雲開無奈，曾應龍在蘆葦地裡的孟浪，她可不敢完全告訴丁異，否則他肯定會用藥把曾應龍弄成癩蝦蟆。

丁異氣鼓鼓的。「以後，不跟他，玩。」

「好，不跟他玩。」

第二日，丁異把雲開帶到了蘆葦地，雲開看著腳下編號的石頭，驚訝得合不上小嘴。

「這樣，妳就、就不會，迷路，了。」丁異眼裡閃著快活。

這樣再能迷路，她就真的是傻妞了。雲開被他的心意感動了，伸手捧住他的小臉擠成一團。「你怎麼這麼聰明呢！」

被雲開揉捏了一頓的丁異，忽然抬起手捧住她的小臉拉過來，「吧唧」親了一口。

雲開愣住了，兩人就這麼呆愣愣地看著對方，丁異的小臉先紅了，然後眼裡閃出了淚花。怎麼占了自己的便宜，他倒哭了呢？雲開傻了，摸不準他這是怎麼了。

「妳，不，喜歡我。」丁異撇著小嘴，委屈得不行。「妳喜歡，曾，應龍。」

雲開。「……」

「不是這麼回事，是娘說我長大了，不能給別人親。」

「我，不是，別人。」丁異的淚珠子掉下來。「不是，別人。」

雲開著急了，暗罵自己跟一個孩子認真什麼，趕忙給他擦眼淚哄著。「對，你不是別人，可以親。別哭了啊，這裡風大，受寒就麻煩了。」
「我，有藥。」
雲開。「……」
「哇……」丁異越哭聲音越大，像受了天大的委屈，又像被人搶走了心愛的玩具。
雲開手忙腳亂地哄了半天，指天對地地發誓自己不喜歡曾應龍後，這孩子才擦了擦臉，拉著她的手笑了。
真是個孩子！雲開也跟著笑，兩人越笑越大聲，最後乾脆躺在大石頭上看著藍汪汪的天發呆。
丁異忽然發現蘆葦地真是個好地方。
待雲開回到家，見厲氏正拉著爹爹抹淚珠子。「你爹昨晚託夢給我，說他冷著了。」
安其滿轉頭看雲開，雲開搖搖頭，她沒夢到。安其滿偷偷皺眉，覺得爹不給雲開託夢，反而給娘託夢，這事很不靠譜。
「眼看著就要冬至了，兒啊，這頭一年，寒衣紙咱們不能不燒啊。」厲氏繼續抹眼淚。
冬至在這裡又稱亞歲，乃是祭祀祖先的大日子。
雲開嘀咕道：「不是還有兩個月嗎？」
厲氏狠狠瞪了她一眼。「入冬下雪了路上怎麼走？啥也不懂就別瞎嚷嚷！閉嘴，出去，出去，出去！」罵完雲開，她又對著兒子抹淚。「兒啊，你爹說他冷啊……」

安其滿點頭。「這事我跟大哥商量。」

「你大哥天天去城裡做散工，哪有空啊。」厲氏繼續抹眼淚。

安其滿沒有吭聲，明白娘這次來是大哥的意思，心裡有點不痛快。

「你爹冷啊——」厲氏又開始哭。

雲開恨不得一巴掌將這老太太打出去。

就算是被大哥指使的，但安其滿也覺得是該回村裡去看看了，便與其他幾戶商量。曾林和牛二哥兩家忙著生意回不去，託安其滿幫他們燒紙。安其水和曾應夢的爹娘都還在村裡，他們也想回去看看，於是三人決定十日後出發。

聽到安其滿要回去，厲氏趕忙道：「兒啊，你回去問里正咱家的田賣出去了沒有，要是賣出去了，你一定要把錢拿回來。還有把老宅裡娘過冬穿的衣裳帶過來，還有娘那屋炕上的炕桌，那是娘的嫁妝，是上好的酸棗木打的，還有……」

安其滿聽得一頭黑線。「車上沒多大地方，我能帶多少帶多少。」

「有多大地方你就給娘裝多少，別人裝多少你就給娘裝多少！」厲氏見好聲好氣地說不管用，又瞪眼開始罵。

楊氏趕忙趁著安其滿還沒發脾氣前，把自己屋的門鑰匙塞給他。「我那屋裡的衣裳二弟也幫著收拾過來吧，躺櫃裡是我和你大哥的，立櫃裡是大郎小時候的衣裳，還有……」

讓他一個當小叔的到嫂子屋裡去收拾衣裳，真不知道她腦袋裡怎麼想的！安其滿把鑰匙放在桌上，起身就往外走。

安其金這才開口。「二弟要是能找到人幫著進屋收拾，就帶過來吧，孩子們的衣裳也不占什麼地方。到了爹墳上，替我多磕兩個頭，就說……我不孝。」

安其滿滿肚子火地回到自己家裡時，見媳婦正坐在院子裡編草墊子，便問：「開兒呢？」

「她出去割蘆葦，說要給你編個在路上擋風的東西。」梅氏想起蘆葦地裡被丁異刷了漆的石頭，就忍不住地笑。

本來閨女迷路這件事已經沒幾個人提了，可這明晃晃的石頭在蘆葦地裡一放，村裡人跑去看，又把閨女推到了風口浪尖上，為了這事，閨女怕是又要好久不願出門了。

安其滿跑到蘆葦地，見自家姑娘正揮舞著鐮刀割蘆葦，那麼小小的一個人，一把只能抓幾根，邊上卻已經放了大大的一捆，看著就讓他心疼。「別弄了，爹進趟城，這蘆葦讓爹來扛回去。」

雲開笑得十分可愛。「本來就是要爹扛的，我進去再挑點好的就回去。」

安其滿心中的鬱悶一掃而光，笑著扛起蘆葦走了。

雲開揹上她的小背簍，沿著石頭往裡走，有了丁異標記出來的東西南北兩條路，她鑽到哪兒去都不怕出不來。

可她走了十幾步，竟發現有人把編了號的石頭位置弄得亂七八糟。看著丁異的一番心思被人糟蹋了，雲開一陣火大，不用想也知道是誰幹的，除了姚二樹還有誰！指不定這壞小子正躲在什麼地方，看著她傻樂呢。

石頭換了地方，但上邊的方向標記還在，這樣還會迷路？他還真是把自己當傻妞看了！見到傻妞真的進去了，姚二樹幾個壞小子跑到蘆葦地旁邊哈哈大笑。「傻妞出不來了吧，傻妞出不來了吧——」

雲開才懶得理他們，仔細挑選她要的蘆葦。

幾個傻小子喊累了沒了聲音，雲開聽到身後有人過來攪動蘆葦的沙沙聲，便把丁異新配的藥扣在手裡，準備讓他們好看。直到聲音近了，她回頭要撒藥，卻發現是曾應龍來了。

「大姊兒又出不去了？」

看到他笑，雲開就想到上次的事和丁異的淚珠子，不由自主地向後退了一步。曾應龍趕忙伸手拉住她。「小心掉到水裡去！」

雲開板起小臉。「我沒有迷路，也不會掉到水裡去，你放手。」

曾應龍卻更緊地握著她的小手問道：「大姊兒喜歡丁異？」

「喜歡！」雲開毫不猶豫地點頭，她怕丁異傷心，可不怕曾應龍傷心，最好把他的心傷透了，讓他不再注意自己。

曾應龍握得雲開的小手生疼。「大姊兒還小，分不清姊弟跟喜歡有什麼不同，妳不是十四才能訂親嗎？先不要急著說喜歡不喜歡，好不好？」
雲開皺眉。「我分得清。這裡有那麼多好姑娘，應龍哥仔細挑挑，一定能挑個中意的。」
「我挑中了妳。看著妳我就覺得心裡舒坦，想跟妳一起過日子……」曾應龍耳根都紅了。「大姊兒，我……」
「我真的只把你當哥哥看。等我十五、六能成親時，應龍哥就二十歲了，你別為了我耽誤……」
曾應龍信誓旦旦地道：「多少年，我都等著妳。」
「我不要。」
「要，乖，聽話……」
「你放開我。」雲開見他胡攪蠻纏，真生氣了。
此時從她身後的蘆葦叢傳來一陣沙沙聲，丁異飛一樣地衝過來。「放開！」
雲開嚇了一跳，暗道不妙。「應龍哥，你快放手！」
曾應龍剛放開雲開，丁異的小拳頭就到了，曾應龍一把握住他的小胳膊。「我是怕大姊兒掉到水裡，才扶了她一把。」
丁異哪信他的鬼話！他一頭撞在曾應龍身上，小豹子一樣地衝上去。
「丁異，回來！」雲開伸手要抓他，丁異已飛起一腳踹在曾應龍的肚子上，曾應龍狼狽摔倒，丁異又猛撲過去。

這可不行！雲開一咬牙，單腳踩進稀泥裡。「丁異救我！」就這四個字，丁異就停住了動作，轉頭見她摔倒了，立即收了拳頭，衝過來幫她把腳從淤泥裡抽出來。「疼不疼？」

「疼，我的腳好疼也好冷！」雲開緊緊抓住他的胳膊，委屈巴巴的。「咱們回家，好不好？」

見雲開受傷了，曾應龍一陣內疚和心疼，丁異狠狠瞪了他一眼，小小的身板在雲開面前蹲下。「上來。」

雲開老老實實地趴在丁異背上，丁異穩穩地揹起她，走出蘆葦地。

守在外邊的姚二樹見傻妞被人揹出來，也傻眼了。「這是怎麼了？」

「姚二樹，你給我等著！」雲開怒目而視，回頭非把這熊孩子收拾老實了不可。

姚二樹張大嘴巴，追著雲開求情。「別啊，我就是跟妳玩嘛……」

曾應龍一把將姚二樹拉到一邊開始教訓，丁異看了他一眼，繼續揹著雲開往村裡走。

「我沒事了，讓我下來吧。」雲開小聲道，其實她的腳不疼，只是冷得厲害。

丁異還是不吭聲，繼續往前走。雲開怕他哭又怕他鬧脾氣，只好讓他揹著，在村人面前狠狠地刷了一把存在感。

曾應龍知道自己這次惹了禍，趕緊回去找哥哥嫂子商量。他大哥曾應夢不在家，大嫂馬氏先問：「你還幹了什麼？不說實話，嫂子可幫不了你。」

曾應龍低下頭。「上次在蘆葦地裡把她抱出來了，不過我不是欺負她，是因為那裡石頭離得太遠，不抱跳不過去。」

馬氏憋著笑問道：「若蘆葦地裡迷路的是如祥，你會抱嗎？」

曾應龍急了。「嫂子！」

馬氏嘆口氣。「人家才九歲，你也太急了，現在把安家的寶貝閨女嚇著了，你安二叔能饒了你才怪！」

「我不怕二叔打我，我怕……大姊兒以後不理我。」曾應龍慌慌的。

「現在有兩個法子。」馬氏想了想。「第一個，嫂子帶你過去把這事的前因後果說清楚，人家的小姑娘你抱了、親了……」

「我沒親，只是抱她出來。」曾應龍立刻更正，他親了雲開的事如果讓安二叔知道，以後怕是再也不許他進門了。

「好，沒親！嫂子帶著你去賠不是，然後替你求親，有這兩樁事情在，加上你安二叔也挺待見你，打罵一頓後或許這親事就成了。」

曾應龍抬起頭，一臉驚訝。見精明的小叔傻成這樣，馬氏忍不住地笑。「第二個，咱啥也不說，雲開自己也一定不會說，就是過去看看，只當啥事也沒有。」

曾應龍毫不猶豫地開口。「我選第二個。」

「不過這樣，咱就不能乘機提親了。」馬氏提醒小叔。「你不是喜歡她嗎？」

十三歲的曾應龍握著拳頭。「但我不想她不高興，她現在還不……喜歡我，等她喜歡上我，我再去求親。」

「你不怕讓丁異搶了先？」馬氏倒有些詫異了。

曾應龍搖頭。「不怕，大姊兒也不喜歡丁異。我不覺得我比丁異差，我以後好好幹，會越來越好的，等大姊兒點頭後我再去求親。」

這是真把人家姑娘放心裡了，馬氏站起來。「那咱們這就過去。」

梅氏見閨女濕了半截褲腿被丁異扶進來，趕忙放下草墊子站起來。「這是怎麼了？」

「石頭沒踩穩滑了一下，沒事。」雲開解釋道。

梅氏懸著的心這才落下，連忙給她找衣裳換上。「好端端的，怎麼會掉泥裡呢？快到屋裡換件衣裳，丁異去廚房燒點水讓她泡泡腳。」

雲開大眼睛一轉，把鍋扣在姚二樹頭上。「都是姚二樹，把蘆葦地落腳的石頭偷偷換了位置，想讓我迷路出不來，我一緊張，石頭又沒有放穩，所以踩滑了。」

梅氏立刻瞪了眼睛。「娘找他們家理論去！」

雲開沒想到娘也有這麼霸氣的一面，趕忙勸道：「娘別去，等爹回來讓爹去揍他。」

丁異端了水進來放在矮木墩上，雲開剛把小腳放進去，院裡的大黑狗就叫了起來，梅氏起身去外頭開門。

丁異按了按雲開的腳腕。「疼不疼？」

「不疼。」雲開搖頭，聽到院子裡傳來馬氏的說話聲，雲開小聲對丁異說：「方才的事情不要跟任何人說，好不好？」

丁異明顯不願意，雲開趕忙道：「要是他們知道了，萬一把我嫁給曾應龍怎麼辦？」

「不說！」丁異趕忙點頭。

雲開這才鬆了一口氣。「你快起來，他們要進來了。」

丁異剛站起來，馬氏就撩門簾進來了。「大姊兒多用熱水泡一會兒，若是寒氣進到骨頭裡就麻煩了。」

「我今天穿得厚，沒事。」雲開笑道。

馬氏聽梅氏抱怨了姚二樹那個臭小子，又看了看雲開坦然的小臉，就知道雲開根本沒提小叔的茬，便附和道：「是呀，這孩子可得讓他們家管教好了，要不大了還了得。」

馬氏隨意找話題聊了會兒，曾應龍安靜地跟在嫂子旁邊不敢多說話，沒多久，馬氏便帶著小叔告辭了。

等雲開泡好腳，丁異抖開被子把她包住，便一聲不吭地要走了，雲開知道他想幹麼，著急地叫道：「他去找姚二樹打架了，娘快叫住他！」

正在做繡活的梅氏只是喊道：「丁異，別把他打壞了，否則咱們不好交代。」

「好。」

雲開。「……」

晚上，安其滿從城裡回來聽說了這事，跳起來就要找到里正家去，結果還沒出門，里正已帶著姚二樹來賠罪了。原來丁異真的跑去和他打了一場架，姚二樹比丁異大，在村裡打架也算一把好手，但對上丁異卻完全不是對手，被揍得哇哇直叫，村人一問情況，姚二樹只好承認自己幹了壞事，被村人帶去給他里正老爹處置，丁異則默默走了。

里正帶著自家小子離開後沒多久，丁異回來了，手裡還拿著藥。原來他回了藥谷一趟，帶了兩種藥，一種外用泡澡、一種內服的。他俐落地把內服的煎上，外用的泡在開水裡滾過，倒進盆裡讓雲開泡腳。

雲開在自己的屋裡乖乖泡過腳，才問：「還生氣嗎？」

丁異搖頭。

「你的胳膊腿疼不疼？」

丁異又搖頭。

揹著她走了一路，又打了一架、跑了一趟藥谷，怎麼會不痠疼？雲開拍了拍炕。「躺下，我給你按按。」

丁異乖乖地躺下，讓雲開在他痠疼的腿和肩膀上不得章法地按著，就聽她說道：「姚二樹就算了，你別去找曾應龍打架，知道不？」

丁異應了一聲。「打他，沒用，二叔，喜歡他。」

「我爹也喜歡你。」雲開趕忙道，這孩子敏感，她怕他傷心。

「那不一樣。」丁異不傻。

雲開不知道該說什麼，丁異的小手一點點地挪過來，握住她的衣角。「別、別，剩下，我一、一個人，我，不、不想，再、再一個人。」

他這話說得雲開心酸，雲開握住他的小手，第一次仔細思考兩個人的將來。「丁異，等到咱們十六歲的時候，如果你喜歡我我也喜歡你，咱們就成親。如果到時候咱們不互相喜歡，就當兄妹，相互扶持著過一輩子，怎麼樣？」

丁異沒有說話，他抱著雲開的胳膊，把所有的不安和委屈都化成了淚水，不過雲開的父母正在隔壁屋裡做蘆葦畫，他只能咬著唇一聲不出，無聲地流淚。

他這樣哭，看得雲開心疼。直到他哭累了，拉著她的衣角睡了，雲開打了個呵欠，拿被子把他蓋住，也跟著睡了。

這場風波過去後，丁異更黏雲開了，幾乎每天都要從藥谷出來一趟找她。安其滿回盧安村時，乾脆交代丁異來家裡住，他也能安心一些，丁異自然歡喜無比地丟下劉神醫，顛顛地跟在雲開身邊。

第十八章

半個多月後，安其滿終於風塵僕僕地回到富姚村。

去的時候是三個人一輛牛車，回來的時候卻是六輛牛車七個人，里正曾前山兩口子和安五奶奶都跟了過來，還有死皮賴臉的丁二成。其他兩家的親人團聚是歡喜和眼淚，丁二成父子團聚只有棍子和怒罵。

丁二成舉著棍子追打丁異。「好你個沒良心的東西！自己跑過來躲安穩，卻把老子扔在山裡差點沒命，老子這次不把你打老實了，你就不知道誰是你親爹，不知道馬王爺幾隻眼！」

「這丁異不是安其滿家的兒子嗎？怎麼又冒出來一個爹啊？」

「看那漢子的模樣，一點也不像丁異的爹啊！」

「這到底怎麼回事啊？」

村人議論紛紛，嘴癢的楊氏卻被雲開狠狠瞪著，這才想起安其滿警告過他們不要多提丁異的身世，只得忍住了。

丁異被丁二成追著往外跑時，回頭看了看雲開，雲開立刻點頭表示她知道，丁異這才一溜煙跑得沒影，丁二成罵罵咧咧地也追著不見了。

雲開搖晃她爹的衣袖，待安其滿彎腰低頭，才輕聲道：「爹，別讓丁二成在富姚村落戶。」

安其滿愣了愣。「可丁異……」

「這是丁異的意思。」

既然閨女這麼說，安其滿也就點了頭，本來他就因為丁異的關係為難著，不知道該怎麼處理丁二成，現在倒也簡單了。

這時楊氏急吼吼地衝上來。「二弟，我和咱娘的東西呢？」

安其滿指著最前邊的牛車。「這一車是娘和大嫂的，我等會兒送過去。」

楊氏眼睛立刻亮了，待安其滿把牛車趕進他們家院子後，她立刻指揮大郎和如意把上頭的東西卸下來，見到娘的東西比她的多，又不高興了。

安大郎拉著牛韁繩，眼睛亮亮地問：「娘，這牛是咱們的了？」

楊氏理所當然地道：「你二叔走的時候不牽著，當然就是給咱了！」

安其滿回了自己家，坐在炕上暖呼呼地跟閨女和媳婦說回村的事。「南山的惡匪越來越多，朝廷派兵搜了三次也沒抓到幾個，靠山幾個村子裡的人搬走了一大半，連咱五叔上山時也不幸遇害死了……現在村裡能走的都走了，娘和大哥的田沒賣出去，不過田裡的糧食里正叔讓人幫著收了賣了。」

已經這麼亂了嗎？梅氏低聲道：「五嬸可怎麼受得了。」沈默了一陣，又嘆口氣。「丁異剛好點，丁二成怎麼又來了。」

雲開道：「娘別擔心，爹說了不會讓丁二成留在富姚村，丁異也會有辦法應付他爹的。」

丁二成來了後，天天蹲在雲開家門口守著，跟叫花子一樣，到點就敲門要飯，吃飽了就躺在地上睡覺，這大冷的天，愣沒把他凍死。

這日，丁二成正睡覺時，丁異跳牆進來找雲開，提到他想到的辦法。「讓他，去當兵。」

雲開用力點頭。「這個好，當兵有飯吃，管得還嚴。」

丁異終於有了點笑模樣，過了兩天，丁異便透過胡得靖的關係，把丁二成送進軍營製作弩箭，裡頭管吃管住，一個月只能回一天，還有六百文的工錢。雲開越來越佩服丁異了，不僅聰明，事情也安排得很周全，只是她很好奇，他這慢慢的語速，到底是怎麼跟胡得靖溝通的？

解決了他爹的問題，丁異覺得心中一大塊石頭落地了，雲開見不到丁二成，家裡的日子又恢復了往日的寧靜。

下第一場冬雪時，白雨澤到了，與安其滿閒話幾句，便提到鶴舞清風蘆葦畫在外地賣得不錯，要他們加緊時間多做幾幅，以免誤了商機，這也是白雨澤匆匆而來的緣故。

「一個月二十幅，可能做得出來？」白雨澤問道，這已經是最低要求了。

安其滿點頭。「我們能做出三十幅。」

白雨澤立刻放了心。「太好了。」

送走了白雨澤，安其滿去了大哥家一趟，回來後臉色不太好看，梅氏一問才知，安其滿在南山鎮買回來的拉車的牛，被安其金拉出去給賣了。

「爹，不能就這麼算了！」雲開眉毛都豎起來了。

安其滿道：「那頭牛買的時候六貫，我把錢要了回來。」

「那大伯賣了多少錢？」雲開又問。

安其滿搖頭。「這咱們就不管了，還是做畫要緊。」

那頭牛安其金牽去城裡牲口市賣了十二貫錢，安其金這一筆就賺了六貫，便就此投入牲口市，幹起了倒賣牲口的營生，倒也混得不錯。

年關將至時，雲開和丁異去化生寺替娘親燒香出來，卻見到丁二成在路邊與人賭骰子。

雲開擦了擦眼睛，見他還在，就忍不住問道：「你爹不是該在軍營嗎，怎麼會在這兒？」

丁異的臉也難看極了，雲開拉了拉他的衣裳。「莫氣，你爹不願意在裡邊待著就算了，他才三十多歲，又不是七老八十，不用你養著。」

丁二成見到他們倆，大咧咧地招手。「喲，這不是我兒子和兒媳婦嘛，來幹啥？」

幾個賭徒也轉頭打量走過來的雲開和丁異。「丁老二，你這兒子長得可不像你啊。」

「回去問問你老婆，她肯定背著你偷人了！」

「你替人養兒子啦！哈哈哈，快再賭幾把，怨不得你小子今天賭運這麼好呢。」

能跟丁二成在一起的能有什麼好人，嘴上沒有一句人話。丁二成大聲嚷嚷道：「你們這幫沒媳婦沒兒子的就是嫉妒老子，這就是老子的兒子，親兒子！」

莫名地，雲開從他的聲音裡聽出心虛來。

「你連個狗窩都沒有，還有媳婦兒？你媳婦兒在哪兒呢，不會是跟人跑了吧？」又有人起鬨。

丁二成的臉黑了，轉手叫丁異。「老子還沒吃飯呢，給老子買幾個肉火燒去！」

丁異懶得搭理他，直接帶著雲開走了，惹得那群賭棍一陣哄笑，其間還夾雜著丁二成的叫罵聲。

雲開問：「你爹是怎麼出來的，你去問問吧？」

「不用問，也知道。」丁異悶著頭。

「那也得去一趟，你爹能進軍營是你託了神醫的門道吧？現在他這樣跑出來，你可能還得去賠個禮。」雲開勸道。

丁異點了頭，雲開又道：「你爹的脾氣，怕是服不了軍營裡的規矩，還不如幫他找個管得寬鬆的活兒。前山爺爺在城裡的街道司找了個活兒幹，待會兒咱們去問問他，他一定有主意。」

曾前山門路廣，衙門的街道司官職不高，但油水和權力都不算小。

雲開和丁異找到曾前山，曾前山點頭。「管吃管住的髒活還有幾個，你爹幹得了。這事你先別跟他提，咱不能上趕著，等他來找你的時候，你再帶他過來。」

丁異點頭。「謝，爺爺。」

從南山鎮過來的曾前山，看多了那些生生死死，做事越發周詳了，他摸了摸丁異的腦袋道：「我會跟來的幾戶說一聲，讓他們管好自己的嘴，你爹是你爹，你是你，別因為他的事發愁，你就跟著你師父好好學本事，學會了本事後，安排你爹根本就不算個啥。」

丁異用力點頭，解決了他爹的事，丁異的心頭也輕鬆了，又和雲開說說笑笑地回了家。

只不過，隨著丁二成的前來，他們要解決的麻煩還不只這些。

丁二成來了，曾家那邊立刻藉由他得到了劉神醫的下落，曾家知道了，寧家也就知道了，很快地，寧家便有人來到藥谷報號求見神醫。

丁異知道了，一臉不高興，正在教丁異相生相剋之理的劉清遠好奇問道：「這家人惹到你了？」

丁異咬咬唇。「嗯。」

劉清遠卻來了興致。「難得有人讓我的乖徒兒生厭，說一說，怎麼回事？」

丁異不想多說。「看到，就不，喜歡。」

藥童聽了，忍不住翻白眼。

劉清遠忍不住笑了。「能讓吾徒不喜歡的人，一定跟雲開那丫頭有關。讓我想想，這家人是怎麼惹了雲開不喜歡的。」

丁異緊張地抬起頭。

劉清遠見此，哈哈大笑。「雲開跟你說了什麼，讓你攔著不要給他們治病？」

丁異搖頭。「她說，不要，管。」

劉清遠含笑道：「那你要不要管？」

丁異異常堅定。「不想，讓師父，你管。」那家人帶給雲開的苦，何止是一星半點，憑什麼他們有病，師父就得治？

這可是個教徒弟的好機會，劉清遠吩咐藥童。「去問清楚得了什麼病，若非疑難雜症，不治。」

藥童一會兒就回來了。「說是寧適道的夫人，浴佛節時掉落放生池受了寒，月事一直斷斷續續的不爽利。」

醫者眼裡無男女之別，丁異對這些婦人之症也不陌生。「不，不是，疑症。」

「徒兒說得不錯，讓他們回去。」

待藥童走後，劉清遠看著翹起嘴角的徒兒，又猜道：「害得那婦人落水的人是你們倆吧？」

丁異也不否認。「是她，欺、欺負，雲開，自己，不、不小心，掉下去。」

難得徒兒肯在他面前說這麼多話，劉清遠笑了，目光清明地問道：「這寧夫人與雲開早就相識？」

丁巽趕忙搖頭。

劉清遠嘆口氣。「你這樣誰都能看出問題。安家丫頭來此不久，為何會認得寧適道的夫人？想必是來此之前就認得，也就是說寧家夫人與她的身世有關？」

丁巽吃驚地看著師父，他是怎麼猜到的？

「她的父母知道嗎？」

丁巽搖頭。「師父，不要，說。」

果然如此！劉清遠又道：「這個寧夫人與丫頭是什麼關係？」

丁巽先是閉緊嘴巴，想了想又道：「後、後娘。」

劉清遠一想，明白了八、九成，便不再多問，藉機教起徒兒。「欲成大事者，當寵辱不驚，喜怒不形於色，方能讓人摸不著、猜不透你在想什麼。日後面對疑難雜症或無法治癒的病人時，若你稍露難色，若驚兔般的病人當如何想？

「病人知你為難，便會對你失去信心，對你開的藥也不抱希望，這就會讓原本十分的藥效只剩下六、七分了。病由心頭起，醫者當以病人安心為上，方可為良醫。」

丁巽點頭，自己幾個眼神便讓師父猜到了雲開的秘密，他確實是怕了，以後還得多練，防著師父這樣的老狐狸。

「待寧夫人進來後，你當如何？」劉清遠又問。

丁異立刻鼓起小臉。「師父說，不治，的。」

劉清遠哈哈大笑。「他們追到南山鎮，又尋到這裡，豈是為師一句不治便能嚇退的？徒兒，對於這等讓人討厭的病人，多收些診金也無妨，權當彌補咱們這些日子的虧空。」

丁異眼睛轉了轉，用力點頭。

江氏在谷外守了三日，才終於得以在谷口的石屋中見到面色不豫的神醫。

江氏蹲身萬福。「妾身冒昧前來，叨擾神醫了。」

「既知冒昧打擾，為何還要前來？」劉清遠對不討喜的人，從不客氣。

江氏輕輕咬唇。「只因身染沈痾，不得不厚顏前來，還請您老見諒。」

劉清遠皺眉。「囉嗦，把手伸過來。」

江氏伸出蒼白纖細的手腕輕輕放在桌上，身後的婆子立刻把一塊白絹手帕搭在夫人的腕上，跟宮裡的娘娘們一樣講究，劉清遠面色不耐地伸出三指，閉目切脈。丁異認真觀察江氏，見她神色忐忑地看著師父，而師父臉上自始至終，除了不耐並無其他表情。

待師父收了手張開眼睛後，江氏急切問道：「神醫，如何才能治好，我何時才能有孩兒？」

劉清遠皺眉。「妳積病已久，未全治癒之前不可貿然懷孕，否則會損及根本，孩兒也難平安。」

「那要多久？」

「且看藥效！」劉神醫說完，提筆寫了一張方子遞過去。「照方抓藥，三日一帖靜心調理，待經血恢復正常可停。」

江氏趕忙接了方子，細看之後一臉失望。「不敢瞞神醫，青陽城中的劉增榮郎中給妾身開的藥方與此大同小異，妾身用了半年，並不見好，您看？」

劉清遠冷哼一聲。「大同小異？爾可知藥差一錢便大有不同？若是不信老夫，妳來此做甚？」

一連三問驚得江氏趕忙起身賠罪，乖乖把診金放在桌上。

待她要離去時，劉清遠才道：「妳的病一半因心有累積而起，若心事不除，病症難消。」

江氏聽了竟流下清淚。「神醫，妾身實在……」

劉清遠不耐地抬手。「老夫是郎中，不審官司不解惑，速去！切莫向他人洩漏老夫的行蹤。」

江氏走後，劉清遠對丁異道：「可看明白了？」

丁異點頭。「師父不是，不形，色，而是，不變。」

「你這斷字之法，也就為師能明白。」劉清遠嘆口氣，才接著道：「對待不喜歡的人，當然可以有脾氣，只要讓他們猜不到你在想什麼就好。」

說完，劉清遠抬步就往外走，丁異看了一眼桌上的幾張銀票，跟在後頭問道：「師父，她的，是心、心病？」

「醫者，無論病人是誰、與你有何恩怨，你可以不治，但不能說謊或任意用藥，此乃關乎醫者信譽名聲的大忌，可明白？」

若是讓人懷疑郎中的本性，那這個郎中便無了立足之地，丁異點頭。

「寧夫人思慮過重，生性多疑，心病不除，體疾難癒。」劉清遠嘆口氣。「小病從口入，大病心頭起，世人無知罷了。這病若是放在心胸開闊的人身上，用劉增榮的藥早該好了。所以為師加重了能促其安睡的兩味藥，讓其休心養體。不過若她自己看不開，也是枉然。」

她那樣小肚雞腸的，怎麼可能看得開？丁異翹起嘴角。

待師父回頭時，他趕忙把嘴角拉下來，劉清遠見他這樣，也忍不住帶了笑。「想不想喝山菌雞湯？跟為師去殺雞。」

第二日，雲開聽到丁異轉述神醫的話後，也笑了。「聽說寧適道的小妾懷孕好幾個月了，江氏嫁進寧家這麼多年，只生了一個女兒，難怪她心中有火。」

兒子，是女人立身之本。

「知道了自己的病因，她要麼放下心結不再理會那個小妾安心養病，要麼把小妾和孩子收拾了再安心養病，但看她怎麼選擇了。」

「第，二個。」丁異很篤定，江氏心狠手辣，危急時扔丫鬟出去保己脫身，害個未出生的嬰兒她完全做得出來。

雲開也點頭，她也是這麼認為。「所以這段時間，不管寧家做什麼，咱們都要離得遠遠的，不要被牽扯進去，替她背鍋。」

雲開不想背鍋，江氏卻不肯放過她。

半個月後的某日，寧家的婆子突然上門送請帖給雲開和梅氏，言道是夫人聽說安家搬到了這裡，想藉著生辰宴的機會，邀請她們母女過府喝茶。

安其滿立刻反對。「我媳婦兒懷著身孕，閨女也是沒見過世面的丫頭，去了怕衝撞夫人。」

「屆時若是尊夫人不能來，請安姑娘一人來也可。」婆子回道。「除了姑娘，我家夫人還邀請了丁小郎中，因為夫人最近身子好多了，想跟神醫道謝又怕神醫怪罪，這才請二位過府，想著跟你們道謝也是一樣的。」

「真沒見過這麼大架子的，怕叨擾神醫就默默地變好就是了，讓我們跑一趟做什麼？」雲開一臉不高興，這理由找的，讓人覺得好笑。「寧家與我八字不合，再也不相登寧家大門！」

婆子見實在請不動雲開，只得恨恨地走了，回府稟告夫人去。

江氏聽說後，皺起眉頭，叫不來雲開和丁巽，她的計謀只能另打算了，該找誰代替呢？江氏腦袋轉了一圈，選定了曾八斗。

剛從南山鎮搬過來沒幾日，正在規整家當的曾夫人接到寧府的帖子，開心極了。

曾家在南山鎮是數一數二的大戶，但這裡是青陽，莫說知縣、縣尉、廂軍指揮使等這些文武官員；寧家、江家、許家這些書香門第，便是在日升記白家、船舶行趙家、筆墨行鄧家等大商家面前，他們曾家也要退讓一步，處於二流。

因為曾家在這些人面前，只是從鎮裡來的、有點田產的小地主而已。如今南山鎮不安穩，農人奔走田地荒蕪，他們家的根基受到重創，若想安穩度日飛黃騰達，必要在青陽商界占據一席之地。

幸虧曾老爺高瞻遠矚，這十幾年一直努力在青陽開商鋪做生意，所以曾家到此也不算是從頭開始，但亦在起步階段。曾春富忙著生意上的人情來往，曾夫人作為曾家女主人，便要設法打入青陽貴婦的圈子，搞好與各府夫人之間的關係，以便提升曾家的地位，並在必要的時候為丈夫提供支援。

正當她尋路無門時，江氏請她出席寧府的生辰宴一同聽戲的帖子便顯得彌足珍貴。

富姚村內，得知曾八斗會隨母前往寧家聽戲的雲開，與曾八斗打了個賭。「如果你能在寧家聽戲時，從頭坐到尾一下也不離凳子，下次我和丁巽就跟你一起去餘音社聽戲，怎麼樣？」

曾八斗最近迷上了聽戲，想拉著他們倆去聽他最喜歡的角兒不止一、兩次了，雲開這麼說，這廝立刻眼睛大亮。「好！你們給小爺等著！」

「茅廁也不能去喔！」雲開得意洋洋地道：「才不信你能坐得住呢。」

「少爺我說能就能！」曾八斗最愛跟人打賭了，而且逢賭必贏。「少爺我一口飯不吃、一口水不喝，也要釘在凳子上！」

待到曾八斗走了，丁異詫異地看著雲開。

雲開翹起嘴角。「總不能讓江氏的計劃進行得太順利，是不是？」

丁異眼睛亮啊亮地閃了閃，忽然有點想去看熱鬧了。

十日後，江氏生辰當日後晌，曾八斗騎著馬來到富姚村，得意洋洋地跟雲開炫耀他的馬術，雲開誇了他幾句，才問道：「早上的戲好聽嗎？」

曾八斗的臉皺成了包子。「一齣戲都沒聽完就出事了，掃興。」

雲開又問：「出了什麼事？」

曾八斗道了聲晦氣。「知縣家二少爺的狗驚著了寧山長一個懷著身子的姨娘，孩子落了，聽說是個成了形的男嬰，寧山長那臉別提多難看了……」

雲開默默聽著曾八斗講在寧家發生的事，發現寧若素和江氏幾次引誘曾八斗去跟小狗玩，可見她沒有猜錯，江氏真的選了曾八斗背鍋，只不過曾八斗今日特別耐得住性子，始終不離開自己的凳子，這口鍋最後扣在了樓知縣家的公子頭上，也不知此事曾夫人發現沒有？

曾八斗說完，跳著罵了幾句，又弄斷一大片蘆葦後就騎馬跑了。雲開看著他的背影翹起嘴角，這曾八斗就是個沒被管教好的熊孩子，本性並不算壞，只是丁異與曾家的關係實在尷尬，她也不希望曾八斗老在自己面前晃悠，免得哪天曾夫人又找她和丁異的麻煩。

雲開想著江氏做掉寧適道小妾的孩子的手段，猜到其中的玄機，沒多久，丁異來了，她連忙問他：「丁異，你有沒有什麼藥是會讓狗兒聞了發狂的？」

丁異知道雲開在想什麼。「我回去，問師父。」

「想辦法弄一點。」雲開又道：「我估計過幾天寧適道會到藥谷求藥，不管神醫見不見他，只要他去了，你想辦法給我送個信兒，咱們得讓他知道這種藥的存在。」

此時青陽城曾家，曾夫人也正咬牙切齒地罵著。「我就說寧家怎麼會這麼好心，早早地送帖子過來請我過府看戲，還點名讓八斗跟著去。我初時還傻傻地以為寧夫人回心轉意，發現了八斗的好呢！沒想到她竟是動了這樣的陰狠心思！」

曾春富皺眉。「事關重大，不可亂講。」

「什麼叫亂講！」曾夫人瞪大腫泡眼。「你是沒見她待我和八斗的嘴臉，當著眾人落我的面子！可當八斗老實坐在凳子上看戲後，寧家母女反而幾次慫恿他去花園裡玩！老爺您想，以咱們兒子的性子，若是他真去了，追著狗兒跑的會是誰，衝撞了寧家姨娘的又是誰，這件事會如何收場？」

曾春富眉頭皺緊。

「咱家可不比知縣大人，要是八斗惹了這麻煩，寧山長可不會忍下這口氣不怪罪八斗，您想八斗與寧若素的婚事還有可能嗎？」當知道柳姨娘出事的時候，同為內宅當家主婦的曾夫人就知道這是江氏動的手腳。

曾春富還是不信。「寧夫人便有此心，也不會刻意牽連知縣大人家的公子，此舉得不償失。」

「小妾肚子裡的孩子沒了，得的是她失的是寧山長，知縣大人那邊也自有寧山長去交涉，她損失什麼！江氏就一個女兒，小妾懷孕了她能不慌？為了今日之事，她定籌謀許久，只等著我兒落入圈套，不想我兒卻一反常態地安坐在椅子上聽戲，她只能另選他人，在場有樓家公子、寧夫人的親外甥、趙家的嫡子，老爺覺得她該選哪個？咱兒子是不是最好的人選！」曾夫人氣得全身發抖，他們在南山鎮時，哪個敢這麼算計她！虧她還幫江氏引薦神醫，虧老爺還給寧家送銀子！

曾春富也覺得不解。「今日八斗為何會坐在椅子上老實聽戲？」

「他說與人打賭，聽戲時屁股不能離開凳子，否則就算輸了。」

「何人？」

「……是盧安村那個安家的傻妞。」曾夫人沒提朵氏那個磕巴兒子，她和丈夫的關係剛緩和些，不想再多生事端。

曾春富摸著小鬍子。「聽曾安說盧安村的安老二一家避到了青陽，八斗要去跟他們玩妳也別攔著，安老二跟白家的少東白雨澤走得挺近乎，怕是也有些機緣。」

「就你兒子那倔脾氣，妾身便是想攔也攔不住啊！」曾夫人很無奈，真不曉得那傻妞和小磕巴有什麼好，兒子這麼多人不一起玩，偏就愛跟他倆混到一處，怎麼打罵都不聽。

曾春富笑道：「兒子也大了，喜歡個丫頭也正常，大不了過兩年給他納進來就是。」

「兩個兒子的親事都沒著落呢，老爺卻琢磨著給他們納妾了，這不是本末倒置嗎！」曾夫人臉黑下來，不禁想起還拖累著大兒子的寧家。「我看寧家那態度，還不如早點把九思的親事退了吧？」

「九思以後要走科舉入仕，身上絕不能有污點。這親事要麼是寧家開口退，要麼是拖夠三年咱們提出要退，現在退親對九思的名聲有礙。」曾春富比妻子看得遠。「再說馬上年底了，說是三年，也不過緩個一年多罷了。」

大兒子被寧家的傻妞拖累著，寧家不覺得慚愧，反而還算計自己的二兒子！曾夫人嚥不下這口氣。「老爺，你可知神醫也搬到青陽城外不遠的山谷住了？」

曾春富點頭，傻妞和丁異秤不離砣，丁異來了，表示他師父也在。

「老爺覺得，若是寧山長今日請神醫進府施救，能不能保住孩子？」曾夫人又問道。

曾春富不敢肯定。「這……縱使是神醫，怕也沒把握。」

「總有一線生機，是不是？」曾夫人低聲道：「就在前幾天，寧夫人跑到藥谷外求神醫看診了呢。你說，柳氏小產之前，寧夫人有沒有跟寧山長提過她去看診之事？」

曾春富眼睛一轉。「妳想以此要脅江氏，讓她同意八斗的親事？」

「她們母女合夥算計八斗，妾身絕不會再要這樣的兒媳婦，省得日後兒子再被她們合夥算計，妾身是想以此給她添點堵！」曾夫人氣哼哼道。

「可九思還跟著寧山長讀書，此事……」曾春富有些猶豫，怕影響到大兒子。

「老爺覺得，寧山長是會因家事遷怒的人嗎？」曾夫人反問道。

理應不會！曾春富眯起眼睛，心想確實是該給江氏一個教訓，他的二小子是憨厚，但也不是他人想算計就能算計的！

寧家內宅，剛處理完小妾小產之事，又得知一個令他不悅的消息，黑著臉的寧適道進了臥房，喝退丫鬟婆子後，問江氏。「妳前幾日去找劉神醫把過脈？」

江氏微微點頭。「是，妾身聽聞……」

「啪！」寧適道抬手就是一個耳光，狠狠地將江氏打倒在地上。「毒婦！」

江氏捂著火辣辣的臉，驚恐地望著自己的丈夫！

「妳既知劉清遠人在青陽城外，半個時辰便可請來，為何柳氏摔倒後提都不提一句？」

寧適道想到自己失去的兒子，心似油煎火燒。

江氏慢慢起身，規規矩矩地跪在寧適道身前，解釋道：「妾身久病不見好，偶然從曾夫人處得知劉神醫搬來青陽後，便出府求醫。妾身在谷外足足等了三天，才得神醫診病。柳氏危難時妾身也曾想到劉神醫，可他老人家不會肯出谷看診的，以柳氏當時的情況，也無法把她抬過去。妾身考慮再三才未提起，還請老爺恕罪。」

看著跪在地上的嬌小婦人，想著方才自己一怒之下破了動口不動手的君子行徑，寧適道深深地吸了一口氣，伸手把她扶起來。「為夫方才怒極，還請夫人見諒。」

江氏低垂眉眼。「是妾身行為有失，不怪老爺生氣。」

「妳說得雖有道理，但為夫聽聞劉神醫在南山鎮時，藥谷外有一民婦差點小產，那家漢子就是請得神醫出谷，才保住了孩子的命。妳怎知為夫的面子還不及一個農夫大？」寧適道說著，又來了氣，方才揍人的感覺實在太好，他又要忍不住了。

江氏暗暗咬牙，知道這是曾家夫妻倆給她挖的坑。「此事妾身也有所耳聞，那農婦乃是安雲開之母。」

原來如此！寧適道暗暗埋怨曾春富連話也說不清楚。出了後宅，寧適道在書房內將事情前後想了想，還是決定去一趟藥谷求見神醫。

第一日，寧適道在馬背上凍了個透心涼，在藥谷外等了一天，沒見到神醫。

第二日，他坐馬車前來，在藥谷外抱著手爐看了一天書，還是沒見到神醫。

第三日，他乾脆取了筆墨，在馬車內寫詩作畫，這次感覺時間過得挺快，只是神醫仍不相見。

寧適道也只得歇了心思返回縣城，沒想到還未離山，馬兒突然受驚，在坑窪不平的山路上狂奔，車夫怎麼拉也拉不住，馬車內的寧適道被顛得七葷八素，狼狽不已。

待馬兒終於停住時，車夫和書僮打開車簾，見到被潑了一身墨、披頭散髮的老爺時，險險沒笑出聲。

這時，旁邊山坡上傳來稚嫩的童聲。「咦，來的怎麼不是狗，而是馬呢？」

「藥，有，問題？」

寧適道抬頭見是雲開和丁異，便下了馬車。「你們方才說什麼，該來的是狗？」

雲開假裝沒認出寧適道，歪著小腦袋非常不好意思地吐吐舌頭。「我們在試新配的藥有沒有效，不想卻引來了先生的馬，您沒受傷吧？」

一身狼狽的寧適道溫和從容地搖頭，似乎他身上沒有潑墨，而是本來就有這一身不染世俗的墨色。「新藥？」

「是啊，是專門吸引狗過來的藥，卻不知怎麼回事，這次引來的不是狗……」

寧適道忽略這話帶給他的彆扭，繼續問道：「世間真有這種藥？」

「當然有！」丁異驕傲地抬起頭，舉起一個瓷瓶。「我師父，配的。」

寧適道忽然心頭一動。「可否把藥給寧某聞一聞？」

丁異見雲開點頭，才把藥瓶子遞過去，寧適道打開聞了聞，無色無味的，覺得這兩個孩子在說笑，便又倒了不少在他們用作誘餌的肉上。「許是你們倒得少了。」

不消片刻便聽見狗吠聲由遠及近，真的引來兩隻狗撕咬肉塊。

沒想到真的有用！寧適道相見劉神醫之心更迫切了，他溫和關心著這兩個小兒。「此藥凶險，你們不可亂用。」

「我們只會用來嚇唬欺負我倆的人，把這藥粉撒些許在人身上，狗兒就會撲向那個人，這其他動物聞不到，很適合嚇人呢。」雲開捂著小嘴壞笑。

寧適道點頭。「此藥可否送在下一些？」

丁異搖頭，雲開解釋道：「神醫吩咐過，未經他的許可，藥不能給人。您如果真的需要這種藥，去城裡的藥鋪買更為穩妥。」

「城裡的藥鋪就有賣？」寧適道藏住內心的驚訝。

雲開故作不確定地問丁異。「有吧？」

丁異點頭。「劉增榮，有。」

劉增榮曾跟在神醫劉清遠身邊幾年，會配此藥倒也不奇怪。想到最近曾出入自己府邸幾次的劉郎中，寧適道的眉頭微微鎖起，隨即告辭離去。

雲開微微翹起嘴角，雖然這一切只是她就曾八斗描述的情形而有的推測，但只要在寧適道心裡埋下懷疑的種子，他就會去查，不管查出來的結果是什麼，對她都沒有壞處。「走，咱們吃烤栗子去！」

丁異在山裡收了不少毛栗子，這東西烤著吃最香了。

親自去找過劉增榮的寧適道回到家後，靜靜地立在江氏面前。

江氏見老爺臉色不對，讓女兒先退下，才輕輕走過去。「妾身準備了薑湯，老爺用一些吧？」

寧適道任由江氏為他更衣，喝了一碗薑湯才出聲道：「將劉氏發賣出去。」

劉氏是府裡的三姨娘，同樣是江氏的眼中釘、肉中刺，江氏心中暗喜，面上卻是十足的驚訝。「劉姨娘伺候老爺一向盡心盡力，老爺為何……」

「讓妳賣妳就賣！」寧適道怒不可遏。

江氏立刻點頭。「是。」

寧適道深吸了幾口氣，抬手摸著她被自己打了一巴掌的臉，輕聲道：「委屈妳了。」

江氏面上絲毫沒有委屈和怨懟，用臉頰輕輕貼著丈夫的手，低低地道：「妾身只恐伺候不好老爺，讓您受了委屈。」

第二日一早，江氏恭送寧適道出門後，便讓人牙子把哭鬧喊冤的狐狸精劉氏帶走了，坐在房內喝著補藥的江氏得意極了，柳氏肚子裡的孩子沒了，劉氏也要被趕出府，她這一石二鳥之計成了！

可還沒樂夠一個時辰，寧老夫人的心腹常婆子便領了兩個如花似玉的大丫鬟進來。「夫人身子不爽利，柳姨娘在坐小月子，劉氏又被發賣了，老夫人讓老奴送春華、秋實過來伺候老爺。」

當滿臉羞怯的兩個大丫鬟跪在江氏面前磕頭敬茶時，江氏差點沒一口氣背過去。

另一邊曾家的曾夫人聽說寧家的情形後，痛快地多吃了一碗飯。「趕走一個又來兩個，我倒要看看她以後是哭還是笑！連自己的男人都籠不住，就會裝腔作勢！」

曾八斗抽抽嘴角。「爹也不聽您的啊！」

曾夫人臉一沈。「你給我滾去讀書！」

曾八斗顛顛地滾到富姚村，雲開得到寧家的消息後忍不住皺眉，暗罵寧適道無能，竟抓了個小卒子就當主謀辦！

大年三十早起去城裡買燒紙的安其滿，回來跟媳婦兒和閨女講。「丁異在城裡給他爹買了個小院，父子倆正在雜貨鋪裡挑家當。」

這事雲開聽丁異說過。「丁異他爹在城南的牛馬市幹活，本來住在馬廄邊的空屋裡，他嫌那裡曬不著太陽太冷，便讓丁異給他在城南買個小院子。」

「住在城裡也好，只要他別到處惹事，對丁異來說就是福氣。」梅氏不想大過年的還說丁二成這樣給人添堵的人，便問丈夫。「娘有沒說今年的年夜飯怎麼吃？」

年夜飯又叫團年飯，雖然哥仨分家了，但母親仍在世，論理是要全家人一起吃的。安其滿果然道：「娘說一起吃。」

梅氏點頭。「把咱們準備的雞和魚帶過去？」

安其滿露出笑容。「這些都聽妳的。」

梅氏又道：「給神醫準備的年貨，你先送過去吧。」

梅氏給劉神醫準備的年貨比給厲氏的多不少，安其滿二話不說，都裝在背簍裡出了門。

第二日便是大年初一，丁異早早從藥谷出來，先到二叔家拜了年，又到城裡去看他爹，哪知卻撞了鎖。丁異轉身要回去，在一個小巷子裡與一輛停在鄧府門前的馬車擦身而過，正巧車簾撩起，丁異與裡邊坐著的衣著華貴的小婦人看了個臉對臉，這小婦人見了丁異，立時花容失色。

丁異也認出了這正是他曾在路邊小村救出的年輕婦人，但他神色未變，繼續往前走去找吃的。

見丁異走了，那小婦人驚如戰鼓的心跳才漸漸平復，低聲吩咐身邊的婆子道：「偷偷跟著方才那個孩子，把他的情況打聽清楚。」

丁異回到雲開家時，雲開正在院裡逗著大黑狗玩草繩球，見丁異回來，便拉他在自己身邊坐下，把黑狗叼回來的球遞給他。丁異接過，順手扔出去，看著大黑跳起來叼住，又晃著尾巴跑回來。

球越扔越遠，大黑接球的動作越來越搞笑，雲開在旁邊清脆地笑著，丁異臉上也有了笑容，又使勁把球扔出去。

過年是一家人最悠閒的時候。不過破五（注）男人不能摸鋤頭，女人不能摸針線，所有人都閒著，走親戚、吃好吃的、聊天、耍紙牌，等到破了五，眾人便要忙活起來了。

安其滿要忙的就是和媳婦兒、閨女商量好的，開個蘆葦畫作坊的事。待到過些日子梅氏生了孩子，家裡就更需要人手，再靠自己做蘆葦畫就不成了，安其滿便想開個作坊，梅氏和雲開當然贊同。

「蘆葦地北邊不遠、村子東南角的那兩個院子好，中間的院牆打通後一共是七間正房，東西各兩間廂房，做工、住人、做飯、放蘆葦、放畫，都有地方。」安其滿選了作坊的房子。

梅氏也覺得好。「村邊上清靜，取蘆葦也方便。」

「現在家裡這些蘆葦是不夠用的，我跑了附近幾個村的篾匠家買了一些，也尋到了幾處蘆葦地，應該能撐到今年秋收。」安其滿躊躇滿志。「做蘆葦畫的夥計，我想買幾個八到十一、二歲心靈手巧的孩子回來。」

買人？梅氏和雲開都驚訝了。

安其滿點頭。「白少爺說買人雖然得花幾個錢，但用著穩當，也不怕手藝傳出去。咱們這買賣賠不了，先買六個，妳們覺得怎麼樣？」

安其滿的目光落在雲開身上，遇事跟雲開商量，已經成了他的習慣。

注：正月初五。

雲開點頭。「爹莫買些奸猾的回來就好。」

安其滿也考慮到這一點。「白少爺給我介紹了兩個靠譜的人牙子，過幾天開兒跟爹一起去仔細挑挑。」

「我也去？」雲開沒想到爹爹會讓她也跟著去。

安其滿笑了。「爹想買個丫鬟或婆子回來伺候妳娘坐月子，以後也能幫著帶孩子，這樣妳們娘兒倆都能輕省些。」

梅氏呆呆地看著丈夫，安其滿拉了她的手，低聲道：「家裡不缺錢了，讓妳們娘兒倆過上好日子。」

梅氏想著她坐月子不能把擔子都壓在閨女肩上，就點了頭。「要個生養過的婆子吧，小丫頭來了也幫不上什麼忙。」

待安其滿買下作坊收拾好後，雲開跟著他到了牙行，看著人牙子領著衣著破舊、神情慌亂的孩子們進來時，雲開心裡不能平靜。

她小時候在孤兒院時，每次有愛心家庭來領養孩子挑人時，她抬頭看那些人的眼神就跟這些孩子的眼神一樣：期待換個更好的地方生活又害怕去適應完全陌生的環境。但因為她有腿疾，一次次的失望後再見有人來，也只剩下麻木。

以此類推，被人牙子領進來的這些人裡，一臉麻木的估摸是被挑過無數次的了，也有可能是因為見他們父女衣著普通，知道被買回去了過不上好日子，便故意做出這個樣子，不想讓他們選中。因為這些人被他們帶走了就是家裡的奴僕，命就要由主子拿捏著，主子發達他們便發達，主子落魄他們便只有再被賣的命。

因旁邊有白家的管事白其豐跟著，牙行的人牙子待雲開父女很熱情周到。「這些都是按著老爺的吩咐挑出來的，身上都沒毛病，啥活兒都能幹，您帶回去後要是有那不聽話鬧事的，小人去領回來，再退您雙倍的錢。」

這真是把人當牲口一樣了，雲開轉頭見爹爹有些僵硬的神色，便知他也有些不忍，不過兩人不能都不說話，於是開口問道：「這位大哥，您這裡合適的人，就這幾個嗎？」

人牙子搖頭。「這幾個是最好的，還有幾個也成，都帶過來給您瞧瞧？」

又帶了一批人進來後，安其滿才道：「你們一個挨一個地說說今年多大了、都是哪兒的人、為啥被賣的、以後有啥想法吧。」

這些孩子一個挨一個地說，大都是因為災年時死了父母被親叔伯賣出來的，也有因為家裡窮被親生父母或爺爺奶奶作主賣的，還有因為太能吃所以被賣的。

雲開看著眼前一個乾瘦的叫山子的男孩，聽他喃喃說了一句。「我現在已經能吃很少也不餓了，不會吃太多。」

「我叫石落輝，今年十歲，我爹死了，我娘要改嫁，所以把我賣了。」又一個男孩頭也不抬地道。

雲開忽然開口。「你抬起頭來。」

這孩子抬起頭，雙目無光，臉倒是還算白淨，五官也長得齊整。雲開仔細端詳，竟認出這是她和丁巽上次在青陽的小巷口，看到的那個丁巽說穿著他娘做的衣裳的孩子！

應該不會吧，丁巽說他娘對這孩子挺好的。

「賣你的是你的親娘嗎？」雲開又問道。

孩子搖頭。「不是。」

「你娘叫什麼名字？」

「我娘不會說話，我也不知道。」這孩子聲音裡，有了那麼一絲憤怒。

看來就是那個孩子了，朵氏不知道從哪裡找來個孩子，養了些日子又把孩子賣了。也是，朵氏連對自己的親生兒子都沒有什麼感情，對賣別人的孩子想必也不會覺得難受。

待他們都說完，安其滿接著道：「我家在村裡，要開個作坊招人去幹活，活兒不算累，就是花的功夫長了些，得能耐得住性子，脾氣急的、沒耐性的，去了也會被送回來。你們去了後能吃飽穿暖，還能學點手藝，有覺得合適想跟我回去的嗎？」

白其豐厲聲補充道：「咱找的是手藝人，簽的是死契，你們也看得出來主家是老實厚道人，沒那些骯髒手段，也不會閒著沒事搓磨你們，想老老實實過日子、學手藝的便站出來，如果只想跟主子吃香喝辣的人，便老實站著別動。」

他這氣勢可比那憨厚東家足多了，這些孩子你看看我、我看看你，除了四個，剩下的都往前走了一步，石落輝和山子也在其中。

安其滿先問白其豐。「白管事，您覺得哪幾個好一些？」

白其豐也不客氣，讓幾個眼神輕浮、站著都動手動腳不老實的退回去，雲開也剔除了兩個看起來太埋汰，不像是能幹手藝活的，剩下的八個由爹爹作主。

安其滿又認真地問了問，選了最中意的六個，趕巧了是三男三女，石落輝和山子都在其中。雲開看了石落輝幾眼，沒有反對，畢竟這個孩子在這些人裡真算是出挑的，而且他模樣生得不錯，雲開也怕他再留下去會被什麼心術不正的人挑了去。

挑好作坊裡的人，便輪到挑婆子了。

畢竟是放在家裡的人，安其滿和雲開挑得更為精細，最終選定了一對母女，母親三十有餘，女兒比雲開小一歲，因家裡死了丈夫，又沒有兒子撐腰，被婆婆賣了換錢給小兒子娶媳婦。

這八個人才用去不到五十貫，最貴的一個果然是石落輝。

待簽下契書、按了手印後，人牙子虎著臉嚇唬道：「你們的樣貌都是在爺這裡留了底子的，這位老爺可是廂軍老爺的親戚，若是你們哪個敢跑，被軍爺捉回來剝皮抽筋，可別怪爺沒跟你們說明白！」

白其豐也恩威並重訓了幾句後，安其滿便用牛車把這些人都拉回村。

見他帶回來這麼多人，富姚村都跟著震動了。村裡過得好的人家裡也只有一、兩個婆子或長工，安其滿竟一口氣買回來八個，八個！

我了個老天爺，他到底有多厚的家底？

安其滿把人帶回家給媳婦兒看過後，便把叫祥嫂的和她閨女秋丫留在家裡，剩下的三男三女安置在收拾好的作坊裡。

扶著大肚子的楊氏看明白了其中一個婆子和閨女是買回來伺候梅氏和傻妞的後，嫉妒得眼紅！立馬給婆婆吹耳邊風。「娘啊，八個人啊！他們都留下了，一個也沒給您派過來，這是沒把您放在眼裡啊！」

厲氏眼皮一翻。「要老二送人過來，你們兩口子的臉往哪兒放？」爹娘的養老都是歸老大的，若是二兒子送人過來伺候老娘，那才叫打臉。

「我倆沒事啊，只要娘過得舒坦，臉算啥！」楊氏沒皮沒臉地道。

厲氏張嘴便罵。「別以為老娘不知道，要人過來是伺候我還是伺候妳？妳的算盤打得叮噹響，還想把老娘當棍子使？想要婆子長工自己買去！沒錢沒能耐就別在這兒丟人，妳不嫌寒磣，老娘還嫌寒磣呢！」

厲氏現在不如在盧安村時有底氣，可罵人的功夫一點也沒落下，這一口氣就罵到安其滿進門才停。

安其滿跟老娘商量道：「作坊添了幾個幹活的人手，開兒她娘的肚子越來越大了，您到時候要照看大嫂脫不開身，開兒她娘又沒親娘顧著，所以兒便留了人在家幫手，娘這裡要是忙不過來，就讓她過來幫幾天工？」

厲氏心裡立刻舒坦了。「那好，你大嫂身子重不方便，我的胳膊用不上勁，家裡有些大件衣裳，你妹妹一個人洗不完，拿去讓她給洗了。」

安其滿點頭。「娘讓二妹把衣裳收拾了抱過去，讓祥嫂抽空給您洗了。」

「別啊，讓她過來洗多方便！」楊氏喊道，人過去了，她還怎麼使喚！

「妳給老娘閉嘴！」厲氏罵住這個懶婆娘，待安其滿回去了，才罵楊氏。「弄個人過來得吃飯，還得給工錢，這錢誰出？」

楊氏立刻不吭聲了。

安其滿出了東院，直接跑到作坊裡安排那群大孩子的飯，待他們吃飽後又給他們安排好住的地方讓他們歇著，才回家吃飯。

進門見院子裡放著一人多高的一堆衣裳，一看便知道不只是娘的，大嫂、大哥和兩個孩子的也被抱了過來。他皺皺眉沒有說話，回了裡屋。

梅氏正在炕上收拾衣裳。「開兒去年的衣裳給秋丫穿正好，那孩子看著也怪可憐的。」

安其滿點頭。「院子裡那些衣裳，除了娘的都不急著洗。」

梅氏翹起嘴角。「我曉得。家裡的事你不必操心，作坊的事便夠你忙的。」

安其滿疲憊地嘆口氣。「帶了這些人回來，我心裡怎麼沈甸甸的，跟壓了塊石頭一樣。看到這麼多人，不是想著怎麼讓他們幹活，反而是怕他們受涼、吃不飽飯，怕作坊幹不好，還得讓他們走……事情千頭萬緒的，一時還不知道從哪兒下手了。」

雲開笑道：「趕上爹這樣善心的東家，是他們的福氣。爹覺得心裡沈是因為肩膀上的責任重了，咱們不如把明天該做的事一件件列出來，弄出個前後順序，也就知道該幹啥了。」

「這個主意好！」安其滿立刻點頭，到雲開屋裡拿了筆回來趴在炕桌上，把自己要做的事一樣樣地列出來，竟寫了五、六張紙——當然這也有字寫得太大的緣故。

梅氏看著這麼多張紙，也為丈夫發愁，雲開卻笑道：「爹把明天不做就來不及的緊急事挑出來。」

安其滿拿筆圈出來四件事，驚訝道：「比我想的少許多。」

雲開笑了。「爹覺得做完這四件事，還有沒有功夫做別的？」

「有啊，這些半天都用不了！」安其滿又提起筆加上了四件。「明天把這八件事弄清楚了，剩下的後天再說……嗯，這麼一寫，我心裡就清楚多了。」他摸了摸雲開的小臉。「還是我閨女的腦袋好使！」

雲開暗笑，這可不是她的腦袋好使，而是在學校時老師講過的時間管理法之一，她就是照著這樣的方法安排自己每天的時間的。

梅氏見閨女臉上被她爹蹭了墨汁還傻笑著，也忍不住笑了。

安其滿嘿嘿地笑，又拉著雲開把接下來幾天要做的事都捋了捋，然後講道：「妳娘生之前，先讓祥嫂去作坊裡收拾雜活幫忙做飯，妳覺得怎麼樣？那邊的孩子最小的十歲、最大的十三，怪讓人不放心的。」

「可以，娘身邊有女兒在，完全忙得過來。」雲開點頭。「而且還有秋丫幫著呢。」

商量完後扒了幾口飯，安其滿便去作坊睡覺，在作坊步上正軌之前，他要白日黑夜地在那邊守著。

家裡，雲開和娘親睡東屋，祥嫂和秋丫被安排在雲開的屋裡，燒水把自己和閨女洗乾淨的祥嫂，抱著孩子睡在乾淨暖和的被窩裡，忍不住掉了眼淚。

能不跟閨女分開，還碰上這樣好的主家，是她們娘兒倆的福氣。活兒多累都沒關係，只要別把她們賣到那骯髒地方，毀了閨女的一輩子就成。

作坊裡，西廂房裡的三個男孩和東廂房裡的三個女孩，也都安安生生地睡了。

第二天一早，祥嫂便按著主家的吩咐到作坊做飯。打開廚房的缸子見到滿滿的米和麵後，祥嫂硬生生地愣了許久，這才真的相信主家說的那句讓他們吃飽穿暖，不是空話。

一早上就吃得飽飽的六個夥計，被安其滿叫到堂屋裡學處理蘆葦。年紀小點的學照著形狀剪蘆葦稈，年紀大點的學用烙鐵，等過幾天看出天賦後再進一步分工。

黏貼蘆葦的膠和刷固定層的水漆是安其滿的獨門手藝，在未完全信任這些人之前，他要自己把著。

祥嫂忙活完作坊裡的事情，便跑回主家院子裡和秋丫一起幹活，待她把洗淨晾乾的衣裳按著主家娘子的吩咐送到另一頭的東院後，主家的大伯娘一看都是老太太的，便急了，劈頭蓋臉地就要搧巴掌。

祥嫂是安其滿家的僕婦，楊氏是安其滿的大嫂，按身分來說，楊氏打她她不能躲，但祥嫂過來前得了梅氏的叮囑，若是楊氏動手，她只管躲開回家就好。所以一見楊氏揮起大巴掌，早有預備的祥嫂機靈地躲開了，大肚子的楊氏沒想到這賤婦敢躲，用足力氣甩出去的巴掌收不住，帶得她的身子一趔趄差點摔倒。

楊氏立刻覺得自己占了理，大聲嚷嚷起來。「反了，反了！妳這個死奴才，看本夫人不打死妳！」

她轉身找棍子時，祥嫂已經步出院子回西院，楊氏拿著棍子在後邊追罵著，引來一大群看熱鬧的人。

祥嫂回到主家院子裡時，腿都是軟的，她匆匆忙忙跑到梅氏身邊。「夫人，她追過來了！」

梅氏不慌不忙地道：「妳只管按開兒吩咐的做。」

祥嫂見主家沒有生氣，便理好跑亂的頭髮，往木盆裡倒水，坐在水盆前開始洗衣裳。楊氏帶著一大幫人氣勢洶洶地衝進院子時，見祥嫂和雲開正在洗衣服，氣得直喘。

正曬著太陽做針線活的梅氏抬頭，笑道：「大嫂過來有事？」

「就這個死奴才，竟然……竟然……」楊氏說不上話了。

「大嫂動氣是為了祥嫂沒給妳洗衣裳的事？」梅氏解釋道：「這不怪她，是家裡晾衣裳的地方少，前日剛洗了娘的衣裳曬乾，今日才有地方能給大嫂洗了晾上，莫不是洗得慢了讓大嫂沒得穿了？」

眾人把目光落在祥嫂面前的水盆裡看了幾眼，幾個大男人面紅耳赤地轉開頭，婦人們捂住跟過來看熱鬧的男娃的眼，皆是責備地看著楊氏，看清盆裡的東西，便是臉皮厚的楊氏也鬧了個大紅臉。

因為泡在盆裡的竟是她的肚兜和裡褲，關鍵還不是一件而是一盆，她積攢了近一個月的髒衣裳都抱過來了，祥嫂居然把所有見不得人的裡衣都拿出來這麼光明正大地洗！

「妳……」楊氏臉紅脖子粗地指著祥嫂。「好妳個賤貨，妳……我……」

「大嫂想罵什麼？」梅氏沈下臉。「祥嫂不只做家裡的事，還要做作坊裡的一日三餐，大嫂的衣裳太多，今日是洗不完了，大哥的還要再等幾天。」

眾人的目光落在水井邊的兩大筐衣裳上，再看楊氏的眼神便一致傳達著三個字：懶婆娘！

楊氏眼睛轉了三圈，愣是想不到扳回局面的方法，氣得胸膛急遽起伏，因懷了孕越發豐滿的身子恨不得把衣裳撐破。婦人們跟梅氏打了聲招呼，忙拉著自家孩子走了；漢子們更是臊眉耷眼地抬不起頭，都暗自後悔跟過來。

待大夥兒都走了，楊氏橫眉立目地就要撒潑罵人，在邊上清洗自己布襪的雲開站起來，抄起旁邊的棍子，冷冰冰地看著楊氏。「要鬧？」

這樣的傻妞讓楊氏想到在盧安村掀桌子那天的情形，再看看立在雲開身邊的祥嫂以及蹲在一旁的大黑狗，楊氏慫了，咬牙切齒地罵了一句。「妳們給我等著！」便要往外走。

雲開淡淡地道：「我家事多，若是大伯娘和大伯急著穿衣裳，便拿回去吧；若是不急，便慢慢等著。」

楊氏怎麼可能拿回去，她托著大肚子出門，頂著眾人異樣的目光快步往回走。剛出來看熱鬧的安五奶奶見楊氏這德行，高聲罵道：「都要是仨孩子的娘了，妳也不嫌寒磣，老婆子我都替妳覺得丟人！」

楊氏不敢惹安五奶奶，低頭快步走了。

安五奶奶罵完楊氏，拄著楊杖進了安其滿家，在梅氏身邊一坐，便開口道：「妳這事兒做得對，就該這麼幹！」

梅氏低著頭。「大姊兒她爹忙著作坊裡的事，姪媳婦也是不想他再為家裡的事分心。若不是大嫂欺人太甚，姪媳婦也不至於這樣……」

「男主外女主內，外邊的事讓男人去做，家裡就是咱們女人的戲臺子，這戲怎麼唱咱們自個兒說了算！妳娘死得早沒人教妳，嫁過來後又一直沒孩子撐腰，讓人欺負也是沒法子。現在不一樣了，其滿立起來了，大姊兒也爭氣，妳這當娘的就該硬氣。」安五奶奶講道：「若是妳不硬氣，妳的孩子以後也得被人欺負！楊氏又不是妳婆婆，只要妳占著理兒，怎麼鬧怎麼對！」

梅氏點頭，一一記下。

第十九章

萬事開頭難。作坊裡的六個學徒在安其滿的教導下，第一批還算看得過眼的蘆葦畫總算做出來了，安其滿套著牛車帶著山子一起把畫送到日升記總店的倉庫，交給白雨澤的管事。

八十多幅畫放下後，牛車又去街上轉悠了一圈，買了一批給作坊裡的孩子們替換的衣裳和乾白菜。

二月正是青黃不接的時候，能吃的蔬菜不多，家裡這些半大孩子又是能吃的年紀，乾白菜泡發了能做很多菜色。安其滿拉著這一大車東西回來時，與販牛歸來的安其金碰到了一處。

拉著一袋米、一袋麵和五斤豬肉的安其金，見到二弟牛車上拉的幾個大包袱和兩大捆乾白菜，便露出得意的笑。看二弟這樣子，是作坊的生意賠了，改賣舊貨和乾菜了？

安其滿看著大哥車上的東西，也微笑道：「大哥這趟看來賺了不少錢。」

安其金笑容滿面。「不是一趟，是跑了三趟東平，總算沒賠本，還賺了十五兩。你那作坊怎麼樣？」

東平離他們這裡可不算近，不過總算不是叛軍的地盤，安其滿笑道：「剛開起來，還說不上怎麼樣。」

接下來便是安其金給二弟講出去這段日子的新鮮事，安其滿倒沒什麼反應，後頭牛車上的山子卻聽得一愣一愣的。安其金以為這是村裡哪家的傻小子，也沒在意。「晚上過來吃肉餃子。」

「作坊忙，我就不去了。」安其滿當然拒絕。

安其金哼著小曲兒回家，才曉得二弟家竟然買了八個下人，臉上的笑容就掛不住了。

「還不知道能不能賺錢就鋪這麼大的攤子，早晚有他哭的時候！」

「人家哭啥，人家有五百多兩的家底呢！」楊氏酸溜溜的。「當家的，咱也有錢了，不如雇個婆子回來幹活吧，你看咱們家裡老的老小的小，過些日子我生了後，總不能指望著如意伺候我吧？」

「妳當買個人是簡單事兒？一個婆子好幾貫，買回來吃穿用都得咱們出，每個月還得給月錢！妳生了也就是坐月子那幾天幹不了活，娘和二妹幫幫手也就湊和過去了，雇什麼婆子！」安其金罵道：「也就老二那樣被銀子燒得難受的才會養這些人瞎顯擺，妳等著看，有他哭的時候！」

楊氏縮著脖子，半晌才問了一句。「你這次販牲口遇到我大哥沒有？我都快生了，為啥大嫂他們還不過來送催生禮呢？」

「不是還有兩個月嗎，妳著急啥！」安其金悶聲道：「再說這大老遠的，他們來了又不能當天回去，住哪兒？不來更好。」

「不到兩個月了，我覺得快到日子了……」楊氏低聲道。她已經生了兩個，這些日子明顯地感覺肚子往下沈了，應該是快生了。

安其金皺眉。「妳就不能再忍忍？」

「我懷的又不是哪吒，你讓我怎麼忍著？」楊氏急了。他們這個孩子是給公公守孝的時候懷上的，月分一直往小裡說，可不是真的月分小啊！

若是現在生了，可就是明晃晃的不孝的罪證了，以後他們夫妻就得讓人戳脊梁骨！因為這孩子是在安老頭孝期內懷上的。

安其金皺皺眉，這事要怎麼才能不讓人知道呢？

「要不，我快生的時候找人打一架，假裝被人打得早產？這樣還能順手訛一筆銀子。」楊氏自小的家門，注定了她想的主意都不是正道的。

安其金搖頭。「不成，妳是不是足月的，產婆準能看得出來，到時候被人識破了更麻煩。不如出去生吧，就說妳娘家送信來讓妳回去一趟，咱們在城裡找個院子住兩個月，等妳生了孩子再回來，把孩子說小兩月就成。」

「孩子小的時候差一個月都能看出來，咱們要出去生就得等孩子過了七、八個月再回來。」楊氏眼睛亮了，在外邊住七、八個月不用幹活，這可是大大的好事！

安其金麻煩地皺起眉頭。「讓我琢磨琢磨。」

安其金最後還是在城裡找了個偏僻的地方把楊氏接過去，先讓她把孩子生下來再說。只是既然是去生孩子，便不能讓她一個人待著，又因為怕露餡兒，不能讓老娘和妹子過去伺候，安其金只得咬牙花錢請了個婆子伺候她。

楊氏歡歡喜喜地住進去後，不到五天便生下一個七斤重的女兒，安其金一見是個丫頭，臉都黑了。就為了個臭丫頭，讓他折騰了這麼一齣，還得再折騰半年，他真想把這吱哇亂叫的東西直接塞在水桶裡淹死！

門口角落裡蹲著的小叫花見安其金走了，也起身拍拍身上的土，遛遛達達地換了地方。一個時辰後，這小叫花到富姚村要飯，從雲開家討了幾個錢後離開。

雲開回到屋裡。「大伯娘剛生了個閨女。」

梅氏愣了。「這麼快？」

雲開點頭，她也以為會是下月呢，沒想到現在就生了，這可完全坐實了這孩子是在安老頭孝期內懷上的事，這是不孝。

「咱們鄉下人不講究，守孝就守一百天，城裡人要守孝一年，聽說讀書人家和官宦人家都是守孝三年。」梅氏摸著自己的肚子，喃喃道：「這怎麼了得……」

這件事若是讓人知道了，不光楊氏沒臉，老安家都得沒臉，列祖列宗……梅氏不敢想了，不住地轉著手邊的佛珠。

安其滿晚上回來聽說了，也沈著臉半晌說不出話。

「該怎麼辦？」梅氏低聲問道。

安其滿長長地嘆口氣。「還能怎麼辦，就當不知道吧。她在外邊住半年再回來，這事興許能瞞過去。」

梅氏抿唇，也只能如此了，但願能瞞過去。

雲開問道：「娘說這事奶奶知不知道？」

梅氏分析道：「妳大伯娘開始犯懶的時候妳奶奶就察覺了，不過那會兒剛出妳爺爺的孝期沒幾天，妳奶奶也該是拿不準。後來妳大伯娘能吃能喝，肚子雖然挺大，但一直挺靈便，我還琢磨著她早也就早一個或半個月，沒想到早了這麼多，這孩子應該是生得早了……吧？」梅氏咬咬唇，都說懶丫頭懶丫頭的，一般是兒子會在準日子前幾天生，閨女晚個七、八天也正常。

若是如此……

雲開又問道：「若是奶奶知道大伯娘生了，會怎麼樣？」

梅氏目露驚恐。「一定不能讓妳奶奶知道，她會……把孩子溺死。」

溺死？雲開恐懼地瞪大眼睛，剛剛成形的計劃立刻煙消雲散。

就這樣瞞著吧！兩家再不痛快，也不至於牽扯一個無辜孩子的性命，起碼大伯娘這半年不在村裡，他們的日子能夠過得消停點，娘親坐月子也應該能坐得舒坦點。

但事情的發展往往出人意料。

一個多月後，梅氏的產期漸漸臨近，一家子日夜緊張著。這日醒來，梅氏說她昨夜夢到了菩薩，具體說了什麼她也記不清了，就記得要到廟裡去燒香。

安其滿趕忙問雲開。「開兒夢到了什麼沒有？」

雲開點頭。「我昨夜就夢到很多桃花。」

現在是桃花盛開的季節，他們院子裡移栽來的兩棵開得正好，聞著桃花香入睡，夢到桃花很正常。

安其滿和梅氏都有了笑意，覺得這是吉兆。安其滿道：「妳月分大了去廟裡燒香不方便，我替妳去吧？」

梅氏點頭。「你帶著開兒一起去，多給送子娘娘添點香油錢。」

「不行！」父女倆異口同聲地反對。梅氏臨盆在即，安其滿和雲開都不在她身邊，怎麼可能放得下心？

梅氏卻異常堅持。「你們都去吧，開兒是受菩薩保佑的，她去我更放心；你是孩子的親爹，論理也該去。孩子安生著呢，上次神醫號脈不是說還得有幾天嗎？」

在梅氏的百般催促下，安其滿和雲開只得急匆匆出門去化生寺，二人燒香捐了香油錢便往回走。

出寺走了一段，見路邊一個賣桃花酥餅的攤子散發著誘人的香味，雲開便道：「這餅子好香，咱買幾個吧，娘前天還說想吃桃花餅呢。」

安其滿立刻拉著雲開擠進去買了十個桃花酥餅，穿小巷走近路時忽然聽到孩子的哭聲，然後是楊氏的叫罵聲。「哪個該挨千刀、下地獄滾油鍋的臭賊，竟連孩子的尿布都偷，你他娘的有病啊……」

兩人的腳步停住了，安其滿低聲問雲開。「妳大伯租的院子在這巷子裡？」

雲開搖頭。「她生孩子的那個院子不在這裡，後來女兒沒讓人打聽。」

安其滿帶著女兒繞路往家趕，他被那孩子哭得心慌，得親眼看看媳婦兒才能放心。哪知道兩人還沒進家門，就見安其水的媳婦慌慌張張地跑出來。「二嫂要生了，二哥快去請接生婆子！」

安其滿手一抖，桃花餅落在地上，大步跑了進去。

堂屋裡一點聲音也沒有，安其滿跑進裡屋，見他娘正張羅著往炕上倒灰鋪破褥子，他媳婦兒皺著眉頭咬著唇，臉色蒼白得嚇人。

「梅娘！」安其滿嚇得心都不會跳了。「早上不是還好好的嗎？」

「婦人生孩子不都是說生就生嘛，你一個大男人進來幹啥，她是第一胎，早著呢，找接生婆去。」厲氏很是冷靜。

梅氏緊緊抓了抓丈夫的手，蒼白地笑著點頭。「我沒事，去吧。」

雲開卻覺得娘親不對勁。「奶奶去外邊歇息，這些讓我來。」

「妳個丫頭才該出去，生孩子哪是妳能伺候的，出去，出去，出去！」厲氏氣勢十足地嚷嚷。

雲開懶得跟她講道理，直接把人往外推。「不是說生孩子要掛紅袍嗎？家裡的紅袍還沒掛呢，奶奶去掛！」

祥嫂也過來，生拉硬拽地把厲氏弄了出去。

梅氏這才低聲跟丈夫說道：「我早上吃了一碗雞湯，腸胃不舒坦，也不曉得是真的要生了還是……」

「我這就去請神醫，開兒，家裡交給妳了！」安其滿跳起來就往外跑。

「爹快去，娘有我在。」雲開閉眼讓自己冷靜下來，然後拉著娘親的手道：「娘，深呼吸，呼，吸，呼，吸……」

梅氏懷胎十月，早就有心理準備，安慰女兒道：「別慌，娘沒事，娘好著呢，妳弟弟也好著呢。」

娘這麼冷靜，雲開心裡也安穩不少。「今天沒燉雞，家裡哪來的雞湯？」

「妳奶奶殺了東院的老母雞給娘燉的。」厲氏從昨夜燉到現在也是好意，她都端過來了，梅氏這做兒媳婦的哪能不喝。「不是雞湯的問題……」

「吐出來！」雲開立刻道：「不管是不是雞湯的問題，娘先吐出來！」

「開兒……」

「現在是春天，萬一那隻雞染了雞瘟呢？娘立刻吐出來！」雲開怕啊。

梅氏吃驚得睜大眼睛，她根本就沒往這邊想。厲氏對她、對肚子裡的孩子都很上心，不會用病雞熬湯的，不過她真的覺得胃裡不舒坦，立刻道：「去拿盆！」

雲開跑出去拿盆進來，梅氏側身努力往外吐，可什麼也吐不出來。梅氏皺眉，覺得胃裡更不舒坦了。

雲開洗了手走過來。「娘張開嘴。」

她暑假在幼兒按摩門診打過工，曉得該怎麼催吐。她把手指伸到娘親的嘴裡按壓她的舌根，梅氏很快就有了反應，側身在炕邊吐了起來，不只雞湯，早晨吃下去的飯都吐出來了。

雲開把髒東西端出去後，厲氏又開始嚷嚷了。「怎麼吐了？這可不行，不吃東西哪有力氣生孩子！家裡還有雞湯，大姊兒去……算了，妳也指望不上，我自己回去端！」

雲開也不管她，只吩咐祥嫂立刻給娘親做飯，生孩子時要吃什麼，一家子早就列了單子準備著，祥嫂轉身去做。

她這邊還沒做好，厲氏已經端著砂鍋雞湯進來，放在堂屋的八仙桌上，轉身去廚房拿碗。雲開知道跟她講不通，也根本沒功夫跟她講道理，乾脆伸手把砂鍋碰到地上，砂鍋摔了，湯湯水水灑了一地。

厲氏聽到聲音跑進來，就見雲開一臉怕怕地站在旁邊跟傻子一樣。「我想給娘親端進去，沒端住……」

「妳這個該挨千刀的傻妞，知不知道這砂鍋多少錢，一隻老母雞多少錢！滾出去，別在這兒添亂，滾出去，滾出去，滾出去！」厲氏大聲罵道。

「罵什麼罵！這都啥時候了妳還瞎吵吵！老二媳婦第一次生，妳這兵荒馬亂的，還讓不讓她安生？」安五奶奶還沒進屋就開罵。

厲氏回頭就懟。「妳的嗓門比我一點也不小。」不過明顯的，她的聲音低了許多。

安五奶奶立刻讓自己的兒媳婦收拾屋子，又把雞蛋遞給雲開。「去給妳娘煮上，我進去看看。」

雲開把雞蛋放在廚房裡，便端著祥嫂做好的紅糖藕粉進屋，一口一口地餵娘親喝下，握住她的手讓她安心。

梅氏抓著閨女的手，一下一下地用力，雲開知道娘親的肚子開始陣痛了。

安五奶奶摸了梅氏的肚子。「入盆了。」

厲氏死皺著眉頭。「穩婆怎麼還不到？」

「其水去叫了，別著急，羊水還沒破，今天晚上能生下來就不錯。」安五奶奶比厲氏沈得住氣。

這還不到晌午啊，娘要這樣疼到明天？雲開心疼得不行，梅氏卻非常穩當。「娘和五嬸到外屋歇息，千萬別累著。」

厲氏看著兒媳婦有氣無力的樣子就來氣。「這些事不用妳管，少說兩句話，留著力氣生孩子。」

梅氏點頭，閉上眼睛歇息，一會兒後她肚子開始不舒服，拉起稀來。這一折騰，梅氏身體更虛了，躺在炕上那大大的肚子讓人看著都揪心。

穩婆來了後伸手摸了摸，便叫厲氏出去說話。「妳兒媳這樣不太好生，若是生一半脫了力氣……」

還不待穩婆說完，厲氏馬上道：「保孩子！」

穩婆點頭，拿出一包藥遞給祥嫂，讓她準備著待會兒情況不對時就熬了端進去。祥嫂接了藥，讓她閨女秋丫守著火，她進屋給梅氏送熱水擦洗時，把這件事悄悄跟雲開講了。

雲開低聲道：「燒了，鍋妳倆守好了，別讓旁人動一下。」

「什麼燒了？」梅氏轉頭問。

雲開微笑。「燒熱水，好預備著娘待會兒用。」

梅氏沒有多問。「祥嫂去做些頂勁兒的吃的，我這肚子空了，得攢力氣。」這時候，她一定不能虛，沒胃口也得吃。

祥嫂急匆匆出去後，雲開陪著娘親聊天，讓她放鬆心情，梅氏覺得肚子一縮一縮地疼得厲害，卻還是異常堅強地笑著。

生孩子哪有不疼的，有丈夫和閨女在、有神醫在，她不會有事，孩子更不會有事，這孩子是菩薩送來的，是得祖宗保佑的，不會有事！

劉神醫和丁異很快來了，安其滿進屋見媳婦兒面色尚好，心才稍稍放下。劉神醫給梅氏把脈後，沈穩地道：「雖然發作得急，但也確實到了要生的時候，目前脈象都好，孩子也沒事。」

梅氏的眼淚唰地掉下來，連聲道謝。

安其滿在屋裡陪著媳婦兒，雲開示意郝氏勸走圍著神醫轉悠的厲氏，才把雞湯、催吐和娘親拉肚子的事說了，又把留的一點雞湯遞上來。「您看，這可有什麼不妥？」

劉清遠放在鼻下聞了聞，搖頭。「暫時看不出來，不過妳娘的脈象的確不穩，將這兩粒藥丸讓妳娘送水服下，先穩住腸胃，過半個時辰再吃東西。」

雲開道謝，又忍不住問道：「我娘她？」

劉清遠輕笑。「妳信不過老夫？」

當然信得過，雲開用力點頭，轉身去了東屋。

梅氏白日裡還忍得住，但到了晚上特別是後半夜，便一聲高一聲低地呼痛。她每叫一聲，雲開的心便像被砍了一刀，臉色比娘親還白。

出汗比媳婦兒還多的安其滿，則在屋外趴在窗邊給媳婦兒鼓勁。

果如穩婆所言，待到了後半夜梅氏脫力了，她的聲音漸小，穩婆出來看著厲氏。

厲氏拉著兒子低聲商量。「這個時候只能先保住孩子，否則待會兒有事，咱一個也保不住。」

「兩個都要！」安其滿渾身僵硬，但他的心並不慌亂，轉頭求助神醫。

劉清遠點頭。「老夫進去看看。」

厲氏立刻攔著。「您醫術是高，可女人生孩子您怎麼能進去呢？若是衝撞了……」

安其滿一把拉住厲氏。「娘，這個時候您能不能別添亂！」

「娘怎麼是添亂呢？你怎麼這麼糊塗啊！」厲氏急得跳腳，兒媳婦現在可是半光著呢，讓個大男人進去算什麼，就算是神醫也不行啊！再說他再厲害也是個男人，男人怎麼懂得生孩子的事，他進去有個屁用！

劉清遠逕自進入充滿血腥氣的產房給梅氏號脈，梅氏氣息微弱地祈求。「若是待會兒不好……求您保住我的孩子……」

劉清遠異常平靜地抽出銀針，刺入梅氏身上的幾個穴位，又餵她吃了一粒藥丸，並讓祥嫂送藥湯餵她喝下，然後笑道：「緩一緩接著用力，再一個時辰，妳便能給孩子餵奶了。」

梅氏眼睛立時亮了，用力握緊炕單子。

接下來是撕心裂肺的呼痛聲，天將將亮時，屋內終於傳出嬰兒洪亮的哭聲，穩婆隔著窗戶報喜。「生了，是個千金，母女平安。」

聽到是閨女，厲氏的眉頭便皺了起來。聽到娘親和孩子都平安，雲開腿一軟，被丁異扶住。緊張過度的安其滿則直挺挺地暈了。

劉清遠讓人把他扶到屋裡歇息，厲氏連屋都沒進，轉身哼哼著回了東院。

待穩婆和郝氏收拾好屋子，雲開入內見梅氏精神還好，心才真真正正地安了下來。

滿臉汗濕的梅氏虛弱溫柔地笑著。「開兒過來看，娘給妳生了個妹妹。」

娘這一句話，雲開哇的一聲就哭了。

「妳娘跟妹妹都好好的，哭啥！」郝氏趕忙勸。

雲開抽泣著。「生孩子好辛苦……哇……」

這一句話便把屋裡的幾個婦人都逗樂了，郝氏把雲開拉到外屋交給丁異，無奈道：「你看著她點兒，快讓她別哭了，這傻丫頭！」

雲開又有些不好意思，可這一天一夜實在太緊張了，看到娘親她又太激動，所以才忍不住。這會兒被劉神醫笑，又被丁異拉著擦眼淚，她真的不好意思。「我、我沒事……」

丁異點頭。「以後，咱們，不要孩子。」

雲開。「……」

劉清遠扶額。「老夫也累了，丁異跟老夫先回藥谷。」

雲開趕忙把神醫和不情不願的丁異送出院子，又塞了兩串喜錢送走歡歡喜喜的接生穩婆後，到大門外掛紅綢。

此時天已經大亮了，聽到梅氏生了孩子的鄰里都過來看，見到雲開掛出來的紅綢子便問：「妳娘給妳添了個妹妹？」

家裡生了孩子在門上掛東西是這裡的風俗，生男孩在大門左邊掛一把弓，生女兒在大門右邊掛紅帕子。雲開掛的是鮮亮的紅綢帕子，大夥兒一看就明白了。

雲開笑得甜甜的。「是。」

「多重啊？」

「六斤，待洗三的時候各位伯娘嬸子記得到家裡來看我妹妹啊，她長得可好看了。」雲開眯著眼睛，與鄰居們聊天。

「真是個傻丫頭，剛生下來的娃娃都跟紅猴子一樣，哪有好看的。」門口的婦人們善意地笑著，各自說著自家娃生下來時幾斤幾兩，生孩子時又是怎麼個情形。

雲開聽了一會兒便歸家，送走跟著忙了一夜的安五奶奶和郝氏後，在城裡開食肆的牛二嫂和曾林媳婦得了消息趕回來，接手照料梅氏和孩子，讓雲開去歇息。

雲開看著睡在炕上的娘親和妹妹就覺得幹勁滿滿的，根本就不覺得睏倦。待緊張到昏厥的安其滿醒來，在媳婦和兩位嫂子的嘲笑聲中，才萬分慚愧地把一直忙活到現在的雲開塞進西屋的被窩裡，讓她趕緊睡覺。

爹爹醒了後，雲開緊繃著的弦就鬆了，幾乎是一沾枕頭就睡著，再醒來時，見娘親正半坐著靠在被子上給妹妹餵奶，爹站在炕邊傻笑。

見雲開進來了，安其滿立刻拉著她圍觀妹妹吃奶。「快看妳妹妹吃得多帶勁！」

梅氏瞋了丈夫一眼，卻笑著拉下一點被子，給雲開看。

雲開好奇地趴到娘親身邊，看著柔柔的燈光下，躺在娘親臂彎裡的妹妹緊緊握著小拳頭，正在用力吃奶。

雲開感嘆道：「妹妹好小……」

「渾身軟乎乎的。」安其滿也湊過來看著，又忍不住想摸摸，卻被媳婦兒拍開。「給開兒端飯去，她連晌午飯也沒吃呢！」

「對，對！」安其滿趕忙跑了出去。

雲開這次小聲問：「娘，您還疼不疼？」

昨夜真是把閨女嚇到了。按說自己生孩子，該把閨女送到東院裡去，她還小，不該見識這些的，梅氏心裡愧疚。「一動還是疼，不過娘能受得住，比妳嬸子伯娘她們說的要輕多了。」

雲開點頭，挨著娘親靜靜坐著看妹妹吃奶，看娘親滿足的表情，雲開就覺得好得不得了。

安其滿把熱在鍋裡的飯菜端到堂屋讓雲開出去吃時，一邊跟她商量作坊的事。「我想雇個人，晚上到作坊守門，白天給作坊做飯，祥嫂和秋丫就專門留在家裡幫妳，妳覺得怎麼樣？」

「作坊還缺人的話，讓祥嫂一個人回來就行，秋丫留在作坊裡吧，我看她挺喜歡做蘆葦畫的。爹找到人了嗎？」雲開邊吃邊問，一吃東西她才發覺自己真的餓了。

「咱們村南頭，妳富四伯娘。」

富四媳婦今年三十二歲，身體壯實又做事索利，性格潑辣，不過為人處世卻很正派。富四死得早，她獨自拉拔一兒一女長大，家裡日子過得不易，安其滿也有心幫一幫。

作坊裡加上秋丫就有四個姑娘，找個婦人確實比找男人看門合適，雲開點頭。「還是爹想得周到。」

安其滿笑著替閨女把魚湯推到手邊。「爹白天在那邊的時候多，家裡的事情還得妳盯著，祥嫂是下人，有些事她幹不了。」

雲開喝下一口奶白的魚湯。「女兒明白，爹放心。」

安其滿滿足地笑著。「若是妳妹妹長大了能跟妳一樣懂事能幹，爹就更放心了。妳看妳妹妹那鼻子頭，是不是長得像我？」

妹妹那麼小，哪看得出來像誰？雲開卻不忍心打擊眼巴巴的爹爹。「像。」

安其滿傻傻地笑著抓起桌上的饅頭，一口一口地吃著。

雲開默默喝著魚湯，覺得她爹這個狀態很不妙，估摸著作坊裡這個月做的蘆葦畫怕是要賣不上價錢了。

晚上，雲開正精神著，安其滿卻不讓她陪娘親過夜，又讓她睡在西屋裡，他自己在東屋守著。

夜裡迷迷糊糊的，雲開聽到妹妹哭了幾次，第二天一早，安其滿很有成就感地跟雲開誇耀說，他能把妹妹抱起來換尿布了，安其滿比劃著。「沒有隔著被子，就把妳妹妹用手托起來，像這樣……」

雲開笑著，真的替娘親開心，爹爹沒有因為娘親生的是閨女便給臉子，而是真的非常喜歡，把妹妹當心肝一樣疼愛著，還不嫌棄月子房裡污穢，跟娘睡在一個炕上起夜照顧孩子。莫說在大夏，這樣的好男人放到千年後也是很難得的好丈夫了。

院子裡的大黑叫了起來，梅氏睜開眼睛，雲開替她壓壓被子。「娘接著睡，我去看看。」

雲開穿鞋到堂屋時，見到是牛二嫂拎著一包紅糖、一籃子雞蛋過來了。「這雞蛋是新鮮的，每天多給妳娘煮幾個吃。」

雲開謝過，牛二嫂又低聲道：「若是妳奶奶送了吃食過來，大姊兒不要往妳娘跟前端，東院裡，如意和大郎都鬧起不舒坦了。」

雲開趕忙問：「他們怎麼啦？」

「聽說是發熱和咳嗽，妳奶奶剛讓人去作坊叫妳爹了，估摸著是要請郎中。」牛二嫂低聲道：「妳娘和妳妹妹現在可禁不起折騰，便是妳奶奶過來鬧著讓妳或家裡的祥嫂過去幹活，妳們也得掂量著來，若是過了病氣回來，就不好了。」

雲開點頭。「伯娘，我明白了。」

城裡的食肆還忙著，牛二嫂也沒多待，說完後便急匆匆地走了。雲開進到裡屋，梅氏問道：「娘剛沒聽清，誰病了要請郎中？」

「是我小姑和大郎，說是發熱咳嗽。」雲開低聲道：「娘不用管這些，有爹在呢，您只管安心坐月子就行。」

梅氏哪有不擔心的。「大郎身子骨壯實，從小就沒鬧過病，這是怎麼了……」

雲開寬慰母親。「許是倒春寒著涼了吧，吃幾服藥也就好了。」

梅氏也曉得這不是自己該操心的事，與雲開說了幾句話，便又摟著孩子躺下了。

安其滿後晌回到家，見雲開正在收曬乾的尿布，眼睛就有點發熱。前天虧得雲開反應快，催著媳婦把雞湯吐出來了，否則還不曉得會怎麼樣。娘她，還沒有一個十歲的孩子懂事。

雲開回頭見爹臉色不對，擔憂疑惑地望著他。

一家之主安其滿拍拍閨女的小肩膀，帶著她走進屋裡，低聲給媳婦兒和閨女講老娘養的雞得了雞瘟的事。「以前也確實有過這事，春天家裡的雞一發茶，娘就宰了給我們吃，一家人吃了也沒出過大毛病……所以，娘也不是故意的……梅娘，開兒，我……」

安其滿看看旁邊睡著的小閨女，自己都說不下去了。

梅氏溫柔地笑了。「我知道，娘那邊忙不過來了吧，要不要讓祥嫂過去幫幾天手？」

安其滿鬆了一口氣。「讓富四嫂多做點飯送過去就成。二妹和大郎病得不重，郎中說吃五天藥再調養幾天就能好過來，妳月子要坐不好可是一輩子的事。」

雲開立刻點頭，爹爹這話說得實在是太對了，坐月子是關鍵時期，養不好身子會落下月子病的，如果坐好了，身上以前留下來的小病小痛，也就趁著這個機會養好了。

「現在天還涼著，咱們就不辦十二晌了，等滿月的時候再多擺幾桌，妳覺得怎麼樣？」安其滿又跟媳婦兒商量。

十二晌是孩子出生十二天的時候請外祖家的人過來看孩子吃酒的日子，梅氏的娘家人都在南山鎮，這個環節可以直接省了。

「是不用辦，沒必要多折騰一回……」

聽娘親和爹爹商量事情，雲開便到外邊繼續忙活。待爹爹跟娘親聊完走了，雲開進屋送曬得暖暖的睡墊時，梅氏拉著她道：「妳奶奶做事有時候是不著調，但那是妳爹的親娘，咱們能忍的就忍忍，雞湯的事就算了，開兒別生氣。」

雲開點頭。「我沒生氣，就是後怕。」

梅氏摟著她輕輕搖著，娘親身上帶著一股子奶香，雲開覺得這或許就是母親的味道。

「娘也怕啊，如果不是開兒機靈，娘和妳妹妹還不曉得怎麼樣呢。妳放心，娘心裡明白著呢，妳妹妹，娘是不會交到妳奶奶手上的……」

老宅的事沒讓安其滿他們操心多久，外出販賣牲口的安其金便回來了。

安其金回來後先進城去看楊氏和孩子，生了一肚子氣後回到村裡，厲氏一見他就哭了。

「老大啊，你可算回來了，你再不回來娘就累死了啊……」

奶奶一哭，大郎和二姊兒也跟著哭，安其金被他們鬧得頭都大了才整明白怎麼回事。這也是沒法子的事，誰知道雞肉吃了會出事呢，安其金先問安大郎。「還拉稀不？」

「不拉了，爹，大郎好餓——」安大郎又開始哭。

看著兒子瘦了兩圈的臉，安其金也心疼。「再養養，肚子好了爹給你買好吃的。」

安撫好了家裡人，安其金到作坊去找二弟。見到二弟的作坊收拾得齊整，裡邊幹活的孩子們一個個的也挺精神，安其金異常羨慕，可想到這門好生意二弟沒讓他入股，他又想一把火將作坊給它燒了。「生意怎麼樣？」

「還過得去。」安其滿不願多聊生意的事，徑直問道：「大哥回過家了？」

安其金沈默了一會兒。「這幾天多虧了你。」

「應該的。」

見安其滿也不逼問楊氏和孩子的事，安其金憋了一會兒還是忍不住。「你是怎麼找到你大嫂的？」

找到？安其滿皺眉。「我沒功夫找，是去化生寺燒香回來的路上碰上的。我以為大嫂沒看見我。」

「能這麼巧？」安其金不信，化生寺出來後有那麼多條路，二弟哪條都不走，偏走最窄、人最少的那條？

「大哥到底想說什麼直接說就是，咱們之間不用繞彎子。」安其滿也不想跟他磨這個嘴皮子。

安其金握握拳頭。「你想怎麼樣？」

「不是我想怎麼樣，是大哥想怎麼樣？」安其滿也來氣，明明是他們做錯事，怎麼讓大哥一說，好像都成自己的錯了？

安其金不想再待下去。「我這就去把你大嫂和孩子接回來，是生是死娘說了算！」

安其滿如今也有了自己的孩子，他沒想到大哥能說出這樣的狠話來，他怎麼可能說得出口，怎麼可能狠得下心！

「這本來是大哥家的事，我不該管。可這件事大哥還真不能這麼幹，且不說娘會不會氣壞、會不會處置孩子，你得替三弟想想。三弟明年就要考秀才了，這時候家裡出事，若是影響到他，弄得他沒法去考試，莫說三弟，咱爹泉下有知也饒不了大哥。」

考秀才是有資格限制的，不只要求身家清白、三代無大罪，還要求家風清正德行無缺。安其金在孝期淫亂產子乃屬家風不正，雖然學正大人不一定會查出來，但一經查實，安其堂的科舉之路也就斷了。

安其金黑著臉站了半天，邁著沈重的腳步回到家，大郎又拉著他的手喊餓要吃東西。安其金疲累地甩開兒子的胳膊回屋躺在炕上，心裡一陣發堵，回到家裡沒一個人問他一句出去吃了多少苦、這一趟是賺了是賠了，一個個地就會張嘴跟他要錢。

他身上哪來的錢！

待到晌午，安其滿讓富四媳婦送飯過來，如意叫大哥起來吃飯。

安其金是真的餓了，立馬到了堂屋，見桌上擺著一盤青菜炒豆腐、一盤雞蛋炒香椿芽，還有一碟粗麵饅頭，想挑兩句刺卻什麼也挑不出來，只得坐下來拿起饅頭開吃。

厲氏卻對這吃的極不滿意。「你看看、看看，老二家幹活的力巴都吃得比他老娘好，沒良心的東西！聽說他媳婦現在天天豬蹄魚湯地吃著，老娘都多少天沒見到葷腥了？」

安大郎塞下一大筷子雞蛋。「富四伯娘昨天不是還送來一份肉絲炒青菜嗎？」

「就那幾根數得出來的肉絲，也敢叫肉！」厲氏沈著臉罵道。

安其金聽著不是滋味。「二弟作坊裡的人天天吃這麼好？」

還不等老娘說話，安如意趕忙道：「不是，這些菜是專門給咱們做的。」

厲氏哼了一聲沒有再罵。「這是最後一頓了，你回來，人家就不給送了！」

安其金回來了，安其滿的確沒有再替他照顧孩子的道理。厲氏和妹妹現在跟著他，當然也要由他照顧，安其金一想到這些事腦袋就大。

「你媳婦兒啥時候回來？再不回來孩子都得生在娘家了！」楊氏大著肚子回娘家走了快兩月，早該回來了。

安其金抿抿嘴。「前兩天看到孩子他大舅，說大郎他娘四月初十添了個丫頭，等她坐完月子再回來。」

為了三弟，為了一家子的前程，安其滿還真不能現在把楊氏母女接回來。

厲氏眉頭擰成了疙瘩。「也是個丫頭?!一個兩個的都這麼不中用！」

安其金沒再說話，接下來這幾天他不再出門，而是扛著鋤頭下地去忙活。

去年冬天買的四畝田現在已經種上了旱稻，得除草鬆土，他一個人得忙活一陣。二弟的六畝地種的東西不少，靠水近的四畝種的是水稻，剩下的兩畝，雜七雜八地種著各種蔬菜、綠豆、芝麻等，他那邊田裡也長了草，皺巴巴的一層，按說也該除草了，不過二弟現在忙著賺大錢，估摸著不在乎這點兒東西。

越想心裡越堵，安其金乾脆扔下鋤頭，跑到地頭上跟村人說閒話歇息，就在這時，他二弟帶著一幫子人說說笑笑地向著地裡來了。

「看到沒，這就是你二弟家買的人，這一大幫子都是！」村人小聲道，然後又大聲跟安其滿打招呼。「二哥，怎麼來了這麼多人？」

安其滿笑道：「孩子們悶了，想出來走走。」

安其金看著安其滿身後穿得整整齊齊的五個人，若說心裡不羨慕是假的，不過他臉上可不顯。「這都是半大的孩子，你別把人累著。」

安其滿笑道：「大哥說得是。」

也不用安其滿吩咐，這些孩子自發地拿著鋤頭到地裡除草鬆土。加上安其滿，他們一站就是兩畦，過去就除掉一大片。人多好幹活，安其滿帶著孩子們不到一個時辰就把活兒幹完了，便站在地頭上擦擦汗。「去玩吧，別到水裡去，也別跑遠了。」

得了主子的話，幾個孩子一哄而散跑得沒影了，安其金見二弟都沒有說讓這幫人幫他幹完活再走，心裡就不痛快了。

安其滿才不管他，忙完了地裡的事又去東院看過老娘，便回家守著小閨女傻笑。閨女真的是一天一個樣兒，怎麼看怎麼讓人稀罕，昨天還會抓著他的手指衝著他笑了，真是個機靈丫頭。

一晃眼便到了五月十五，安四姊兒滿月洗兒的日子。這時天已經暖和起來，一群婦人圍著裝了大棗、銅錢、大蔥等吉利物件的洗兒盆，看著厲氏和安五奶奶把安四姊兒放到洗兒盆裡洗，聽著她哭，婦人們笑得合不攏嘴。

這孩子哭聲大，小胳膊小腿也長了肉，怎麼看怎麼喜慶，雲開卻覺得妹妹被泡在滿是食物的盆裡實在滑稽得很。

梅氏聽著孩子哭，心疼得不得了，待到洗完了，趕忙給她擦乾穿上新衣裳，厲氏又進來拿起剪刀喀嚓喀嚓地在孫女腦袋上剪了幾縷胎髮，裝在荷包裡掛在炕櫃上，又拿出一個指甲蓋大小的銅鎖給她掛在脖子上便出去了，再也沒多看孩子一眼。

村人一見厲氏這樣，就知道這當奶奶的不喜歡孫女。沒見親奶奶給掛的長命百歲鎖，比叔奶奶送的還小兩圈。

不過，安四姊兒還真不少她奶奶這份銅鎖壓歲，因為她親爹給孩子打的鎖比奶奶的重兩倍不止。

來喝滿月酒的胡得靖還送了一把小金鎖，白家的少東家送的金鎖更大！然後還有來過幾趟的丁異的師父，這個看著頗有架勢的白鬍子老頭出手就送了一塊玉！

金銀有價玉無價，這老頭是安家什麼人，怎麼大家都對他恭恭敬敬的，還出手這麼闊綽？

別人不認識劉神醫，盧安村來的人可認識，安其金還是親眼見證著二弟一家是怎麼一步步地跟劉神醫走到一路上去的。

看著跟二弟說笑的劉清遠、胡得靖、白雨澤等人，安其金後悔了，後悔不該在去年春裡，曾八斗被打破頭還沒搞清楚怎麼回事時，他就著急慌忙地把二弟一家分出去消災，一步錯、步步錯，自把他們分出去後，二弟一家越過越好，還交下了這些他自己根本搆不著的貴人。

若是沒有分家，這些人也會是他安其金的人脈，自己的閨女滿月時，這些人也會送金鎖玉珮……安其金被擺在安四姊兒面前明晃晃的一堆東西閃瞎了眼。

看著白胖的安四姊兒，安其金想到了自己的二閨女，但他想了半天愣是想不起來這個閨女長什麼模樣。於是，喝得暈頭暈腦的安其金走出二弟家的院子，搖搖晃晃地進了城。

化生寺邊的小院裡，楊氏正抱著安三姊兒睡覺，安其金唏哩哐啷地進來她都沒醒。

安其金站在炕邊揉揉醉眼，低頭仔細看著炕上只露著個小腦袋的黑瘦小丫頭，怎麼看怎麼不喜歡、怎麼煩躁，於是乾脆不看了，他把炕上散亂的衣裳推到一邊，刨出個地方睡了。

楊氏醒來看到丈夫在炕上，高興得不行。「當家的，要不我帶著三姊兒回娘家住一陣吧？」

待在這兒是不用幹活，可也會悶啊，楊氏打遍街坊四鄰後連個說話的都沒有，偏現在丈夫還不讓她帶著孩子出巷子，愛湊熱鬧的楊氏都要悶出犄角來了。

安其金怎麼可能讓她回去丟這個人？「路上不安生，妳還是待著，再過兩月帶孩子回富姚村。」

「還得兩月啊──」楊氏愁眉苦臉的，這要她怎麼熬啊？

想熬下去就得找法子，待安其金走後，被罵懶婆娘的楊氏哄弄事兒一樣地洗了閨女的尿布晾上，便坐在院子裡琢磨日子該怎麼過下去。

琢磨來琢磨去，她想到二弟妹和雲開出門時戴的那種掛一圈紗布遮臉的圍帽，眼睛就是一亮！

第二天，弄了頂圍帽的楊氏便大搖大擺地抱著孩子走出巷子，到街上去看熱鬧。待把街上看膩了，她又轉悠到化生寺裡看熱鬧。

寺裡寺外人來人往的有的是熱鬧可看，這下，楊氏再也不覺得悶了，日子過得滋潤無比。

這日，樂呵呵晃悠的楊氏忽然在人群裡看到了雲開和丁異。這兩傢伙縮頭縮腦的，明顯是在跟蹤什麼人，於是，楊氏抱著看熱鬧的心思跟了上去。

丁巽和雲開跟著一輛馬車進了化生寺的後門，楊氏緊隨其後。

待她看到這輛看起來尋常的馬車裡居然走下來一位衣著華貴的少夫人時，楊氏開始咬牙。這少夫人生得花容月貌，一下就把楊氏心中妖媚的代表——二弟妹梅氏擠了下去，擠占寶座！

狐媚子！楊氏暗罵一聲，女人只要比她生得好看的就不是好人，都是狐媚子！

嫉妒讓她發怒，一不小心手上的力氣大了些，把懷裡的安三姊兒吵醒了。別看這小丫頭瘦，哭起來卻非常有爆發力，恨不得把化生寺都傳個遍，丁巽立刻拉著雲開藏了起來。

剛下馬車的樓家少夫人鄧寧音，回首見一個戴著圍帽、衣著邋遢發皺的鄉下婦人正站在小院門口粗魯地哄孩子，眉頭微皺。

婆子曉得自家少夫人喜靜的性子，趕忙出去轟人。「這是佛門清淨地，麻煩大嫂讓孩子收收聲。」

楊氏翻動四白眼。「我倒是想讓她安生啊，可這熊孩子就是餓死鬼投胎，差一口吃不到嘴裡也不安生，我有啥法子！」

這不是明擺著撒潑嘛，真是瞎了她的狗眼，也不看看她們是什麼人！婆子臉色一沈，就要來硬的，鄧寧音的貼身丫鬟卻走了過來，伸手遞給楊氏幾粒碎銀子。「我家少夫人慈悲賞妳的，快帶孩子去吃些東西，莫擾了佛家清淨。」

楊氏接了銀子卻不肯走，她直接拉開衣衫半遮掩著給孩子餵奶堵住她的嘴，然後嘻皮笑臉地對要進寮房的鄧寧音喊道：「少夫人，方才有兩個小兔崽子一路跟著您，若不是我家三姊兒哭鬧，他們興許已經摸上您的車偷東西了！」

鄧寧音轉頭看到她這不堪的動作，便厭惡地擰起柳眉，立刻進屋。

婆子一邊讓人哄楊氏走，一邊低聲跟主子道：「您生在富貴人家不曉得，鄉下婦人就是這樣，只要孩子餓了，不管是在自家炕頭還是大庭廣眾，都是立刻解開衣裳就給孩子餵奶。她們生了孩子，跟豬玀沒什麼兩樣。」

鄧寧音咬牙，她怎麼會不知！去年在一個叫歸劉村的地方，她見到路邊有婦人這樣餵孩子驚呆了，然後她的馬車被人搶走，丫鬟被人搶走，她自己也被村裡的蠻人搶了去，受盡侮辱！

她一輩子不想再見到這樣的人，一輩子！

「夫人，小婦人說的是實話啊，那兩個小賊小婦人都認得，他們一個叫丁異一個叫安雲開，我對他們可熟悉得很，他倆都不是好人，鬼精鬼精的！」被人推著往外走的楊氏回頭喊道。

鄧寧音聽到丁異的名字，收起一臉的厭惡，對丫鬟道：「去把她帶進來。」

躲在角落裡的雲開，見楊氏抱著孩子進了跨院半天沒出來，恨不得進去把她弄死了事！

自從她到了安家，就沒見楊氏做過一件好事！

丁異握了握雲開的手，雲開深吸一口氣壓住滿心的煩躁，低聲問道：「你看準了，就是那個少夫人？」

丁異點頭，大年初一那一天，他們倆在巷子裡一碰面就認出了彼此。幾個月以來，這女人不斷派人打聽他的消息，他爹還拿了好處，答應只要丁異到城裡來，就把他捆了送過去。

若非丁異機警，現在已經不曉得如何了。

「這件事你該早點跟我說的。」雲開埋怨道。她一直以為丁異什麼都告訴她了，沒想到在歸劉村邊露宿那夜丁異進村找他娘時，居然還救了個人出來。

丁異單純，救了人不想再多事，但這件事他做得不夠徹底。所以現在他變成了懷揣僵蛇的農夫、用書袋藏了惡狼的東郭先生，這女人對他起了歹意。

「她是樓知縣的兒媳婦，又是鄧雙溪的閨女，這兩邊都非常不好對付。」雲開皺眉，若是鄧寧音真下了狠心對付丁異，那麼對丁異來說將是個極大的麻煩。

而現在楊氏進了小院跟鄧寧音一番爆料後，這便成了她和丁異共同的麻煩——楊氏會把她和丁異的關係告訴鄧寧音，雲開現在也是知情人，自然是局內人！

丁異低聲道：「她打聽我，沒有，下狠手。」

若是鄧寧音下了狠手，打算置丁異於死地，那麼她不會等到現在。她是怕丁異把事情說出去，所以要想辦法堵住他的嘴。當然也不排除她會採取極端手段，因為她被歸劉村的流民綁走的事情一旦被人知曉，她目前擁有的一切都將化為烏有。

「她忌諱的或許是你師父。」鄧寧音的人找到丁二成，自然能打聽出丁異的師父是誰，畢竟在丁二成看來，這是兒子最值得炫耀的資本。

丁異是個孩子不足為懼，但欺負神醫唯一的弟子這種事，是個人就得掂量掂量。因為神醫要置人於死地，有的是辦法。

看著一臉得意的楊氏被婆子從小院裡送出來，雲開皺起眉頭，這件事越拖越麻煩，必須速戰速決。

「你身上帶了多少種藥，能不能保咱倆從五人跟前全身而退？」雲開看見鄧寧音的車夫和隨從從小院裡出來，四下找尋他們倆的蹤跡，便低聲問道。

「能！」

「走，咱們去會會她。」雲開拉著丁異剛要去找鄧寧音，卻見鄧雙溪帶著人進入小院中。

這位青陽最大的書商，雲開雖沒有真正接觸過，但對鄧雙溪的為人處世也稍有耳聞。此人與白家掌舵人白建業是好友，為人正派豁達，名聲不錯。她和爹爹發家的第一桶金——用書稿從曾春富手裡騙了八十兩銀子那一筆，當時曾春富便是假借這位青陽聞名的大書商之名，所以雲開對這個名字格外有印象。

不過有偽君子寧適道在前，雲開對名聲這種東西持極大的懷疑態度。

鄧雙溪和鄧寧音約在此處見面，會不會與丁異的事情有關？雲開又不急著離開了，她帶著丁異換了個地方躲起來，想知道鄧家父女下一步會怎麼做。

如雲開猜測的一樣，鄧寧音今天請父親到此，真的是為了丁異的事。

鄧雙溪聽完女兒的哭訴後，沈吟片刻。「妳打算如何做？」

「女兒本打算把那孩子找過來問清楚他的想法，再給他們父子一大筆錢，讓他們遠離此地。可女兒發現他的父親乃是個貪得無厭之徒，而這孩子又是神醫弟子，女兒一時拿不定主意，所以請您過來商量。」鄧寧音低頭垂淚，當日她從歸劉村逃回家，其中詳情也只有父親知曉，連母親都未告訴。

父親偷偷處理了歸劉村內見過她的人，鄧寧音剛睡了幾天好覺，救了她的孩子卻忽然出現在她的面前，怎不讓她心驚。

女人失潔，只有死路一條！便是現在愛她敬她的丈夫，知道真相後亦會厭棄她，她不想失去現在的一切。

鄧雙溪嘆口氣。「這麼說來，他們可能還在寺裡，妳在此等著，為父出去看看。」

見到鄧雙溪親自出來左右查找，雲開和丁異主動現身來到他的面前。

三人對視片刻，相互估量過後，鄧雙溪拱手報號。「在下鄧雙溪，可否請二位小友到寮房內敘話？」

雲開與丁異手中各扣著一個小藥瓶，互視一眼後，雲開點點頭，跟著鄧雙溪走進寮房。

第二十章

鄧雙溪讓其他人在外把守，屋內只有鄧寧音一人，鄧寧音見丁異進來，竟雙膝跪在地上。「恩公在上，請受寧音一拜。」

想過他們會來軟的，但沒想到他們能做到這一步。雲開錯開身，丁異也跟著錯開身，低聲道：「妳，起來。」

「當日若非恩公搭救，小婦人早已身死，恩公施恩不求報，小婦人卻不可忘恩負義。」鄧寧音三叩首，才含淚起身。

鄧雙溪請雲開和丁異落坐後，才嘆道：「去年小女去她姑母家探親歸來，途經歸劉村時遇到歹人，若非丁小恩公及時搭救早已身敗名裂，這份恩情我父女感激肺腑。日後若是小恩公有用得到我父女的地方，鄧某定義不容辭。」

見丁異不說話，鄧雙溪便問道：「聽小女說小恩公當日進村是為了尋人，後來可尋到了？」

丁異搖頭。

「不知恩公所尋何人？」鄧雙溪又問道：「鄧某雖不才，手下也養了一些人，在海州之內幫恩公尋個人還能辦到的。」

青陽屬海州之地，鄧雙溪張嘴便是一州之內隨便找人，這口氣著實不小。

丁異又搖頭。「不用。」

雲開解釋道：「我們要找的人雖然沒找到，但已經不需要找了。」

鄧雙溪微微點頭，又問丁異。「恩公也知，這世間對女子有頗多約束，雖然小女被賊人擄走，並未真的受辱，但此事若被人知曉，怕她也難再為夫家所容。所以還請小恩公和姑娘，勿將此事與旁人提起。」

雲開和丁異同時點頭。

「不知……這件事兩位可曾告知旁人？」鄧雙溪又問。

雲開和丁異同時搖頭，鄧家父女心中的石頭總算落了地。

「這件事他根本沒放在心上，原本甚至也沒跟我提起。若不是前些日子他在城中偶遇樓少夫人，少夫人認出他後神色倉皇，又派人暗中打聽丁異之事，丁異也不會跟我說，我們更不會跟過來查看。」雲開說完又加了一句。「就在方才，我們倆還在商量這件事該不該與我爹或丁異的師父說一下，好讓大人幫我們拿個主意。」

鄧寧音的心又懸了起來，忐忑哀求地望著面前的兩個小傢伙，鄧雙溪卻比她沈穩得多。

「你二人有此想法也合乎常理，不過這件事多一人知曉，小女便多一分危險。不敢瞞二位，此事便是小女的娘親也不知情，鄧某在這化生寺內，對著諸天神佛發誓，我鄧雙溪和小女鄧寧音，絕不會對二位小恩公行任何不利之事，否則便讓我鄧家上下不被佛祖保佑，陷入萬劫不復之地。」

說完，他真帶著鄧寧音跪在地上，對著屋內供奉的小佛像發了毒誓。

見他們如此，雲開便低聲問丁異。「你覺得呢？」

鄧家父女的目光都落在丁異身上，丁異點頭，言詞依舊簡單明確。「不說。」

鄧寧音忍不住又落了淚，鄧雙溪微笑。「寧音能遇到你們，是她的福氣。」

丁異搖頭。「湊巧。」

真的只是湊巧，他本也不是刻意去救她，只是順手罷了。

鄧雙溪拍拍丁異的肩膀，對這年紀不大便如此沈穩的孩子很是佩服。「鄧某是個俗人，大恩不言謝這種話說起來太虛，鄧某喜歡實實在在的，若是小恩公日後有用得到我鄧家的地方，鄧某定無二話。」

一直安靜的丁異忽然問了一句。「鄧伯，和寧山長，誰更，厲害？」

雲開拽拽丁異的衣袖，丁異卻反手扣住她的小手用力握了握，示意她不要講話。

鄧雙溪的目光在丁異和雲開的手上掠過，然後笑道：「若論學問，鄧某差寧山長一大截。」

這話已經說得很明白了，但鄧雙溪見丁異還是不滿意地抬頭望著他，便彎腰與他視線齊平，輕聲道：「若是其他方面，鄧某自認並不差。」

這除了學問外，其他方面可就多了。丁異滿意地點頭。「鄧伯答應，兩件事，一筆勾銷。」

「丁異……」雲開有些動容，不用問也知道，丁異的要求跟她一定有關，這孩子不管什麼時候都把她放在第一位。

丁異微微搖頭。「咱們，什麼都不要，鄧伯，更不安心。」

鄧雙溪立刻點頭，確實如此，他們父女發毒誓不為難丁異和雲開，但對他們會不會洩漏此事還是心裡沒底。偏偏這兩人又不是能用錢打發的，若是就這樣放他們出去，他的確不能安心。「小恩公有什麼事，直接吩咐便是。」

「第一，不為難，雲開，家人。」

不提自己的家人，而是安姑娘的家人，看來這小丫頭對他真的很重要。鄧雙溪立刻點頭。「這是自然，鄧某絕不會打擾安姑娘一家。」

「第二，我們需要，時幫，幫忙，對付寧家。」

雖然不知道丁異和安雲開跟寧家有什麼恩怨，但鄧雙溪本就看不上寧適道的為人處世，對付寧家的確不是這兩個孩子做得到的，他們有求於鄧家，鄧雙溪才能心安。「既然如此，我們三擊掌，以後不再提起前事？」

立刻爽快應下。「好！」

丁異伸出小手與鄧雙溪三擊掌後，小臉露出笑意。鄧雙溪也拍了拍他的小肩膀，一切盡在不言中。

待丁異與雲開離開後，鄧寧音還是忐忑地拉著爹爹的衣袖。「這樣放他們出去，爹覺得他們真的信得過？」

「現在看來是信得過的，更多的為父再去打聽。」鄧雙溪久經商海，看人料事還是有幾分準頭的。「這兩個孩子都是有主見的，也不像會貪財忘義。丁異非常在意安家小姑娘，想必與寧家有過節的也是安姑娘，所以只要咱們掌握住了安姑娘，也不怕他亂來。」

鄧寧音低下頭，她心裡依舊是慌張的，畢竟嘴長在他們身上，說不說不是鄧家能夠控制的，爹爹此次的手段也太仁慈了些。

鄧雙溪笑道：「跟那件事有關的人，為父已處理得乾乾淨淨，也留了後手，絕不會出事。便是哪日他們把事情說出來，一方是為父，一方是兩個小娃娃，妳覺得哪個更可信？這個孩子對妳有大恩，為父不想以小人行徑對付他。若他是君子，為父必定以上賓之禮待之；若他是小人，為父有的是辦法讓他張不開嘴，妳且安心就是。」

鄧寧音才算把心放下。

雲開和丁異出來時也覺得輕鬆了不少，雲開拉著丁異上看下看左看右看，笑得一臉驕傲。「不愧大了一歲，越來越厲害了，都會分析形勢、揣測人心了。」

「也，高了。」丁異笑得一臉得意，抬手摸了摸雲開的腦袋頂，再比比自己的，她現在只到自己的額頭了，再過兩年他會更高，等到他比雲開高一個頭時，他們應該就可以成親，日日夜夜在一起了。

雲開一臉黑線。「你是男孩子，本來就該比我長得高，比我矮才奇怪呢！」

丁異笑出了聲，拉起她的小手往外走。「去吃，飯。」

雲開立刻點頭。「去吃清水綠豆糕吧，聽他們說消暑又好吃。」剛過夏至，天已經熱得嚇人了，雲開現在天天想吃冰，可惜這裡沒有冰可吃。

丁異卻搖頭。「不是，飯。」

雲開瞪起大眼睛。「我說是便是，大不了吃一份後咱們再來碗麵，對了，吃完綠豆糕去吃涼拌麵皮，走啦！」

丁異順從地跟著，清水綠豆糕很好吃，涼拌麵皮也好吃，不過吃完後丁異還是拉著雲開去喝了一碗熱湯。他現在跟著師父學習醫道，曉得夏天反倒是腸胃最怕受涼的時候，特別是女孩，身體不能受涼。

喝完熱湯，雲開身上出了一層薄汗，真的覺得舒坦多了。她伸手擦了擦汗，低聲問丁異。「我的臉沒事吧？」

今天跑了太多地方，出了很多汗，她怕臉上的藥泥被抹花了，讓人看出不妥來。

丁異看了一會兒，小臉就紅了。雲開越長越漂亮，便是這層小麥色皮膚也擋不住她的美，怎麼看怎麼順眼，怎麼看讓人怎麼不放心。若是別人發現她這麼漂亮，心又這麼好還這麼能幹怎麼辦？曾應龍還沒有訂親呢，白雨澤也總是往雲開家跑，還有富姚村那個討厭的姚二樹，也是個讓人不放心的傢伙。

丁異皺起小眉頭。

雲開見此立刻用帕子捂住小臉，只露出一雙大眼睛。「抹花了嗎？」

臉上這藥泥跟現代的護膚品差不多，抹在臉上沒什麼感覺，她總是不小心便忘記了，甚至有時候晚上洗臉都忘了先用藥水把它洗掉。

這樣看著更不放心了，丁異搖頭。「沒有。」

雲開這才放下帕子，笑道：「想去哪兒玩？」

這陣子娘親坐月子，丁異不方便過去，她的精力也都放在娘親和妹妹身上，感覺很久沒有跟丁異一起玩了。

丁異眼睛亮了，拉著雲開回村子後，一口氣跑到山上，帶著她找到一塊平坦茂密的草地。這裡四周都是樹，即使被太陽曬著，草地上也不覺得熱，反而很舒服。

丁異脫去褂子和鞋子，拉著她在草地上滾了幾圈，然後兩人並排躺著不動了。

雲開望著天上飄過的白雲，聽著鳥叫蟲唱，這種放鬆方式，真的很丁異，真的很舒服，她很喜歡。

兩個人靜靜躺了一會兒，丁異忽然低聲道：「來了，放鬆，不要動，不要看。」

什麼來了？雲開儘量放鬆等著。

之後便聽到窸窸窣窣的草葉聲，有什麼東西小心翼翼地靠近了草地，雲開聽丁異的話，不看也不動，只是安靜地等著，感覺有什麼小動物來了又跑了，是小松鼠嗎？

一會兒，又來了。這次的腳步聲比方才的大，有動物輕輕靠過來，聽聲音是在地上打滾，然後慢慢靠近了，嗅了嗅她的手，有小鬍子，毛茸茸的，雲開咧嘴一笑，那小東西立刻就跑了。

然後，一會兒又來了。聽到丁異那邊有動靜，雲開忍了又忍，還是忍不住往他那邊看過去，然後她瞪大了眼睛。太神奇了！一隻成年的山貓正趴在丁異身邊，讓他撓下巴！見雲開轉頭看過來，山貓立刻跳起來嚇跑了。

山貓是那麼機警膽小的動物，丁異怎麼可能跟牠這麼熟！雲開的嘴巴張得都能鑽進一隻松鼠了。

丁異開心得意地笑。「放鬆，再等。」

雲開這次學聰明了，她不再看著天空，而是側躺看著丁異。兩人不說話不動，就這樣靜靜待著，似乎過了許久，山貓終於又來了，而且還不是剛剛那隻！

這隻山貓一點點地靠近，謹慎地看了雲開一會兒，雲開也不跟牠對視，只是看著丁異。果然，山貓慢慢放鬆下來，躺在草地上打滾，丁異緩緩地伸出手替牠順毛，山貓舒服地伸個懶腰，瞇起眼睛。

雲開心中的驚訝和震撼難以用言語來形容，原來人和大自然的動物真的可以如此貼近。

雲開靜靜地以眼角餘光觀察，山貓的個頭比家貓大一些，不同的是牠們的耳朵尖上有兩小束長毛，腿更粗，身線更流暢。

丁異以目光示意她靠近，雲開的手指剛一動，山貓就跑了個無影無蹤。

雲開。「……」

丁異哈哈大笑。

「你怎麼做到的，用藥嗎？」雲開手癢啊，山貓萌萌的，她也想摸一摸。

丁異搖頭。「我在，這裡，十幾天。」

所以，山貓慢慢適應了他的存在，發現他沒有危險才靠近的？雲開羨慕又心疼，這一個月自己忙著照顧娘親和妹妹，丁異無聊了便來這裡躺著嗎？他在想什麼，是心情很平靜還是覺得孤單了？

丁異見她這樣，瞇起眼睛笑著。「很好玩。」

這小正太性格變開朗了，長得越來越好看，也越來越耀眼了。

丁異見雲開溫柔地看著他，便忍不住湊過去親了親她的小臉，然後退開，小心翼翼地望著她。

他這樣子，像極了剛才的山貓。

雲開對他只有滿滿的疼惜和喜歡，伸手揉了揉他通紅的小耳朵。這孩子的眼睛立時就亮了，蹭過來挨在她身邊，笑得像個幸福的小傻子。

雲開抬頭看著天空的飛鳥，心想就這樣吧，在這個世界上，除了家人，也只有他能讓她如此平靜、安寧了。

感情是可以培養的，等到丁異長大，她或許就會愛上他了，就算仍只覺得他是個孩子，有丁異愛她也就夠了，愛情最後不也會轉化為親情嗎？這樣已經很好了。

對於沒有安全感的孤兒雲開來說，有一個全心全意對她好而且絕不會離開她的人，比虛幻的愛情更重要。丁異，非常重要。

「我要，出去，幾個月。」丁異的聲音有些沮喪，就是因為要隨師父出外，所以今天他才來找雲開，告訴她鄧寧音的事，怕鄧寧音對她不利。

現在見過了鄧雙溪，事情總算有了個還算圓滿的結果，短時間內鄧家應該不會怎麼樣的，便是他們有點小想法，雲開也可以對付，雲開比他聰明。

雲開應了一聲，若非她的娘親懷孕，神醫也不會在此停留這麼久的時間，現在妹妹平安降生，也過了滿月，他們師徒外出行醫增長經驗也在情理之中。

雖然知道但還是有些捨不得，雲開第一次並非為了哄他開心而握住他的手，輕聲叮囑著。「別急著回來，我會好好地在這裡守著的，哪兒也不去。你跟著師父學了本事，咱們以後才能靠自己，而不是指望別人的眼色活著。別怕人家笑話你，有話慢慢說，只要能說清楚就好……」

丁異明顯察覺到雲開跟他更貼近了，小孩子還不曉得這是代表什麼，但他非常開心地握住雲開的手，傻笑著聽她絮絮叨叨地說了許久。

第二天，丁異便跟著劉神醫走了，雲開看著馬背上丁異瘦小的背影，心疼卻又有幾分驕傲。誰家十歲的孩子可以做到像丁異這樣厲害？她自己這個偽十歲的都不能！

梅氏一手抱著四姊兒，一手拉著雲開。「丁異每出去一趟能耐就會長一大截，開兒也要努力了。」

「嗯！」雲開用力點頭，她要幫爹爹多賺錢，讓家裡過上更好的日子。

「針線該學起來了，丁異回來之前妳要學會縫褲子。」梅氏給雲開制定計劃。「今年年底之前學會描花樣子繡花，不求多好看，但針法要扎實……」

雲開發家致富的雄心壯志立刻被娘親的小小繡花針扎破了，一臉苦悶。她不學繡花行不行……

丁異走後沒兩天，鄧雙溪也把丁異和雲開的事情打探清楚了。

他隱隱推測出這兩個小傢伙對寧家抱有敵意的原因，被寧適道關著不能見人的傻閨女居然變得這麼機靈，若不真的是什麼子虛烏有的神佛開智，便是這丫頭本來就不傻。

把一個不傻的孩子從小關在院子裡不見人，是為什麼？

……

鄧雙溪撚著手中的佛珠，個中緣由怕是與寧夫人大有關聯。不知道安雲開和丁異打算怎麼對付寧家，又會讓他幫忙做些什麼？

「老爺，那日在化生寺跟二姑娘說丁異和安雲開是小賊的抱孩子的婦人，現在在樓府外頭徘徊不去，看樣子是想要見二姑娘。」

這個婦人鄧雙溪也打聽清楚了，她乃是安雲開的伯娘，是個貪得無厭的小人，鄧雙溪對這種人最不屑。「讓二姑娘把這件事跟樓家人說一聲，最好派衙差出去嚇唬她一頓，好讓她知道什麼是規矩，但別真傷了她和孩子。」

畢竟再怎麼討厭那也是安雲開的伯娘，鄧雙溪不願做得太過火。

隨從把消息遞給鄧寧音後不久，在樓家後門小路上徘徊不去的楊氏被幾個凶神惡煞的衙役捕快圍住了，楊氏嚇得驚慌失措。「民婦不是歹人，是來給知縣大老爺家的少夫人遞消息的，關於那兩個想偷她東西的小賊……」

衙役黑著臉。「小賊？帶走！去衙門說個明白，若真有賊人，我等索人歸案，若妳誣賴好人，衙門的大牢也有的是地方！」

衙差拖著楊氏就往衙門的方向走，楊氏的膽子被嚇破了，她不過是過來找樓少夫人想透露點雲開和丁異的消息換點小錢而已，哪有他們真的是賊的證據，若去了衙門，她哪裡還能活著出來！

楊氏偷掐睡著的小閨女一把，安三姊兒疼得大哭後，楊氏便抱著孩子坐到地上不起來，把無賴行徑耍了個遍後，雖被罵了一頓卻因此被衙差放了，抱著孩子倉皇逃走。

回到小院裡，楊氏氣得咬牙跺腳，好不容易攀上富貴的機會便這麼生生地斷了。

不過好在她也從樓少夫人身上弄到了幾個銀角子，夠她和閨女這兩月吃好用好的了，青陽這麼大，貴人也有的是，今日跑了一個，再去碰碰別的，只要碰上一個抱住了，就夠他們一家子吃香喝辣好一陣，這可比種地、賣米皮或販賣牛馬輕省多了。

這麼一想，楊氏便美滋滋地躺在炕上抱著孩子睡了。

第二日，她又跑到化生寺外遛達找人。

還真是趕巧了，今天青陽船舶行趙家的女眷來廟裡燒香。楊氏在化生寺附近混了這許久，已曉得青陽除了知縣、縣尉、廂軍指揮使等官員外，富戶就要數書香門第寧家和江家、大商號日升記白家、書商鄧家和船舶行趙家。

趙家雖在三大商號裡排名最末，但人家隨便拔根毫毛也比楊氏的腰要粗！這就是高枝兒！

楊氏兩眼放光地抱著孩子擠進去，看清趙家馬車上出來的夫人和姑娘們身上的金銀首飾，眼都紅了。最後一個瘦弱的身影被人從馬車上攙扶下來，這人頭戴圍帽看不清面容，但看她瘦得如同竹竿的身形和走路都要兩人攙扶的有氣無力模樣，就知道是個有病的。

「大娘，這位夫人是趙家的什麼人啊？」楊氏壓了壓自己的圍帽，變著聲調向身邊看熱鬧的老婦人打聽這病人的情況。

老婦伸手逗了逗楊氏懷裡的孩子，才道：「這是趙家二老爺的夫人。」

「我看她這身子骨可不像好的。」楊氏托了托孩子的腰，讓她抓著老婦人的手指頭玩。

「是不好。趙二爺為了給她治病花了大把銀子，也就是她命好嫁入趙家，若是嫁到咱們這樣的家門，早就不知道死了多少年了……」

楊氏的四白眼轉悠著，覺得生財的機會又來了，她要想辦法跟上去，找到機會同這位二夫人或者她身邊的婆子說話。

若非捐了大錢的香客，根本進不去化生寺的內院寮房，但楊氏卻進得去。她在寺院西北靠山坡的牆下發現了個被雜物擋住的狗洞。前些日子她偷偷將狗洞扒大了些，當作自己進出的小門。

楊氏鑽進化生寺，熟門熟路地找到趙家夫人姑娘們歇息的寮房，見到門口有家僕把守，楊氏便安生在外等著。待到扶著趙家二夫人下馬車的婆子出來後，她才抱著孩子晃悠過去，笑嘻嘻地攀談。「這位大姊，我看您家夫人身子骨好像不大好……」

婆子如刀的目光刮過楊氏。「妳是何人，如何混進來的？」

楊氏不懼，繼續笑嘻嘻的。「大姊莫氣，您可認得城中濟生堂的劉增榮郎中？」

劉郎中在青陽誰人不知，婆子不耐煩地皺起眉頭往前走，便聽這戴著圍帽的邋遢婦人又接著道：「您曉得劉郎中是跟誰學的醫術不？」楊氏追著婆子的腳步。「是劉清遠劉神醫！劉神醫的大名您聽過吧？如今劉神醫就在青陽，若是您能請他為貴府二夫人看病，保證藥到病除！」

果然，婆子的腳步停了，轉頭再問：「妳是何人，到底打算做什麼？」

「您甭管小婦人是哪個，就說您想不想知道劉神醫在何處？」楊氏立刻舉起手指頭。

「若是小婦人說謊，便讓我家閨女吃奶噎死，讓我出去便讓車撞死！」

哪有親娘詛咒自己孩子的！婆子厭惡地皺眉。「劉神醫不是從南山鎮搬走了嗎？他如今在何處？」

楊氏嘿嘿一笑，伸出一隻大手。

婆子瞪了她一眼，放上幾個銅板。

楊氏卻搖頭。「五貫，五貫錢我就把劉神醫的落腳處告訴您，保證您兩個時辰內就能找到他。」

「五貫？妳作夢！」婆子呸了她一口，便急急去找廟裡的住持大師。

楊氏也不急，抱著孩子在原地曬太陽等著，待到婆子回來進了寮房後，又出來尋她，氣勢洶洶地追問：「在哪兒！」

楊氏又伸出大手，婆子心不甘情不願地在她手上放了一個銀錠子。「這是定錢，要是真能從妳說的地方找到神醫，剩下的再給妳！」

楊氏心花怒放地把沈甸甸的銀子收起來。「沿著青陽城東南三里富姚村的那條綠水河進山，找到一個有人居住的種滿藥材的山谷，劉神醫就在那兒。若是您找不到他老人家，三日後在化生寺大門外找小婦人，小婦人把錢還給您；若是找到了，您再把剩下的錢給小婦人送過來。」

楊氏也不怕他們賴帳，不給的話，她正好有機會找到趙家去。從小在無賴世家長大，楊氏最知道該怎麼混事弄錢。

婆子又仔細問了情況，才回了寮房。第二天，趙家便派人到富姚村的村南尋訪神醫。他們沿著綠水河進山走了好長一段，果然找到一個山谷，裡邊種滿藥草。但這谷中只有幾個看守山谷的藥童，神醫卻不知去向。

趙家二爺趙裴修得信後，立刻命婆子帶著人去找楊氏。楊氏也沒想到劉神醫竟然不在谷中，又讓她多了一次賺錢的機會。

又要了十兩銀子後，楊氏才說道：「富姚村西有戶姓安的人家，他們家的閨女安大姊兒與神醫的弟子丁異是青梅竹馬，安大姊兒一定知道神醫去了何處。」

當趙家婆子帶著人急急跑到富姚村敲開雲開家的大門，禮貌周到地送上禮品詢問神醫的下落時，雲開搖頭。「我不曉得。」

趙家婆子急得給雲開和抱孩子的梅氏連連磕頭。「我家夫人危在旦夕，還請二位行行好，告知老奴神醫的下落。」

不是不講，是真的不知道。試了幾次都沒能把婆子攙扶起來，雲開便蹲在她面前，坦誠道：「神醫爺爺說是帶著丁異出去行醫，要好幾個月才能回來，我們真的不曉得神醫爺爺去了哪裡。」

婆子一臉絕望地離去。

趙家人在青陽四處尋找神醫未果，兩個月後，趙二夫人病逝，趙家大辦喪事後趙二爺病倒，人人都說趙二爺情深義重。

再幾日，楊氏風風光光地帶著孩子坐著安其金的牛車，從「娘家」回了富姚村。

安二姊兒見到幾個月不見的親娘，撲過來摟著大腿哇哇地哭，安大郎追著問楊氏帶沒帶好吃的回來。厲氏則看了幾眼大兒媳婦抱著的女娃，見她瘦瘦小小的一點也不帶福相，心裡就膩歪。「這孩子骨架不小，怎麼這麼瘦？」

三姊兒是二月生的，現在已經五個多月了，卻被他爹娘說是三個多月，能不顯得骨架大嗎？楊氏笑嘻嘻的。「吃不上自家的飯當然瘦了，回來養養就胖了。」

「屁！」厲氏才不信楊氏的鬼話。「她還在吃奶，吃個屁的飯！」

胖了一圈的楊氏依舊笑嘻嘻的。「是兒媳婦想吃娘做的麵湯了。」

「想吃自己做去，生個沒把的還想讓老娘伺候妳，哭什麼哭，割豬草去，快去，快去，快去！」厲氏一巴掌打在安二姊兒身上。

「去割草，回來娘給妳穿新衣裳。」楊氏拍了拍大閨女的背，半年不見，閨女長個兒了，才六歲看著就跟大孩子一樣，這都能幫她帶孩子了。

安二姊兒抽抽鼻子，揹上比她小不了多少的背簍出了門。安其金看著大閨女的背影皺皺眉，怕她被割草刀子割了腳，想把她叫住又怕惹娘不高興，乾脆轉身去打水飲牛。

「看啥，沒你的東西！」楊氏一手抱著孩子，一手把車上被安大郎捏來捏去的幾個包袱帶到自己屋裡，又出來拎起車上最後一個小的新包袱。「娘，我給您和二妹買了新衣裳，您快進來看看喜歡不，二妹呢，地裡幹活去了？」

厲氏聽到楊氏有給她帶東西，臉色好看了些。「她去西院學繡活，妳大妹家裡怎麼樣？」

安家搬過來後，厲氏已經一年多沒見過大閨女安如玉了，楊氏走的時候厲氏讓她抽空就去看看如玉，好讓她夫家知道如玉的娘家人還好好的，讓他們不敢隨便欺負如玉。

楊氏哪知道安如玉好不好，嘴裡含糊道：「挺好的。娘快看喜歡不？」

此時另一邊西院的葡萄架下，安四姊兒躺在小車上，望著頭頂葡萄架上發紫的葡萄串，踢腿又啃小拳頭，梅氏在一旁帶著雲開和安如意做針線。

雲開被娘親教了這幾個月，已經能老實坐在凳子上不扎手指頭地繡好半天了。只是她繡出的東西比起小姑安如意的來，還是差了一截，不過梅氏已經很滿足了。

「歇會兒吧，開兒，去拿幾個桃子洗了吃。」

雲開立刻扔下繡綳子，跑去拿爹爹昨日買回來的山桃，這桃兒小小青青的，但一點也不酸，她很喜歡吃。

待雲開端著一碟山桃出來時，安如意才把繡綳子遞給二嫂。梅氏接過來看了，指著她繡的桃葉說道：「妳看這幾針用的勁不均勻，葉子就顯得皺了，妳下針的時候得直著，拉線的時候……」

雲開啃著桃子看小姑繡的桃葉，如果小姑的顯皺，自己這個就跟裡邊裹了個蟲子一樣擰巴了……不過這話她可不敢說，娘在教她做繡活這件事上異常嚴厲，起初她手指頭扎了好幾個洞，娘親都不肯讓她停下來，雲開心裡都覺得苦苦的。

還是當天半夜裡，娘親以為她睡著後，拉著她的手指頭給她抹藥時發出心疼的嘆息聲，才讓雲開下決心要好好學繡花、做衣裳。只是因為她起步比安如意晚，所以做得還是不像個樣子。

好在她肯認真學，梅氏已經很滿足了。

一邊吃著桃子，一邊搖著躺在小車裡的小閨女，梅氏滿眼都是笑。

安如意和雲開在逗安四姊兒，剛過了一百天的小丫頭胳膊腿跟蓮藕似的，小拳頭也肉呼呼的，一逗就笑，一笑就露出兩個淺淺的小酒窩，可愛極了。莫說梅氏，便是雲開看著她笑，也覺得心都化了。

「汪汪汪！」趴在一邊的大黑突地站起來衝著大門口跑去，大門外響起楊氏的大嗓門。「二弟妹在家不？」

安如意驚喜地站起來。「大嫂回來了！」

雲開和娘親對對眼神，梅氏抱起四姊兒，雲開跟著安如意去開門。

門外，穿著新衣裳滿面紅光的楊氏咧著嘴笑。「哎喲，幾個月不見，二妹白了，大姊兒長個兒了。孩子呢？給我瞧瞧。」

待在葡萄架下坐了，楊氏順手把閨女放在四姊兒的小車上，抓起一個桃兒吃著，才誇四姊兒。「四姊兒真胖乎，一看就知道二弟妹吃得好。」

比起黑瘦的三姊兒，四姊兒的確是胖多了。雲開笑咪咪地拿著桃子。「伯娘吃得更好。」

楊氏現在比懷著孩子的時候還胖，她打哈哈笑著。「我給四姊兒買了幾件小衣裳，弟妹看看能穿不？」

梅氏道謝接了過來，又進屋取了一身自己給安三姊兒準備好的、她親手做的小衣裳。「沒大嫂買的鮮亮，湊合著給三姊兒穿。」

梅氏針線好，做的小衣裳可比楊氏買回來粗針大線的衣裳好看多了，楊氏得了便宜嘴上還賣乖。「二妹可得跟妳二嫂好好學，學成了能省不少錢嘞。」

雲開一把搶過娘親一針一線縫的小衣裳，進屋又拿出一身村人過來看妹妹時帶的小衣裳遞給楊氏。「這身給三妹穿，我娘做的留著給妹妹穿。」

「大姊兒大了半歲，脾氣更爽利了。」楊氏肉疼，卻不敢惹雲開，笑著問梅氏。「二弟呢？」

「在作坊裡忙。」梅氏笑道：「大哥跟大嫂一起回來的？」

「這大老遠的，除了他，誰還會去把我們娘兒倆接回來？」楊氏又把話題轉到安其滿身上。「二弟天天在作坊裡忙？生意還好不，一天能賺多少錢？」

作坊的生意當然好，梅氏笑道：「只是賺個辛苦錢罷了，比不得大哥。」

「瞧弟妹說的，好像大郎他爹賺的不是辛苦錢一樣。」這說話的功夫，楊氏就把一碟桃兒吃完了。「這桃兒不錯，大姊兒再去洗幾個。」

「沒了。」雲開看著她就煩。

一直安靜坐著的安如意站起來。「該做飯了，大嫂咱回吧？」

楊氏抹抹嘴，抱起三姊兒。「弟妹忙著，明兒我再帶三姊兒過來玩。」

待她們走後，梅氏才皺眉道：「三姊兒瘦得就顯個大腦袋了，看著真不像是五個多月的。」

莫不是楊氏為了讓孩子看起來顯小，故意餓著她吧？這話雲開和梅氏都沒有說出口，而是把目光落在妹妹身上。

若是那樣，楊氏這當娘的也太狠心了。

楊氏帶著孩子回來的消息傳開後，安五奶奶過去看過後也沒吭聲，那孩子的模樣，你要說是三個多月的，誰也不能說就真的不是。

郝氏來串門子時還說：「婆婆回去後念叨說，三姊兒吃奶的時候跟餓死鬼託生的一樣，也不曉得那麼小的孩子哪來的那麼大勁，吃得大嫂直拍著三姊兒的小屁股喊疼。」

說完，她看著梅氏想聽她怎麼說，梅氏微笑著沒有說話。

「今年八月十五，二嫂打算怎麼過？」郝氏轉了話題，今日是八月初八，再過七天就該八月十五了。

梅氏笑道：「妳二哥說先把地裡的稻子收了，再帶著作坊的孩子們一起去城裡看花燈，四姊兒還小，我不想帶著她出去，萬一讓風吹著就麻煩了。」

八月十五夜間的風，已經很涼了。

說起安其滿家裡的作坊，村裡人哪個不羨慕，雖然不曉得安其滿家賺了多少錢，但眼看著作坊裡的孩子們穿得越來越好，小臉也越來越精神，誰還不知道他們是賺了大錢了！

別人做蘆葦畫是賠錢，可安其滿作坊裡的蘆葦畫都是直接賣給白家的，怎麼可能賠錢！要知道，日升記的蘆葦畫賣得比市面上的貴好幾倍呢！

「這幫孩子命真好，攤上二哥二嫂這樣心善的主子。」郝氏真心道。

安其滿和梅氏待人和善，買回來的這些人也不差，吃穿都沒短了他們，每天也不關著他們總幹活，她隔三差五地就能見到作坊裡的孩子出來玩，還見過他們結伴去城裡買零嘴。

「我們也是運氣好，才能找著這麼一幫讓人省心的孩子。」梅氏讓四姊兒抓著她的手指玩，有了孩子後，梅氏的心越發和軟了，想到這些被賣的孩子也是有爹有娘的，小時候也是被家裡當寶的，她便忍不住想對他們好一些、再好一些。

旁邊繡花的雲開笑咪咪地不說話。作坊裡的人自然也不是都聽話的，若不是爹爹恩威並重，也沒有現在的局面，不過這些煩心事，她和爹爹都沒有跟娘親提罷了。

安其滿傍晚時從作坊回來，把拎回來的活魚交給祥嫂，他趕忙把手洗乾淨進屋抱小閨女。

怎麼看怎麼看不夠，怎麼看怎麼喜歡，安其滿輕輕搖著小閨女。「四妞兒，想爹沒？來，給爹笑一個，叫爹——爹——」

梅氏和雲開早就習慣了，在一邊說著閒話，一邊整理剛剛曬乾的被罩。家裡日子越發好過後，梅氏聽了雲開的意見，買了好看素淨的布做成罩子把被子包起來，而不是像原來那樣只縫塊被頭。裝了被罩後，被子不容易髒，雖說洗被罩比洗被頭費勁，但總比拆洗被子容易多了。

「大嫂帶著孩子回來了，下回見了娘問問，該給孩子們取名了呢。」梅氏說道。安大郎大名是安老頭取的，叫安成才；雲開和二妞兒安雲好的名字是厲氏取的，現在三妞兒和四妞兒都滿了一百天，可以取名了。

安其滿一邊晃著小閨女，一邊問：「妳們覺得叫啥好聽？」

梅氏愣了愣，孩子的名字又不是她們說了算的，她們覺得叫啥好聽有啥用？

「安雲馨怎麼樣？溫馨的馨。」妹妹的名字雲開想了好幾個，這個她最中意，「雲馨」兩個字唸起來就像含在舌尖上一樣，眷戀溫柔，一聽就是被人寵愛著的小姑娘。

「雲馨，雲馨……好名字，咱就叫這個了。」安其滿很喜歡。

梅氏也喜歡地點頭。

但幾天後，安其堂放中秋假回來，厲氏叫雲開一家子去吃飯時，卻直接給三妞兒和四妞兒取了名。「三妞兒叫雲朵，四妞兒叫雲淨，乾淨的淨。」

楊氏吧唧吧唧嘴。「娘，雲淨好聽，三姊兒叫雲淨吧？」

「讓三姊兒叫吧，兒子給四姊兒取了個名，叫……」

安其滿的話還沒說完，厲氏的眼皮一抬。「這名兒都是大郎他爺爺活著的時候排著序給取好的！」

本來以為女娃兒的名字是老娘取的，沒想到也是老爹取的，這下一屋子人都不敢有意見了。

安其金道：「雲朵挺好聽。」

安其滿道：「雲淨也挺好。」

安其堂道：「雲開雲好，雲朵雲淨，都很好。」

厲氏斜了雲開一眼。「大姊兒的名兒本來該是二姊兒的！」

屋裡的人明白厲氏的意思，雲開雖然比雲好大幾歲，但她是後來的，所以是「雲好雲開，雲朵雲淨」了。

雲開覺得安老頭在取名上挺有品味，大伯、姑母的名字最後一個字連起來就是金玉滿堂意，寓意美好，而她們這幾個孫女的名字也好聽，孫子呢，除了大郎安成才，爺爺還取了什麼名字？

「奶奶，爺爺還取了哪些名字？等我娘生了弟弟該叫啥？」雲開問了出來。

眾人都看著厲氏，厲氏卻哼了一聲。「有能耐生出來再說！」

梅氏也不惱，抱著她的雲淨微笑著。

楊氏忍不住嘟囔道：「娘就說說唄，萬一哪天您……」

「閉嘴！」安其金和厲氏同時吼了一嗓子，三姊兒安雲朵嚇了一跳，哇的一聲哭了。

她這一哭真是驚天動地，雲開感覺房子都跟著哆嗦掉渣子，梅氏趕忙捂住小雲淨的耳朵，卻還是遲了一步，四姊兒安雲淨被嚇到，也嗚哇嗚哇地哭了起來。

不過她這聲音比起三姊兒的，可就是小巫見大巫——相差甚遠了，安大郎捂住耳朵大聲吼。「吵死了，吵死了，吵死了！」

楊氏轉身解開衣裳餵雲朵吃奶，才堵住了她的嘴。屋裡剛消停下來，楊氏忽然倒吸了一口冷氣，用力在雲朵背上拍了一下。「想咬死妳娘啊！」

果然如郝氏所言，這孩子吃奶是個狠的，梅氏輕輕拍著小雲淨，暗自慶幸雲淨是個乖巧聽話的孩子。

安其堂見大嫂在飯桌邊就給孩子餵奶，臉色尷尬地微微側身，非禮勿視。厲氏被震得耳朵嗡嗡地響，這孩子回來幾天還是第一次哭，哭聲跟夜貓子鬼叫一樣，可不是一點半點的不吉利。「她一直就這麼哭？」

楊氏也是發愁。「也不是老哭，但哭起來就這樣。」

「這可不行，得帶去找郎中看看。要不她大半夜地哭起來，哪個受得了？」厲氏一臉厭煩。

「是該看看。」楊氏眼珠子一轉，嘻皮笑臉地問雲開。「神醫啥時候回來？」

雲開搖頭。「不曉得。」

「那神醫回來再說。」待神醫回來，她又能發筆橫財了，找到了生財妙法的楊氏洋洋得意地笑著。

用完飯後，安其堂送雲開四人出了小院，也拉住雲開低聲道：「若是神醫回來了，煩勞大姊兒去書院告訴三叔一聲。」

雲開抬頭笑道：「是寧山長家又有人不好嗎？」

安其堂擔憂地點頭。「寧夫人懷了身孕，前幾日差點小產。」

江氏懷孕了？是上次神醫給她開的藥有效了呢。雲開笑嘻嘻問道：「寧夫人小產的事三叔是怎麼曉得的？」

安其堂臉皮發紅，好在夜色掩去了他的尷尬。「聽寧二姑娘說的，寧二姑娘正為這事擔憂著。」

寧若素跑去書院了還是三叔跑到寧家去了？不管是哪個，這兩人怎麼會湊到一處去的？雲開沒有多問，只是隨著爹娘回了家。

進了屋，接過小雲淨晃悠的安其滿才道：「三姊兒那哭聲是挺嚇人的，不過那孩子嗓門真好。」

雲開。「……」

安其滿又叮囑雲開。「神醫歸來的事不要去跟妳三叔講，寧家人要是有心，就會派人盯著藥谷，咱們不該透露神醫的行蹤。」

雲開點頭。

「依大嫂方才的模樣推斷，上次向趙家透露神醫消息的恐怕就是她了，她給家裡人買衣裳的錢估計就是這麼賺來的。」梅氏擰眉。「以後咱家不管有什麼事，都要防著她一點，咱們也要離她遠一些，否則不曉得哪天她就會跳騰出什麼事兒來。」

躺在自己屋裡炕上的楊氏正美滋滋地跟丈夫說著最近都幹了些什麼、賺了多少錢。「以後我閒著沒事就去化生寺門口轉悠，指不定哪天就能撈到點好處回來，逮著個大的，就夠咱們吃用一年的。」

安其金也不反對。「把家裡田裡的活兒做清了再去，這些日子家裡家外都是咱和二妹撐著，妳索利著點，別讓娘挑了理。」

楊氏不情願地應了一聲，又問道：「如意的親事有著落沒？」

安如意今年十三，十五、六可以嫁人，現在正是說親的時候。

安其金搖頭。「咱們在這兒人生地不熟的，哪有人過來說親，娘也在為這事發愁呢，妳有空打聽打聽附近有沒有好人家。」

「曾應龍呢，訂親沒？」楊氏又問。

安其金煩躁地轉身。「我哪知道別人家的事，想知道自己打聽去！」

第二天，楊氏便抱著小雲朵外出遛達，打聽清楚後，便回家跟厲氏八婆。「曾應龍還沒訂親，曾大妮兒也沒訂親，有他們比著，咱們如意倒也不著急，不過也到了說親的時候。娘，不如讓二弟給二妹找找，二弟現在人路廣，如果能給二妹找個高門大戶的，咱們以後的日子就好過了。」

厲氏皺眉。「鬼話！幫襯不上閨女就罷了，還想靠著閨女貼補著過日子，妳也不嫌丟人！」

不對！厲氏眼睛一轉就罵道：「這麼多年，妳就沒少拿咱們老安家的東西去幫襯妳娘家，妳這臭婆娘，以後敢再動家裡一個銅板，老娘打死妳！」

楊氏一臉委屈。「我的親娘嘞，您真是冤枉媳婦了，貼補娘家的事媳婦沒問過您怎麼敢幹啊。還有啊娘，我聽說村裡好幾戶人家給大姊兒提過親呢，嘖嘖，您看二弟家日子真是過得好了，一個傻妞都有人惦記了。」

「惦記她的人多著呢，丁異、曾應龍、里正家的姚二樹，哼，跟她娘一樣的狐狸精！誰家娶了誰遭禍害！」厲氏提到雲開就覺得胳膊腿疼，恨得咬牙切齒。

楊氏眼睛一轉。「她那皮色可算不上狐媚子，頂多算個黃鼠狼！」

這話厲氏愛聽，嘴角忍不住翹了起來。

雲開家的稻子熟了。

安其滿帶著作坊裡的山子、石落輝和大禾三個男孩把稻子割下來，梅氏帶著祥嫂、秋丫、春泥、春芽、春葉把稻穗剪下來堆在曬麥場裡，稻稈則留下來，因為安其滿想試試看能不能弄出新東西。

稻穗曬乾後，就要用牛拉著石滾子軋穗脫粒，這場面真的非常有趣。

稻穗被均勻鋪在曬麥場上，耕牛拉著粗重的石滾子在上邊壓過去後，梅氏和祥嫂用鐵叉把稻穗挑起來抖一抖，再放在旁邊，山子和石落輝幾個把落下來的稻粒用木鍁扒拉到外圈，然後秋丫她們把稻粒裝袋子。這邊剛收走稻粒，爹慢慢牽著牛拉著石滾子又過來了，時間剛剛好。

待滾過十幾遍後，稻穗上的稻粒就脫乾淨了，爹帶著大夥兒收拾乾淨後喝水吃些東西，再往場上鋪稻穗，第二輪開始。

待娘親過來給妹妹餵奶時，雲開也手癢了，拿著娘親方才用的叉子跑到場上，幹娘親剛才幹過的活兒。哪知道一開始她就沒掌握好力道，揚起來的灰弄了自己一身一臉……

山子和石落輝忍不住哈哈大笑，秋丫和春泥幾個也笑彎了腰，拉著牛的安其滿也笑了。

「快拍拍，莫進了眼睛裡。」

娘親還抱著妹妹，雲開躲開上風口，到邊上拍打身上的土卻迷了眼睛，石落輝想過去幫忙被山子拉住了，秋丫和春泥過來幫雲開彈土，有東西進了眼睛，雲開都開始流淚了，真是又糗又想笑。

就在這時，她感覺幫她揉眼睛的手換了，這人輕柔地用濕手巾擦掉她臉上的灰，又揉了她的眼角，手指在她的臉上捏了捏，雲開張開發紅的眼睛。「丁異！」

丁異為她擦掉眼角的灰。「小花貓。」

雲開拉住他的胳膊尖叫起來。「你回來了！」

「嗯。」丁異笑得也好開心。

曬麥場裡幹活的人不少，他們見到雲開和丁異在一起的模樣忍不住琢磨著，莫不是這丁異就是安其滿家的小女婿？

不遠處幹活的曾應夢拍拍拿著濕手巾的弟弟，嘆口氣。有眼睛的都能看得出來弟弟沒戲了啊，可他怎麼還是這麼一根筋呢！

曾應龍的娘趙氏見到兒子這德行就生氣。「都幹什麼呢！瞪著眼睛看稻子就會自己把粒兒脫下來了？幹活！」

曾應龍放下手巾。「我去跟二叔說一聲，待會兒用他們的牛和石滾子。」

見兒子轉身就走，趙氏又要叫，曾前山拉住她，低聲道：「行了，也不嫌丟人！」

趙氏低聲罵道：「那你就讓他丟人去？」

「這有什麼丟人的，誰還沒個年輕的時候！」曾前山感嘆一句，可惜兒子的運氣不好，雲開那丫頭的心已經向著丁異了，是時候給他說個媳婦了。

曾應龍邁著沈穩的步子，走到安其滿家熱鬧的曬麥場邊，笑著跟丁異打招呼。「丁異回來了。」

丁異點頭。「回來了。」

這麼說話一點都聽不出他是個磕巴了，曾應龍又笑道：「幾個月不見，你又長高了。」

雲開抬頭用手比了比，果然發現丁異又長高了！她的小臉變成苦瓜，丁異跟吃了炮仗一樣，這才幾個月怎麼又竄了一截呢！

丁異親暱地壓了壓雲開的腦袋，滿臉得意。

曾應龍依舊笑得溫厚，轉身去跟安其滿說了石滾子的事，便又邁著沈穩的步伐回了自己家的曬麥場。

梅氏不想閨女被這麼多人盯著，便道：「回家去洗洗，換件衣裳再過來，丁異回去幫著拿幾個麻袋過來。」

見雲開和丁異轉身往家裡走，安其滿看看媳婦，媳婦挑挑眉，他只得嘆口氣，悶頭牽牛。

見丁異和雲開走了一段已經拉起了小手，曾應龍臉上的笑終於撐不住了，而一直看著他的安如意和安如祥，同時皺起了眉頭。

應龍哥心裡，還惦記著雲開！

雲開換好衣裳出來，見丁異蹲在院子裡跟大黑玩，便笑問：「這幾個月你們去了哪裡？」

「河間，真定，大同。」丁異道：「好些人，好、好些事，講給，妳聽。」

真的好羨慕呢，雲開點頭。「嗯，邊走邊講。」

兩小隻又回到曬麥場，丁異跟山子和石落輝幹活，雲開接過妹妹繼續看孩子，眼看著丁異由生疏到熟悉只用了一盞茶的功夫，雲開不由得嘆口氣，真不知道是丁異太聰明，還是自己太笨了。

梅氏不住地和丁異聊著，問他去了哪裡、有沒有生病、吃得習慣不習慣……聽著丁異一一答著，雲開就翹起嘴角。

丁異回來了，天似乎變得更藍了，真好。

還是那句話，人多好做活。

一天的功夫，六畝地的稻穗變成了穀粒，今年的秋收，結束了。

回到家裡，雲開拿出自己給丁異做的褲子。「你換上，看看合適不？」

沒想到出去一趟回來，雲開竟然會做衣裳了，還給自己做了！丁異歡喜地跑到裡屋換上褲子出來給雲開看。

雲開卻皺起小眉頭，這兩條褲腿怎麼不一樣長呢？

她走過去蹲在丁異的腳邊幫他拉齊兩條褲腿，才滿意地站起來。「你動動看舒服不？」

丁異沒有動，而是伸手抱住她。「舒服。」

雲開。「……」

「你又沒走怎麼知道？」

「就是，舒服。」丁異聲音裡的開心都要滿出來了，雲開會做衣裳了，雲開會給他做衣裳了，他以後有雲開做的衣裳可以穿了！

「咳，咳！」安其滿沈著臉從外邊走過來，丁異趕忙放開手低下頭，往旁邊退了兩步。他一時忍不住做錯了事，正等著挨罵。

雲開卻笑嘻嘻地扒拉著丁異轉了一圈。「爹看，女兒做的褲子好不好？」

「哼！」安其滿哼了一聲。「爹的呢？」

雲開依舊笑嘻嘻的。「爹的娘做了。」

「那不一樣，我要穿妳做的！」安其滿看著丁異身上的新褲子就來氣。

「好，過兩天我給爹做一條新的，然後等跟娘學會了做鞋，先給爹爹做一雙。」雲開跑到爹爹身邊，搖著他的大手哄著。「爹胳膊累不累，女兒幫你捶捶吧？」

安其滿忍不住翹起嘴角。「鞋子先給妳奶奶做一雙。爹的不用妳做，納鞋底子多費勁。」

雲開就笑了。「好。對了，丁異去買豆腐，咱們今天晚上吃燒豆腐！」

丁異立刻應聲跑了出去，安其滿點著女兒的小腦袋瓜。「妳啊！」

「爹——」雲開撒嬌道：「丁異好不容易回來，你別為了這點小事就罵他好不好？」

「能不罵嗎？這還沒怎麼樣呢就敢動手了！」

梅氏走進來道：「要不先把他們倆的親事定下來吧？」

雲開心裡便是一跳，訂親嗎？她才十歲就要訂親了？不過跟丁異成親是早晚的事，定下來也好。

定下來安生了，也省得村人再過來提親。說實話，梅氏被過來給閨女提親的、幾乎要踏破門檻的媒婆嚇到了。

安其滿皺眉。「還是過了十四再說吧，咱們總不能自己打自己的臉。」在盧安村時，他們的確說過不會給雲開太早訂親的話。

梅氏點頭，安其滿又看著小小的閨女，怒沖沖地叮囑道：「以後不許給他抱著！」

「是！」雲開一臉慚愧，丁異方才是太開心，才得意忘形了。

「更不許給他親！」安其滿想到那樣的場面，就想發飆！

「好。」雲開乖乖點頭。

「女娃娃要學會自尊自愛，這樣男娃才能敬重妳，否則以後有妳後悔的時候。」安其滿以過來人的身分教育閨女。「男人就是這樣，越容易得到的，越是不珍惜。」

梅氏媚眼一橫。「你當初可不是這麼跟我說的。」

安其滿一臉尷尬。「那會兒不一樣，我現在不是當爹了嗎……」

雲開忍不住笑彎了腰。

丁異不只買了豆腐，還給安其滿打了一壺酒，小心翼翼地遞過來。安其滿剛才讓閨女和媳婦鬧了一陣，氣也散了。「晚上陪我好好喝兩盅。」

「好！」丁異立刻應了，轉頭又衝著雲開笑。

安其滿。「……」

許是幹了太多活兒累著了，許是晚上的酒上了頭，吃完飯沒多大一會兒功夫，安其滿便洗洗睡了。

妹妹還小要早睡，梅氏也跟著睡了，丁異和雲開坐在院子裡邊看著月亮邊說話。丁異慢慢地給雲開講這段日子他和師父去了哪裡、見到了什麼人、他們又診斷了哪些病症、師父是怎麼開藥的，還講從那邊帶回來什麼好吃的好玩的。

「好多，明天帶過來，給妳。」丁異最後道。

雲開點頭，開始嘰嘰喳喳地給丁異講妹妹的趣事，丁異不時地笑出聲來，覺得小娃娃的事讓雲開講起來格外有趣。

待雲開打呵欠時，丁異拉著她站起來。「回屋裡睡覺。」

雲開點頭。「你睡在西屋，那個白底小蘭花的被子是你的。」

丁異卻搖頭。「我要，回去。」

雲開一下就不睏了。「這麼晚了還要回去？」

「師父，讓我，回去。」丁異低聲道，師父說他和雲開都大了，不要總在雲開家過夜，這樣不好。

雲開皺眉。「既然要走怎麼不早說呢，咱們可以早點吃飯，天黑前你就回去，現在走多危險啊。」

丁異又忍不住靠近了一些。「捨不得。」

捨不得走，好不容易回來，捨不得跟雲開分開。

雲開的老臉忍不住紅了。「拿枝火把回吧，明天別來回跑了，等八月十六的時候，咱們一起進城去看花燈。」

丁異的眼睛立刻就亮了。「咱們倆？」

「對，咱們倆！」

丁異這才滿意地回山谷。

——未完，待續，請看文創風769《小女金不換》3（完）

文創風 768

小女金不換 2

國家圖書館出版品預行編目資料

小女金不換 / 君子羊著. --
初版. -- 臺北市 : 狗屋, 2019.07
冊 ; 公分. --（文創風）
ISBN 978-986-509-025-8（第2冊：平裝）. --

857.7　　108008607

著作者	君子羊
編輯	李佩倫
校對	黃薇霓　周貝桂
發行所	狗屋出版社有限公司
地址	台北市104中山區龍江路71巷15號1樓
電話	02-2776-5889～0
發行字號	局版台業字845號
法律顧問	蕭雄淋律師
總經銷	知遠文化事業有限公司
電話	02-2664-8800
初版	2019年7月
國際書碼	ISBN-13　978-986-509-025-8

本著作物由廣州阿里巴巴文學信息技術有限公司授權出版

定價250元

狗屋劃撥帳號：19001626

網址：love.doghouse.com.tw　E-mail：love@doghouse.com.tw